논 게임
논 라이프6

NO GAME NO LIFE

카미야 유우 지음·일러스트 / 김완 옮김

표지 · 본문 일러스트
카미야 유우

적・플뤼겔 지브릴.

승률, 전무……

하나…… 확률론에——

「……전무장, 전개…… 온 힘을 다해 목숨 구걸, 개시

「0」은, 없다.

십조맹약

유일신의 자리를 손에 넣은 신 테토가 만든, 이 세계의 절대 법칙.

지성 있는 【십육종족】에게 일체의 전쟁을 금지한 맹약——이는 곧.

[제1조] 이 세계의 모든 살상, 전쟁, 약탈을 금한다.

[제2조] 다툼은 모두 게임의 승패로 해결한다.

[제3조] 게임은 상호가 대등하다고 판단한 것을 걸고 치른다.

[제4조] 「제3조」에 반하지 않는 한 게임의 내용 및 판돈은 어떤 것이든 좋다.

[제5조] 게임 내용은 도전을 받은 쪽에 결정권이 있다.

[제6조] 집단 간의 분쟁에서는 전권대리인을 세우기로 한다.

[제7조] 게임 중의 부정이 발각되면 패배로 간주한다.

[제8조] 맹약에 맹세코, 치러진 내기는 반드시 준수된다.

[제9조] 이상을 신의 이름 아래 절대 변하지 않는 규칙으로 삼는다.

[제10조] ——모두 사이 좋게 플레이하세요.

CONTENTS 06

게이머 부부가 세계에 도전한다는데요

노 게 노 라 임 프 임

NO GAME NO LIFE

6

카미야 유우 지음·일러스트 / 김완 옮김

──유일신은 길바닥에서 죽어가고 있었다.

「……저, 저기저기, 뒈진 거냐, 요?」

「……계속, 오래오래── 곁에 있게, 해, 주세요……」

「논리 같은 건 전부 무시하고,

——같은 길을 걸어가 추지 않겠어?

나의 아내로서, 말야……」

——그런 기능이 언제 생겼는지.

빰을 타고 흐른 한 줄기 눈물에, 슈비는 쥐어짜듯 대답했다.

「어라? 엑스마키나는 격파 요인을 모방하는 종족인데, 어디에 웃겨 돌아가신 분이라도 계셨는지요?」

⏻ 오프닝 토크

——어렸을 적, 세상은 좀 더 단순하다고 생각했다.

이기지 못할 승부는 없고, 노력은 보답 받는 법이며, 모든 것은 가능하다고.

아무것도 모르는, 무지하고 철없던 아이가 생각한 그것은.

티 없는 눈으로 세상을 보고 생각했던 그것은—— 착각이었을까.

…………정말, 착각이었, 을까……?

…………——————.

희미한 불빛만이 비추는 좁은 실내에서, 소년은 게임 피스를 손에 들었다.

실루엣은 소년의 것뿐.

그러나 소년은 어둠 속에서, 분명히 보이는 누군가를 노려보며 숙고했다.

——게임 따위 기껏해야 애들 장난일 뿐이다.

방 안에서 홀로 절대강자를 상상하고, 소년은 주의 깊게 피스를 보드 위에 놓았다.

철이 들었을 무렵부터 그랬듯.

집 밖에선 공포와 불안── 내일도 모르는 자의 절망이 어둠마저도 얼려버리고 있는데.

집안만은 이세계인 것처럼, 어스름한 불빛과는 달리 엄청난 열량을 머금고.

소년은 피스를 손에 든 채 다시 숙고했다.

──어른이 되면 모두 자연스레 게임에서 멀어진다.

어째서일까. 그럴 수만은 없게 되기 때문일까.

세계는 게임만큼 단순하지 않기 때문일까.

이유야 어쨌든 사람은 어른이 되면 자연스레 게임에서 멀어진다.

그러나 소년은── 그런 생각은 한 적도 없었다.

그저 숙고를 거듭한 끝에 다시 피스를 보드 위에 놓을 뿐이다.

──혼자서, 끊임없이 게임을 계속하는 아이.

주위에서 보내는 기이한 눈빛을 받으며 자랐고, 그래도 소년은 게임을 계속했다.

소년은 그 기이한 눈빛의 의미를 이해할 수 없었으니까.

눈을 가늘게 뜨고 어둠을 노려보면── 그곳에 『대전상대』가 있었으니까.

소년과 비슷한 또래로 보이는── 대담한 웃음을 짓는 『그』가.

――소년은 생각한다. 『그』는 강하다고.

항상 자신보다 몇 수를 더 내다보며, 그 때문에 자신은 언제나 번번이―― 패배한다.

당연한 것처럼. 승산 따위 처음부터 없었던 것처럼.

그것이―― 참을 수 없이 즐거워서, 소년은 다시 『그』에게 도전한다.

주위의 눈에는 소년 혼자였으나 소년의 주관으로는 두 사람이었다. 그저 그뿐이다.

어둠 속의 『그』는 말하지 않는다.

그저 소년이 두는 수 이상의―― '더 나은 최선의 수'를 탐욕스럽게 추구한다.

――좀 더 정확한 수를. 좀 더 뛰어난 전술을! 좀 더 고도한 전략을!!

그렇게 즐거이 외치는 어둠 속의 『그』에게 소년도 대담한 웃음을 지어준다.

……소년은 남들 눈에는 혼자였으나―― 그래도 상관없었다.

세계는 단순명쾌. 이기거나 지거나 비기거나―― 그것뿐이다.

그리고 결과가 어찌됐든 ―― 항상 지면서 끝나지만 ―― '다음'에는 이기기 위해 생각에 잠긴다.

그것이―― 『소년의 세계』였다.

그러나 『세계』는 『개인의 세계』를 가차 없이 유린한다.

――문득. 어스름한 방이 눈부신 빛에 휩싸여 소년은 창문으

로 눈을 돌렸다.

붉은색으로 뒤덮였어야 할 밤하늘이—— 희뿌옇게 물들어 있었다.

집안으로 뛰어들며 소리를 지르는 부모님에게 손을 붙들려, 소년은 매우 느릿느릿 움직이는 '그것' 을 보았다.

하늘과 땅을 잇는 듯한—— 빛의 기둥.

새파랗게 질린 얼굴로 무언가를 외치며 소년을 끌어안는 부모님. 그러나 소년은 그 한순간에도 손을 내밀고 있었다.

——아직, 결판이 안 났다고.

——『그』와 대전 중이던 체스보드를 재빨리 끌어안고——.

다음에 고개를 들었을 때, 망막을 불태우는 듯한 빛이 밀려들더니,

————…………

——정말로 세계는 게임만큼 단순하진 않았다.

끔찍한 냄새에 눈을 뜨고 소년은 그 사실을 깨달았다.

힘없이 그의 몸 위에 얹힌, 불타버린 어머니의 팔에서 기어 나와, 소년은 주위를 둘러보았다.

부당하고 부조리하게, 『자신의 세계』를 침범한 빛이 낳은 광경을 오감 전체로 파악했다.

입은 피를. 코는 불탄 사람을. 귀는 깊은 정적을. 피부는 그을리는 듯한 열기를.

그리고 눈은—— 완전히 뒤바뀌어버린 세계를 파악했다.

생명의 흔적 따위, 이제는 어디에도 없었다.

폐허와 흙먼지에 뒤덮인 땅이 시야 끝까지 펼쳐진 가운데, 소년은 하늘을 올려다보았다.

당장이라도 떨어질 것만 같은 붉은 하늘 속을——— '파괴' 가 이리저리 날아다니고 있었다.

자신들처럼 미미한 존재에게는 눈길도 주지 않고, 그저 자신들의 사정에 따라 교전하는 신들.

정말로 시시한, 그 전투의 단순한 '여파' 에.

실내에 쌓아놓았던 소년의 조그만 세계는 물론, 인간들의 세계까지도 흔적 없이 사라졌다.

——정말로 세계는 게임만큼 단순하진 않았다.

규칙이 없으니까. 규칙이 없고, 위반자를 처벌할 심판도 없으니까.

아니, 애초에———

그렇게 생각하고 있을 때 소년의 앞에, 문득.

연기를 가르고 한 그림자가 폐허 위에 내려섰다.

소년에게는 아무런 관심도 없는 듯한 그림자는——— 별생각 없이.

정말로 별생각 없이 자신을 향한 시선을 느끼고 돌아보았다.

——소년은 자신의 모든 것을 앗아간——— 파괴자를 노려보고, 생각했다.

그렇다. 자신들은 『그들』에게 플레이어조차 되지 못하므로.

자신의—— 자신들의 세계를 먼지라도 털어내듯 거리낌 없이 부순—— '파괴' 를.

폭염과 흙먼지 때문에 상대가 인간형임을 알아보는 것이 고작 인 그런 상황에서, 그래도.

"…………————."

시선이 마주쳤다고 확신하고, 소년은 등을 돌리고 발을 질질 끌며 걸어갔다.

등에 느껴지는 시선을 떨쳐내고, 멀리—— 어디론가 멀리. 살 아남기 위해.

체스보드를 부서져라 꼭 끌어안고, 소년은—— 그날『어른』이 되었다.

이 세계는 혼돈이고, 필연 따위는 존재하지 않고, 우연으로만 이루어졌으며.

부당하고 부조리하고, 의미 따위는 찾을 수도 없고.

'아이들의 장난' 에 시간을 낭비할 여유 따위…… 어디에도 없다고——

■ ■ ■

천지를 가르고 별을 죽였던 유구한『대전』.

세계의 절대지배권——『유일신의 자리』를 둘러싼 싸움으로 부터 벌써 육천여 년.

부전승으로 유일신의 자리에 앉은 신—— 테토가『십조맹약』

을 제정한 세계.

무력을 금지하고, 그 어떤 분쟁도 게임으로 해결하도록 규정
된—— 게임판 위의 세계.

그런 세계의 대륙 중 하나인 루시아 대륙 서부에 한 도시가 있다.

에르키아 '잠정 연방' 의 수도 에르키아.

겨우 몇 달 전까지만 해도 멸망 직전까지 몰려 절망에 빠졌던
도시.

그러나 【익시드】 위계서열 16위 이마니티의 마지막 도시는
급변하여.

워비스트의, 무수한 섬으로 이루어진 국가——『동부연합』.

세이렌과 담피르가 공생하는 해저국가——『오셴드』.

그리고 플뤼겔이 사는 천공의 국가——『아반트헤임』.

새로운 『왕들』이 즉위하자마자 눈 깜짝할 사이에 4개 종족 3
개국을 병합한 국가이 수도가 되었다.

그 수도의 중앙대로 또한 지금은 전에 없던 활기가 넘쳐났다.

새로운 자원, 잃어버렸던 자원을 대량으로 얻은 상인과 농가.
그런 것들을 구입하고자 하는 기술자.

각자가 자신의 발과 마차로 경쟁하듯 끊임없이 오가며 목소리
를 높인다.

——모든 분쟁과 다툼이 게임으로 결판나는 세계.

참으로 단순하게 들리지 않는가.

그러나 지나치게 급격한 변혁, 다른 종족의 여러 나라를 게임

으로 집어삼키고 강제적으로 병합하는 행위.

그것은 아무리 좋게 말하더라도——『침략정책』이외의 그 무엇도 아니다.

이를 연방으로 삼아 공화적으로 병합한다고 지껄이다니—— 지나치게 뻔뻔한 이야기가 아닐까.

원래 같으면 국정은 혼미해지고 국가와 종족은 진흙탕 같은 정쟁에 빠졌을 것이다.

원래 같으면 그랬어야만 했다.

——그것이 『왕들』…… 소라와 시로라는 남매가 행한 일이 아니었다면.

국가 대항 게임—— 국가 쟁탈 갬블에서 승리하여, 타국을 집어삼키고, 이를——

그 누구에게도 전혀 불이익을 추지 않은 채, 완전한 무혈침략으로 이루어내지 않았다면.

인파로 넘쳐나는 대로에는 얼마 안 되지만 워비스트도 드문드문 보였다.

그것은 종족의 벽을 넘어선 '다종족연방'이라는 황당무계한 구상이 조금씩, 미미하게나마 전진을 계속하고 있다는 증거였다.

——세계가 변하고 있다. 이곳 에르키아를 중심으로.

그 확실한 예감에 불안을 느끼는 사람도 있을 것이다.

그러나 동시에—— 가슴이 부푼 사람들은 눈을 빛냈다.

'세계가 변혁하는 순간'의 목격자로서.

··················자, 이야기를 잠시 되돌리자.

앞서 말한 대로, 유일신이 제정한 『십조맹약』에 따라 모든 것이 게임으로 결판나게 되었다.

그런 유일신 테토가. 평소에 무엇을 하고 있을지······ 관심이 가지 않는가?

거의 전지전능한 신, 유일신의 사생활── 이번에 특별히 가르쳐주도록 하겠다.

일단 지금은 에르키아의 뒷골목에서, 어린 워비스트 소녀에게 나무막대로 찔리면서,

"······저, 저기저기, 뒈진 거냐, 요?"

──유일신은 길바닥에서 죽어가고 있었다.

"······그, 그러고 보니······ 이마니티는······ 밥을 안 먹으면······ 죽는다고 했지······."

"워비스트도 죽어, 요. 너 바보냐, 요?"

동그란 눈동자로 던지는 돌직구에 테토는 한층 깊이 좌절해 얼굴을 땅바닥에 처박았다.

페릿 같은 귀에 까만 털을 가진 워비스트 소녀── 하츠세 이즈나.

전(前) 동부연합 주 에르키아 대사, 현재는 두 에르키아 왕의 게임 친구──가 아니라 측근 중 한 사람.

그런 이즈나에게, 나무막대로 찔려가며 테토는 생각했다.

아무리 '이마니티가 된' 건 처음이라지만—— 실수했다고.

——그렇다면 유일신이 이런 곳에서 대체 무엇을 하고 있었는가.

단순한—— 심심풀이였다. 사실 유일신이란 '죽을 만큼 심심한' 자리니까.

아무리 유일한 신이라 해도 혼자 먼 곳을 내다보고만 있으면 지루해진다.

하물며 한때 '유희의 신'이었던 존재라면 더더욱 게임을 하고 싶어지는 것이 당연지사.

그래서 존재를 들키지 않도록, 목적지의 종족으로 자신을 위장하고 힘을 제약해서.

적당히 세상을 돌아다니며 돌고 돌아오는—— 그것이 유일신 테토의 일상이었다.

이리하여 이번에는 사소한 발상으로 소라와 시로 앞에 나타나,

『나 와버렸다? 에헷 낼름 ♪』

——이라고 해줄 생각이었는데, 와버리기 전에 가버릴 것 같았다. 저세상으로.

이마니티가 되어, 변덕스럽게 며칠 자지도 먹지도 않고 쏘다녔더니 이 모양이다.

상상을 초월하는 허약함에 테토는 감동마저 느끼고 있었지만, 결국 다시 말해.

유일신느님은 매우 속이 끓었던—— 아니, 속이 비었던 것이다.

"……………………………이거라도 먹어라, 요."

그렇게 말하며 이즈나는 잔뜩 사왔던 물고기 중 한 마리를 불쑥 내밀었다.

유일신이—— 여신을 목격했다는 눈으로 이즈나를 돌아보고 물었다.

"……머, 먹어도 돼?"

"……얼른 먹어라, 요. 마음 바뀐다, 요."

일부러 물고기에서 눈을 돌리고 침을 흘리며, 이즈나가 꾹 참듯 말했다.

"…… '좀 멀리 나갈 테니까' 먹을 거 많이 사오라고 했다, 요."

이즈나가 그렇게 중얼거리는 말을 들은 테토는 그녀의 뒤에 우뚝 솟은 거대한 가죽자루를 올려다보았다.

"……어, 다른 사람들 몫까지 사온 거야?"

"……? 이즈나 혼자 먹을 거다, 요. 다들 자기 거 알아서 사러 갔다, 요."

과연 워비스트. 신체능력을 유지하려면 그만큼 칼로리가 필요한 모양이다.

"쬐끔만 나눠줄 거다, 요. 간식은 삼백 엔 이내라고 해서 별로 못 샀다, 요."

——테토가 보기에 그것은 금화 삼백 닢을 쓴 것 같았지만, 그 점은 지적하지 않기로 했다.

기껏 여신님께서 자비를 베풀어주셨으니 고맙게 받기로 하자. 다만——

"그래도 난 답례해줄 게 없는데에……. 아, 맞아—— 게임이라도 할까?"

날생선을 뜯어먹으며 제안하자 이즈나의 귀가 쫑긋 반응했다.

게임이라도 할까—— 그렇게 말하는 테토의 표정을 보고 워비스트 특유의 감이 발동한 것이다.

"——너, 잘하냐, 요?"

"음훗훗~ 이건 자랑이지만 난 태어나서 이제까지—— 딱 한 번밖에 진 적이 없어♪"

"하자, 하자, 요!"

——————…………

"왜—— 왜 못 이기냐요오오오!"

——한 시간 동안 카드 게임을 되풀이하고—— 이즈나의 전적은 '0승 9패'.

"아하하~♪ 그 둘을 못 이기면 나한테 이기기란 무리무리일걸? ☆"

"——둘. 소라랑 시로, 알고 있냐, 요?"

……역시 눈치를 채는군.

그렇게 내심 웃으며—— 테토는 문득.

이 '어린 현자'의 모습에, 문득——

"……그럼 이렇게 할까. 게임 하면서 얘기라도 하자."

"……그렇게 해서, 이즈나 산만하게 만들 생각이지, 요. 소라가 잘 써먹는 방식이다, 요."

"아하하, 괜찮아. 그런 짓은 안 해―― 어차피 내가 이길 거니까, 말야☆"

"……때려줄 거야. 꼭 때려줄 거야, 요."

그렇게 말하며 손패를 꿰뚫을 기세로 노려보고,

"떠들고 싶으면 혼자 떠들어라, 요. 이즈나가 꼭 이길 거야, 요."

그렇게 말하는 이즈나에게, 먼 곳을 보는 눈으로 웃음을 지었다.

"신기한 이야기일 텐데 말이지……. 분명 듣고 싶어질 만한 이야기일걸?"

"…………안 들린다, 요."

제대로 듣고 있네.

쓴웃음을 지는 테토는 슬쩍 표정을 다잡으며 말했다.

"그럼 그러고 있어도 돼. 이건   일 나신 석이 없는 신화니까."

――그랬다. 이즈나의 모습에, 어떤 기억이 겹쳐져서.

유일신은―― 이야기하기 시작했다. 옛날 옛적에로 시작하는 이야기를.

"……쓸데없고도 쓸데없는…… 큰 전쟁이 있었는데――."

⏻ 제1장 무망(無望)

3-1=

——한때는 '태양' 이라는 것이 있었다고 한다.

하얀 불꽃이 빛나고, 하늘은 푸르게 펼쳐졌다고—— 그렇게 전해진다.

신들과 신들의 피조물이 벌인 『대전』에 대지가 불타고 재가 하늘을 뒤덮었다고 한다.

재는 하늘에 흐르는 별의 힘—— 정령회랑에 충돌하여 빛을 뿜어냈고, 하늘은 붉게 물들었다.

그 붉은색이 여전히 살육을 되풀이하는 지상을 모조리 뒤덮고 있다.

어쩌면 그것은 이 별 스스로가 흘린 비명과 유혈이었을지도 모르지만……

핏빛 하늘에서는 그저—— 푸른 재만이 떨어져 내렸다.

——————…………

이반은 눈살을 찡그리며 탁한 붉은색 하늘을 올려다보고 있다.

그러는 동안에도 푸른 빛을 뿜어내는 『흑회(黑灰)』가 눈처럼 황야에 떨어져 쌓였다.

인간의 몸으로 알 수 있는 수준의 지식을 멍하니 떠올려본다.

그 푸른 빛은 원래 인간에게는 보이지 않는 정령의 광채라고 한다. 하늘이 붉게 물든 것처럼 보이는 이유는 편광인지 뭔지 때문이고, 원래 정령은 청백색이라나…….

그런데 어째서 정령회랑 접속신경이 없는 인간에게도 보이느냐고 하면…… 그것이 재에 충돌해 부서진 정령의, 죽어가는 마지막 광채이기 때문이라고 한다.

──『영해(靈骸)』. 인간을 포함한 대부분의 생물에게는 치사성 맹독.

맨살에 닿으면 피부가 불탄다. 눈에 들어가면 빛을 잃는다. 입에 담으면 내장이 녹는다.

푸르게 빛나는데도 『흑회』라 불리는 이유는 그것이 『죽음』 그 자체이기 때문이다.

'어쩌면 이건 자비일지도 모르지…….'

머리에 뒤집어쓴 방진 마스크. 맹렬한 한파로부터 몸을 지켜주는 모피 갑옷. 이것을 전부 벗고 아무 데나 드러누우면── 『흑회』의 대지와 바람이 잠들듯 편하게 만들어준다.

──쉬고 싶어. 아침부터 계속 일했어. 손발도 이미 감각이 사라졌단 말이야. 따뜻한 수프라도 먹고 재를 씻어내고, 마누라 가슴을 베개 삼아 잠들고 싶어── 그런 바람이 이루어지지 못한다면 차라리…….

그 유혹에 이반은 몸을 떨며 생각을 끊어버렸다.

이런 세계에 태어나 살아가는 이유, 죽을 이유도 없이는——.

"——이반. 흑회가 머리에 들어가기라도 했어?"

동료의 나직한 목소리에 제정신을 차린 이반은 몇 차례 눈을 깜빡인 다음에 옆을—— 두 동료를 돌아보았다.

"……잠깐 쉬었을 뿐이야, 어레이. 이제 나도 나이가 나이라."

"아저씨가 나이를 따지면 우리도 슬슬 위험하다는 소리겠네?"

그렇게 말하며 쓴웃음을 짓는 어레이—— 자신보다도 훨씬 어린 청년에게, 이반은 비아냥거리듯 대꾸했다.

"각오하라고. 어느 날 느닷없이, 옛날 같은 막무가내가 통하지 않게 된다니깐—— 리쿠, 너도 마찬가지지."

그렇게 말하며 이반은 리쿠—— 선두에 선 자신들의 '리더'에게 눈을 돌렸다.

세 사람 중에서 가장 어린—— '소년'의 표정은 마스크와 고글에 가려서 전혀 엿볼 수 없었다.

그저 고글 너머로 까만…… 어둠처럼 아무것도 비추지 않는 눈동자가 보였다.

"충고 고마워. 그리고—— '휴식'이 끝났으면…… 가지."

——바위 틈새를 누비듯, 짐승의 생가죽을 뒤집어쓰고 네 발로 기어 나왔다.

팔다리의 감각을 잃고, 식사도 하지 못한 채—— 모든 것은 『적』에게 들키지 않기 위해. 살아남기 위해.

그리고── 이곳에 오기 위해서였다.

이반은 고개를 끄덕이며 잠자코 언덕 아래를 내려다보았다.

그곳에 있던 것은 거대한 크레이터…… 그 중심부에 떨어진 강철의 산이었다.

■ ■ ■

그것은 드워프들이 만들어낸 하늘을 나는 강철의 배── 공중전함의 잔해.

몇 주 전, 이 지역에서 일어난 '국지전' 이라는 이름의 천재지변이 남긴 흔적이었다.

리쿠 일행의 목적은 그곳에서 쓸 만한 『자원』을 뒤지는 것이었다.

잔해 안으로 진입할 수 있을 법한 장갑의 균열 뒤에 숨고, 이반은 리쿠에게 물었다.

"……영침반은?"

"틀렸어. 『흑회』가 너무 심해. 정령반응에 뒤섞여서 헛돌기만 하는걸."

이반은 내심 혀를 찼다. 목숨줄이 하나 줄어든 셈이라고.

영침반(靈針盤)── 커다란 정령반응에 감응하는 『휘석(輝石)』과 단순한 흑요석을 접합한 물건이다.

신들이나 그들의 권속── 다시 말해 '괴물' 들의 몸속에 깃든 막대한 정령에 감응해 방향을 가리키는── 리쿠와 그의 누나가 만든 도구인데, 그것을 쓸 수 없다.

그렇다면 수색에 쓸 수 있는 것은 자신의 오감뿐이란 소리다.

인간 따위는 발밑에도 미치지 못할 만한 초감각을 가진 괴물들을 상대로—— 웃지 못할 농담이다.

그렇다, 웃지 못할 농담이다. 웃지도 않으며 리쿠가 말했다.

"……세심하게 주의하면서 나아가자."

이반과 또 다른 동료—— 어레이가 말없이 고개를 끄덕이고 잔해 속으로 기어 들어갔다.

뒤덮인 재를 털어내며, 자세를 낮추고, 잠시 이곳까지 죽지 않고 올 수 있었던 행운을 곱씹은 다음——

'……집중해라.'

다음 순간, 이반은 자신에게 되뇌고 있었다.

정신을 흐트러뜨리지 않고, 보잘것없는 한 톨의 티끌이 되어, 숨소리도, 심장 소리마저도 죽인 채—— 그래도 오감은 티-끌 한 톨조차 놓치지 않겠노라 날카롭게 가다듬으며 배를 조사하기 시작했다.

——위험은 비교적 적다.

이미 전선은 멀리 물러갔으며, 자신들이 있는 곳은 버려진 쓰레기 무더기.

다만 '안전'과는 거리가 멀다. 전선에서 낙오된 괴물들이 있을지도 모르기 때문이다.

혹시나 전쟁과는 관계없이 다른 종족이 배회하고 있을지도 모른다.

혹시나 혹시나, 만에 하나라도 이 전함에 탔던 드워프가 살아 있기라도 한다면——

'그게 설령 빈사상태라 해도, 우리의 목숨은 그 순간 끝날 테 니 말이지.'

——그것이 현실이다. 정말 어이가 없고 부조리한 현실이다.

드워프가 촉매를 손에 들고 한마디만 말하면—— 그것만으로 도 수백이나 되는 인간이 티끌로 변한다.

그것이 자신들이 상대하는 존재. 살아남기 위해 피해야 할 존재.

그러므로——.

"——이반, 이것 좀 봐! 대박이야!!"

뒤에서 들린 커다란 환성에 이반은 머리를 쥐어뜯으며 돌아보 았다.

조금 떨어진 곳에서 흥분해 눈을 빛내는 어레이가 오른손을 크게 휘둘러댔다.

"얼른 와봐, 이거 굉장하다니깐!"

이반은 한동안 눈을 흘기며 어레이의 얼굴을 바라본 다음 곁 에 있는 리쿠를 쳐다보았다.

"……."

리쿠는 말없이, 천천히 한쪽 손을 들어—— 목을 긋는 시늉을 했다.

그저 그것만으로도, 흥분했던 어레이는 살짝 딸꾹질하며 어 깨를 떨었다.

"미⋯⋯미안해. 그, 근데, 일단 이거 좀 봐줘."

어레이가 쳐다보던 것은 언뜻 조그만 상자 같았다. 몇 개의 블록이 복잡하게 얽힌 퍼즐 같은 물체였다.

그러나 어레이가 이를 손에 들고 뒤틀듯 힘을 주자 상자가 무지개색 빛을 뿜어냈고.

"이건――!"

허공에 투영된 커다란 도면에 이반조차 놀라움을 감추지 못하고 신음 소리를 냈다.

"설마―― 세계지도?!"

"그래! 그것도 최신판이야, 이건!"

――세계지도. 이제까지 모은 자료나 자신들의 측량으로 어느 정도 지도를 만들기는 했으나 허공에 투영된 빛이 그려내는 선은 세계의 육지와 바다의 구분을―― 지극히 정밀하게 표시하고 있었다.

전쟁으로 시시각각 지형이 바뀌는 이 세계에서, 이것은 분명――.

"⋯⋯그게 다가 아니야."

조용한 목소리로 리쿠가 중얼거렸다.

"전략도에, 현재의 세력도까지――. 암호도 있는 것 같지만 드워프어라면 읽을 수 있어. 문제없어."

"――하, 하하!"

어레이가 흥분하는 것도 무리는 아니라며 이반도 웃음을 흘렸다.

다시 말해 이 정보가 있으면―― '현재의 정황을 알아낼' 가능성이 높다.

앞으로 분쟁이 일어날 지역을 알아낸다면 비교적 위험이 적은 주거지 후보도 추려낼 수 있다……!

누가 뭐래도 큰 수확이다. 리쿠가 침착한 목소리로 말했다.

"이반, 어레이. 왼쪽 절반하고 오른쪽 절반을 기존 지도와 비교해서 수정해줘. 나는 전략도와 세력도를 복사하겠어."

""유지(遺志)에 맹세코!""

그의 명령에 이반과 어레이는 흥분을 감추지 못한 채 목소리를 모아 대답했다.

죽어가던 자들과 나눈 서약, 하나 된 뜻에 맹세코── 받아들이겠노라고.

백팩에서 종이와 잉크, 계측도구를 꺼내 작업에 착수한다.

서둘러서, 그러나 정확하게 지도를 측량해 옮겨나간다.

하지만 어레이가 문득 좋은 생각이 났다는 듯 말했다.

"이봐, 리쿠. 이 지도를 투영하는 장치 자체를 가지고 돌아갈 수는 없을까?"

리쿠가 느릿느릿 고개를 들자 어레이가 말을 이었다.

"그편이 정확하잖아? 이 크기라면 짐도 되지 않을 거야. 종이도 시간도 아깝──"

"기각. 정령으로 가동하는 건 가지고 갈 수 없어. 냉큼 옮겨."

"아니, 그치만 이 정도라면……."

"어레이."

칼날처럼 날카로운 목소리로 리쿠가 이름을 불렀다.

"……죽고 싶다면, 그렇게 말해—— 들어줄 테니."

표정을 지운, 빛을 비추지 않는 눈동자로—— 그러나 새까만 살의를 담아 리쿠가 으르렁거렸다.

"정령반응을 감지한 괴물들 때문에 부락이 크레이터로 바뀌는 것보다는 싸게 먹히겠지."

"——아, 알았어—— 알았다고, 내가 잘못했어……."

리쿠의 험악한 분위기에 겁을 먹고, 어레이가 고개를 가로저었다.

"그, 그래도 그렇게까지 화낼 건 없잖아……?"

"어레이, 리쿠의 말—— 우리의 자세. 잊은 건 아니겠지?"

다독이듯, 그러나 지엄한 표정으로 이반이 끼어들었다. 어레이는 목을 꼴깍 울렸다.

"—— '우리는 존재하지 않으며, 존재해서는 안 된다. 고로 알려지지 않는다' ……."

"잘 기억하는군. 지도를 베끼는 수고 따위, 죽을 이유로는 너무 시시하잖나?"

"……미안."

어레이가 작은 목소리로 사과했다.

그리고 그때, 아주 미미하게 지면에서 둔중한 진동이 전해졌다.

"——읏!"

한순간에, 세 사람은 미리 의논했던 것처럼 자세를 낮추고 잔해 뒤로 뛰어들어 몸을 숨겼다.

・・・

──심장이 크게 뛰려는 것을 어떻게든 억누르려 했다.

숨을 죽이고, 몸을 움츠리고, 이반은 마찬가지로 몸을 숨긴 채 리쿠를 보았다.

리쿠는 장갑을 벗고 날붙이를 꺼내들더니 주저하지 않고 검지 끝을 살짝 베었다.

'……여전하구먼…….'

그렇게 노출된 신경을 바닥에 대고, 바닥에서 전해지는 정보를 손끝으로 읽으면서 나머지 손은 귀에 가져가 청각을 집중하는 것이다.

눈으로 보고 확인하는 것은 말도 안 된다. 얼굴을 드러내는 짓은 자살행위다.

그러나 바닥에 엎드려 귀를 기울여도 안 된다. 바닥 이외의 소리에도 귀를 써야 하기 때문이다.

그런 과도하리만치 합리적인 수단으로, 리쿠는 『적』이 흘리는 정보를 분석한다. 단순한 진동이나 소리라 해도, 빈도나 리듬을 통해 상당히 구체적인 사실을 추측할 수 있다.

방진 마스크 안쪽에서 입술을 핥으며 이반은 리쿠의 수신호에 주목했다.

'──……거리 30간(약 55미터), 이족보행, 한 마리, 무겁고, 느리다── 이봐, 장난하는 거지?!'

리쿠가 손으로 보여준, 보폭으로 추측한 『적』의 신장은──

'20척(약 6미터)'.

인간의 세 배 이상이나 되는 거구인데, 동작이 느리다—— 그 것은 다시 말해, 무언가를 찾고 있다……?

이반의 등줄기에 식은땀이 흠뻑 배어 나왔다.

그 직후, 귀를 찢는 듯한 포효가 주위를 뒤흔들었다.

'——빌어먹을! 요마종(妖魔種)이잖아!!'

리쿠의 수신호를 기다릴 것도 없이 확신했다.

판타즈마의 돌연변이체——『마왕』인지 뭔지가 만들어낸 마물들이다.

기본적으로는 지능이 낮은 괴물. 어정쩡하게 지혜를 가진 짐 승이라 해도 과언이 아니다.

무시무시한 힘을 가졌으면서, 자신들 같은 '사냥감'에게 존 재를 들켰다. 어정쩡한 이성이 있으니 사냥감에게 몰래 다가간 다는 본능조차 잃어버렸다. 하물며 지금 이런 곳에서 얼쩡거릴 만한 데모니아라면 말할 것도 없이 그중에서도 가장 하등한 부 류일 것이다.

아마도 오우거나 트롤 같은 부류——. 그렇다면 자신들의 힘 으로 싸울 수 있을까?

'——불가능하지. 뻔한 거 아냐.'

설령 상대가 아무리 하위의 데모니아라 한들—— 인간은 그들 이 한 번 어루만지기만 해도 고깃덩어리로 바뀐다.

놈들이 경계나 잠복 같은 짐승의 본능적인 행동을 취하지 않는 이유는 그럴 필요가 없기 때문이다.

자신이 강자이고, 자신의 힘으로 모든 것을 해결할 수 있음을 그 조잡한 지성으로 잘 알기 때문이다.

지금 가진 무기로는…… 아니, 면밀히 준비를 한다 해도 인간이 죽일 수 있는 데모니아 따위는 없다.

'게다가, 의미도 없지.'

지혜와 전략과 함정을 구사해 데모니아 한 마리를 토벌한다 한들—— 무슨 의미가 있을까?

그 행위가 지능 높은 『상위』 데모니아에게 알려져, 인간을 『위협』이라고 인식하게 된다면?

——인간은 저항할 여지도 없이 멸종하고 만다.

따라서 이 자리에서 취할 수 있는 행동은 단 하나뿐이다.

도망친다—— 그 이외의 선택 따위 검토할 가치도 없다.

…… '우리는 존재하지 않는다, 존재해서는 안 된다, 따라서 알려지지 않는다' …….

인간은 저항이 용납되지 않는, 사냥당할 『사냥감』이어야만 한다.

따라서—— 이반은 예상할 수 있었다.

천천히 돌아서서, 이쪽을 쳐다본 리쿠가—— 다음으로 무슨 말을 할지.

"이반, 명령이다."

리쿠가 말했다.

"——여기서 죽어."

"아셰이트. 맡겨주게."

쓴웃음과 함께── 이반은 주저하지도 않고 승낙했다.

등짐을 어레이에게 맡기고, 당연하다는 듯 앞에 나선다.

"이, 이봐……."

떨리는 손으로 짐을 받아든 어레이에게 이반은 다독이듯 웃음을 지었다.

"자네도 알지, 어레이? 여기선 누구 하나가 죽을 수밖에 없어."

그렇다── 한 사람이 미끼가 되고, 그 틈에 나머지 두 사람이 도망친다. 그 수밖에 없다.

30간── 인간이 8초 정도면 주파할 수 있는 거리.

그런 지근거리에서 데모니아와 조우했다면── 처음부터 선택의 여지는 없다.

셋 모두 도망칠 수 있다면 최선을 다해도 들켜서 전멸. 최악의 경우 부락까지 추적당한다── 그 정도 머리는 돌아가는 『적』인 것이다.

리쿠가 생각한 것은 누구를 어디에서 희생하는가…… 그것뿐이었을 것이다.

"리쿠는 잃을 수 없어. 어레이 자네도 아직 젊고. 누구를 솎아낼지, 그런 건 단순한 얘기야."

"하지만── 그렇다고……!"

이반은 미소를 지었다.

그리고 턱 밑의 끈을 풀어, 천천히 방진 마스크를 벗었다.

"이반……?!"

싸늘한 바깥 공기가 피부를 쓰다듬으니 신기하게도 긴장이 풀렸다.

불어온 바람이 배어나온 땀이며 짐승 생가죽의 냄새를 씻어내 주는 것이 기분 좋았다.

"마음에 두지 말게. '동료와 가족을 지키기 위해서'라면——죽을 이유로는 아주 훌륭하잖아?"

그렇게 말하고, 이반은 어깨를 떠는 어레이에게 마스크를 내밀었다.

"……빌어먹을. 망할——망할!"

오랫동안 알고 지낸 벗의 어깨를 두드리고 이반은 돌아섰다.

잠자코 이쪽을 쳐다보는 리쿠의—— 고글 안쪽으로 엿보이는 까만 눈을 향해 말했다.

"그럼 잘 있게, 리쿠. 가족을—— 우리 애를 부탁하네."

리쿠는 꿈쩍도 하지 않았다.

시선을 돌리지 않고 이반을 바라보며 고개를 끄덕여 대답했다.

"그래, 내가 맡지."

………….

"미안하네."

불쑥 입 밖으로 튀어나온 말에 리쿠가 의아해하며 되물었다.

"……왜 당신이 사과하는 거야."

"미안하네."

이반은 그저—— 그렇게 되풀이했다.

"이반, 당신⋯⋯."

어레이가 그의 등에 대고 떨리는 목소리로 말했다.

그러나 이반은 등을 돌린 채, 멋쩍음을 감추려는 듯 까닥까닥 손을 흔들었다.

"어레이, 내 몫까지 리쿠를 부탁해. ⋯⋯그럼 한 발 먼저 가겠네."

■ ■ ■

이반과 리쿠 일행은 동시에── 다만 반대 방향으로 뛰어 나갔다.

자세를 낮추고 종종걸음으로 이동하는 리쿠 일행과는 달리, 이반은 요란하게 소리를 내며 전력질주.

짐승의 포효. 이반은 속도를 유지한 채 슬쩍 쳐다보았다.

이쪽을 알아차린 『적』이 강철의 잔해를 박차며 다가오는 것이 보였다.

──『적』은 크다. 리쿠의 추측대로 인간의 세 배도 넘는 거구였다.

새까만 짐승 털에 덮여있어도 알 수 있는 비대한 근육. 얼굴 절반을 차지할 정도로 길게 찢어진 입과 비죽비죽 무질서하게 튀어나온 송곳니.

그런 괴물이, 곁눈질조차 하지 않고 달려드는 모습을 보고──이반은 비웃었다.

괴물 너머, 이반과는 반대 방향으로 쏜살같이 도망치는 리쿠 일행의 모습이 있었다.

요란하게 소란을 피우며 달려온 자신에게 정신이 팔려 괴물은 전혀 알아차리지 못한──.

"──하하!"

재미있어져서 이반은 외쳤다. 시선을 돌리고 더욱 속도를 높인다.

미끼 작전은 잘 통했다. 이제 해야 할 일은 최대한 오래 이 괴물을 붙잡아두는 것뿐.

기왕이면 최고의 성과를 내야겠지? 그야…… 인생 최후의 일인데.

──그렇다. 자신의 역할은 이것으로 끝이다.

그저 목숨이 붙은 한 달리기만 하면 끝나는── 간단한 일이다.

"미안하다, 리쿠── 힘든 역할만 떠넘겨서."

동생과도 같은 리쿠에게는 앞으로도 더 힘들고, 괴롭고, 어려운 일이 잔뜩 남아 있다.

앞으로 몇 분, 경우에 따라서는 몇 초 만에 편해질 자신과는 달리──.

"아아, 뭐 이렇게 못난 놈이 다 있는지……. 그래도 부탁한다── 빌어먹을."

──리쿠의, 어둠처럼 새까만 눈이 머릿속을 가로질렀다.

이반을 바라보던 때조차 그 눈에는── 아무것도 비치지 않았다.

공포도, 망설임도, 동요도. 슬픔이나 괴로움마저 떠오르지 않았다.

그렇기에—— 믿을 수 있었다.

자신보다 어린 소년의 명령에 목숨을 버릴 수 있었다.

필요하다면 자신의 목숨이라 해도 쓰레기처럼 내던질 수 있을 그 새까만 눈빛이라면.

이 목숨을 누구보다도 잘 써 줄 거라고—— 믿을 수 있다. 다만……

"그게 얼마나 무거운 일인지 잘 안다—— 그래도 리쿠, 너에게 부탁하는 것 말고는 다른 방법이 생각나질 않아."

그래서 자신도 모르게 사과했던 것이다. 자신에게 죽을 이유를 주게 했다는 것에.

죽고 싶을 리가 없다. 부락에는 예쁜 아내와 자랑스러운 딸이 자신이 돌아오기를 기다리고 있다.

어떻게든 도망쳐서, 아내와 딸과 함께 단란한 행복을 느끼며 죽고 싶다.

——그래도 그것은.

이 푸른 재에 묻혀 잠들듯 죽는 것과…… 얼마나 다를까?

"아아, 아아아아……!!"

얄팍하다. 이반은 그렇게 생각했다.

이런 상황에서 그런 행복을 선택하려고 하지 않는 자신이 너무나도 얄팍해서 견딜 수가 없었다.

싫은 것이다. 그렇게 끝나는 것만큼은 누가 뭐라 해도 싫었다.

"미안해, 미안해! 그래도 제발, 용서해줘———."

———이렇게 망가져버린, 미쳐버린 세계에서.

의미 없이 태어나, 떨면서 살아가고, 조그만 행복을 발견했다가는 빼앗기고. 목숨을 잃고.

영원히 이어질 그런 세계에서 살아가는 데에 대체 무슨 의미가 있을까?

———그런 의문에 해답을 준 것이 그 소년, 리쿠였다.

동료를 지키고, 가족을 지키고 살아——— 총천을 맞이할 누군가를 위해 죽는다.

훌륭하다. 완벽하다. 자신에게 무언가 의미가 있었다는, 이 이상의 증거가 있을까.

죽을 만큼 멋진 죽음이지? 그렇고말고——— 소리 내서 말해봐.

"———나는———! 동료와 가족을 지키기 위해 죽는 거다아아아아아이   !!"

자아——— 누구에게, 어디에, 무엇을 부끄러워하리오?!

썩는 냄새가 났다. 인간에게는 어쩔 도리도 없는 죽음이 다가오는 것을 알 수 있었다.

"하하아! 이봐, 리쿠! 이딴 시대, 언젠가는 끝나는 거겠지———!"

대답은 없었다. 딱히 대답을 바란 것도 아니었다.

———『언젠가』만큼 이반에게 와 닿지 않는 이야기도 없었다.

희망을 가지기에 이 세계는 지나치게 잔혹하다.

절망에 빠지기에 이 세계는 지나치게 가혹하다.

과거도 미래도, 지금의 인간에게는 상관이 없는, 손이 닿지 않는 것들이다.

　그저 지금 이 순간을, 필사적으로 이어나갈 수밖에 없다. 용납되는 것은 그뿐이다.

　설령 1초 후에는 어디의 누군지도 모를 자의 변덕에 티끌처럼 사라져버린다 해도.

　"아아아……."

　이런 식으로, 오로지, 달리고 또 달릴 수밖에 없다.

　"아──아아아아아아아아아아──!"

　그저 오로지, 똑바로.

　자신은 이곳에 있노라고, 고함을 지르면서.

　도중에 쓰러진다면 다른 누군가에게 그 짐을 맡기고.

　"아아아아아아아아아아아아아아아아아아아아아아아아아아아아아아!!"

　인간에게는, 그것 말고는──

　"아아아──────── 아."

　그리고 또 하나, 고함이 사라졌다.

■ ■ ■

　……그것이 이 시대──『대전』.

　인간은 나약하고 무력하여, 「개인」이 아니라 「종족」이어야만 한다.

개인의 감정 따위 돌아볼 수 없다. 개인은 전체를 위해. 전체
는 전체를 위해 움직여야만 한다.

그러려면 '가장 좋은 수'까지는 아니라도 '가장 나은 수'를
계속 두어야만 한다.

철저한 타산과 합리성으로 인간은 살아남는다── 아니, 도
망친다.

흙과 재에 찌들어, 조그만 행복을 짓밟고, 시체를 넘어──
언젠가 찾아올 종전까지.

그러기 위해 하나의 희생으로 둘을 구하고, 대를 위해 소를 잘
라버린다.

누구를 희생한다 해도 부락에 남은 전원을 구하는 결과를 우
선시한다.

그 이외의 수단을 고를 여유 따위 없다. 그런 규칙을 철저하게
지킨 것은── 리쿠 자신이었다.

새삼스레 후회도 반성도 없다. 그러나──

돌아보지도 않고 온 힘을 다해, 비교적 안전한 숲속까지 도망
쳤을 때, 문득──.

"…………욱."

리쿠는 위장이 푹 꺼지는 듯한 감각에 사로잡혔다.

기억에 있던 사내의 얼굴을 점점 인식할 수 없었다. 견디기 힘
든 상실감과 무언가에 대한 격렬한 혐오감이 동시에 치밀었다.
이반── 자신보다 한참 나이가 많았던 사내. 용감하고, 사려
깊고, 남을 잘 챙겨주던 멋진 사내였다. 리쿠의 또래 중 그에게

신세를 지지 않은 사람이 없었다. 아내에게 푹 빠져 살았지만, 결혼하기 전까지만 해도 연애가 서툰 사람이었다——.

그런 모든 것을.

자신은, 이미.

과거형으로 말하고 있다.

"리쿠…… 야, 리쿠!"

눈가에 아직 눈물자국이 남아 있는 어레이가 난폭하게 어깨를 붙잡았다.

"그렇게 전부 짊어지다간—— 넌 언젠가 짓눌려버릴 거야."

그러나 리쿠는 어두운—— 빛 따위 들지 않는, 망령 같은 눈빛을 한 채——.

"그때는 누군가가 내 뒤를 잇겠지."

그 담담한 한마디에 어레이는 입을 다물었다.

그리고 추적자가 없다고 판단한 두 사람은 걷기 시작했다.

부락으로 향하는 그들의 발걸음이 무거운 이유는 바닥에 쌓인 재 탓만은 아니다.

남겨두었던 것. 맡아놓은 것. 다음에 이어나가야만 할 것——.

"……이봐, 리쿠. 이런 시대도 언젠가…… 언젠가는 끝나겠지……."

두 사람은 모른다. 그것이 이반이 마지막으로 외친 것과 같은 의문이었음을.

질문을 받은 리쿠는 그저 말없이, 푸른 재가 떠도는 붉은 하늘을 올려다보았다.

문득 뇌리를 가로지른 것은 누구의 말이었을까──「새벽이 오지 않는 밤은 없다」고.

멍하니 푸른 빛을 띤 조그만 조각이 하늘을 춤추다 조용히 쌓여가는 것을 바라보다가──

"그래. 끝나고말고."

그렇게 생각하지 않으면, 그렇게 믿지 않으면, 지금 당장이라도.

──이 무게에, 무릎이 꺾일 것 같았다.

■ ■ ■

왕복 나흘의 여정이었다.

그들이 향한 『부락』은 푸른 재가 쏟아지는 황야를 걷고 또 걸어간, 눈에 뒤덮인 숲에서도 가장 깊은 곳.

깎아지른 바위산 기슭에 있는 숨겨진 동굴에 있었다.

바깥에서 보면 흔해빠진 짐승굴과 다를 바가 없다.

그러나 안으로 들어가면 다 쓰러져가는 기둥이 있고, 낡은 랜턴이 몇 개 매달려 있다.

리쿠는 그중 하나를 들고 입구에서 발화도구가 든 상자를 꺼내 불을 붙였다.

그 어스름한 주황색 불빛에 의지해 두 사람은 동굴 안에 파놓은 터널로 나아갔다.

짐승을 막기 위한 함정에 주의하면서 더욱 나아가자 튼튼한 통나무를 여러 개 세워 만든 외벽이 보였다. 함정을 넘어 흘러

들어온 늑대나 곰을 저지하기 위한 문이었다.

물론 침입자가 『다른 종족』이라면 이딴 것은 아무런 도움도 되지 못하겠지만——.

리쿠는 다가가서 문을 힘차게, 일정한 리듬으로 두드리고—— 기다렸다.

이윽고 문이 삐걱거리더니 천천히 안쪽으로 열리고, 모피 외투를 뒤집어쓴 소년이 얼굴을 내밀었다.

"어서 오세요. 수고하셨습니다."

리쿠와 어레이가 고개만 끄덕여 대답하고 문으로 들어갔다.

"……이반 아저씨는요?"

리쿠는 잠자코 고개를 가로저었다.

문지기는 숨을 흠칫 멈추고, 다음으로는 무언가를 꾹 참듯, 리쿠를 향해 다시 한 번 말했다.

"……수고, 하셨습니다."

문을 빠져나온 곳으로 이어진 동굴에는 널찍한 공간이 펼쳐져 있었다.

동굴 깊은 곳에 솟아난 샘에서 식수를 확보하고, 하늘이 보이는 곳에서는 가축도 기른다.

두 개의 출입구 중 나머지 하나는 해안의 후미진 곳으로 이어져 소금과 물고기를 얻을 수 있다.

밖에서 '무언가'와 조우하면 끝장인 인간에게 이곳은 그나마 안전한 생활거점이다.

이 두꺼운 바위벽도 최소한—— 다른 종족의 항쟁에서 잘못 날아든 공격을 받는다 해도 견딜 수 있다.

──그것이 희망적 관측일 뿐이라 해도.

리쿠는 나무를 짜 만든 계단을 올라 부락 가운데로 발을 들였다.

광장에서 작업 중이던 주민들이 이쪽을 알아보고 시선을 보냈다── 그리고.

그 가운데에서 한 소녀가 달려왔다.

몸집은 작고 가녀리지만 밝은 머리카락 색과 푸른 눈동자는 이 동굴에서도 생명의 빛을 뿜어내고 있었다.

리쿠 앞까지 온 소녀가 제일 먼저 외친 말은.

"왜 이리 늦었어~~~~! 얼마나 걱정을 시켜야 직성이 풀린담, 이놈의 동생은!"

"이래봬도 서두른 거야."

리쿠는 무뚝뚝하게 말하고 짊어졌던 짐을 지면에 떨어뜨렸다.

"코론, 우리가 자리 비운 동안 별일 없었어?"

"누나라고 부르라고 몇 번이나 말을 해야 알아들어⋯⋯."

입술을 비죽거리며 주의를 주다, 코론이라 불린 소녀는 힘차게 고개를 끄덕이더니.

"응, 괜찮아. 적어도 보고해야 할 만큼 큰일은 없었달까── 그보다 그 지저분한 망토랑 생가죽은 얼른 벗어. 빨래해야 하니까!"

먼지에 찌든 리쿠의 머리를 가차 없이 팡팡 두드리며 코론이 말했다.

"어레이도 수고했어!"

코론은 리쿠의 망토나 이런저런 물건을 받아들며 그 뒤에 서 있던 어레이에게 말했다. 그리고 그곳에 있어야 할 다른 한 사람의 모습이 없다는 사실을 알아차리고——

질문을 받기 언제 어레이가 대답했다.

"……이반이라면, 죽었어."

코론이 얼굴을 일그러뜨린 바로 그때—— 광장 끄트머리에서 누군가가 외쳤다.

"아빠!"

리쿠가 돌아보니 어린 소녀가 구르듯 달려오고 있었다. 그 모습에 어레이가 흠칫 숨을 멈추었다.

숨을 헐떡이며 뛰어온 소녀는 리쿠를 보더니 얼굴에 활짝 웃음꽃을 피우며 외쳤다.

"아빠는?!"

"……."

리쿠는 대답하지 못했다.

반짝반짝 빛나는 푸른 눈이 아버지를 쏙 빼닮은—— 이반의 딸.

"……논나."

"응? 리쿠, 아빠는 어딨어?"

리쿠의 옷을 잡아당기며 논나가 다시 물었다.

그 밝은 얼굴이 어딘가 불안에 그늘진 것처럼 보였다.

"저기 말야, 논나……."

무겁게 입을 열며 앞으로 나선 어레이를 리쿠가 손으로 저지했다.

마찬가지로 리쿠와 논나 사이에 끼어들려 했던 코론을 시선으로 가로막는다.

확인하기 위해 가슴을 만져보았다.

————괜찮다. 잘 채워져 있다.

여느 때와 같이, 담담한 목소리로 리쿠는 말했다.

"이반은—— 아빠는 이제 돌아오지 않아."

————.

소녀는 무슨 말인지 이해하지 못한 듯 눈을 동그랗게 떴다.

그러나 리쿠가 더 이상 입을 열지 않자, 소녀는 비틀거리듯 리쿠에게서 떨어졌다.

눈가에 점점 굵은 눈물방울이 맺히고, 조그만 입술이 떨렸다.

"——왜——?"

"…………."

"꼭 돌아오겠다고! 얌전히 기다리고 있으라고 아빠가 그랬어! 나 얌전히 있었는데—— 약속 지켰는데?! 근데—— 왜 아빠가 아 아?!"

"……아빠는 죽었으니까."

"거짓말쟁이!!"

논나의 절규가 동굴에 울려 퍼졌다.

"아빠가…… 꼭 온다고, 약속했단 말야!"

언제부터일까.

리쿠는 멍하니 생각하고 있었다.

——이런 비통한 목소리에도 마음이 미동하지 않게 된 것은.

"이반은 약속을 지키려고 했어. 하지만 데모니아를 만나서,

그가 미끼로 남았어."

"난 그런 거 몰라! 왜 아빠가 안 돌아오는 거야?!"

──논나가 옳다. 리쿠는 그렇게 생각했다.

누구를 지키고 누구를 위해 죽든, 그런 이유는 그녀가 알 바 아니다.

사랑하는 아빠가 돌아오지 않는다── 그 사실은 절대로 바뀌지 않으니까.

"아빠는 인간이 이긴다고 그랬는데!"

"이기고말고. 그러기 위해 이반은 열심히 싸웠어. 우리를 지키고── 모두 다 같이 이기기 위해."

언제부터였을까. 리쿠는 멍하니 생각했다.

──이렇게 마음에도 없는 소리를 태연하게 할 수 있게 된 것이.

논나는 조그만 얼굴을 한껏 찡그리고.

"그런 건 이기는 거 아니야! 그런 게 이기는 거면────"

"──논나!"

날카로운 목소리와 함께 뒤에서 다가온 손이 다음에 이어질 그녀의 말을 가로막았다.

──『리쿠가 죽었으면 됐잖아』──라는 말을.

깡마른 젊은 여성── 논나의 어머니, 이반의 아내였던 여자가 어느샌가 그곳에 있었다.

그녀는 달래듯 딸의 입을 막으며 리쿠의 얼굴을 바라보았다.

그 눈동자에 원망도 증오도 없다는 데에 리쿠는 아주 잠시──다시 한 번 가슴을 만졌다.

──괜찮다. 문제없다.

"리쿠……."

마르타── 논나의 어머니가 갈라진 목소리로 이쪽의 이름을 부른다.

미안하다고──그렇게 반사적으로 입에 담을 뻔해서, 리쿠는 말을 꿀꺽 삼켰다.

"──이반은 우리를 도주시키기 위해 미끼가 됐어. 그러지 않았으면 전멸했을 테고, 이번 '수확'을 무사히 가지고 돌아오는 게, 당신과 논나를 지키는 일이라고 믿었기 때문이야."

"……고마워, 리쿠."

마르타가 눈물과 함께 그렇게 말했다.

살짝 인사하고, 아버지를 잃은 딸을 끌어안은 채 부락 안쪽으로 사라져간다.

그 모습이 보이지 않게 된 후에야 코론이 기도하듯 중얼거렸다.

"……이반, 훌륭한 사람이었는데."

──그렇다. 훌륭한 남자였다. 그가 선택한 아내도 훌륭한 여자였다.

원망도 우는 소리도 하지 않고, 떠올리려고도 하지 않고, 이런 자신을 믿어주었다.

그런 두 사람의 딸은 진실을 꿰뚫어보는, 머리가 좋은 아이였다.

이쪽을 보고 똑바로, 정체를 알려주었으니까──

── '거짓말쟁이' ──라고.

"리쿠!"

느닷없이, 자신도 모르게 휘청할 것처럼 난폭하게 코론이 리쿠의 몸을 끌어안았다.

"──어서 와. 무사해서 다행이야⋯⋯."

"⋯⋯⋯⋯응⋯⋯. 다녀왔어⋯⋯."

그리고 코론은 요란하게, 일부러 화제를 바꾸려는 듯 입을 열었다.

"자~아, 자자! 그러면 목욕물 끓일 테니까 얼른 다녀와!!"

"목욕!"

어레이는 환호성을 질렀지만 리쿠는 얼굴을 찡그리고 신음하듯 말했다.

"몸만 닦으면 돼── 연료 낭비야."

"누. 나. 가! 목욕하라고 그랬지! 까놓고 말해 너희 엄청 냄새나거든!"

냄새가 옮을까봐 걱정이라는 듯 자신의 옷 냄새를 확인하며 코론이 말했다.

리쿠는 한숨을 한 번 쉬었지만, 거역하지는 않고 걸어나갔다.

광장을 가로질러 안쪽의 통로를 나아가고 있으려니, 나이 든 사내 하나가 리쿠를 발견하고 소리를 질렀다.

"오, 리쿠! 이제야 작동하지 뭐냐, 이 고물단지가!"

"아이 참, 사이몬!! 벌써 말하면 어떡해! 리쿠 놀라게 해주려고 그랬는데!"

"작동했다니⋯⋯ 설마, 그 망원경이?"

눈을 동그랗게 뜨는 리쿠에게 자랑스럽게 가슴을 펴며 코론이 대답했다.

"흐흥~. 내 손에 걸리면 그 정도쯤이야!"

"뭐, 원리는 코론이 해명했다만…… 어떻게 만들었는지는 여전히 깜깜이란다."

사이몬의 뒤를 따라 리쿠는 계단을 올랐다.

동굴의 수평굴을 넓게 파서 만든 작업실—— 그 한가운데에 설치된 원통을 바라보았다.

1년쯤 전—— 드워프 전차의 잔해로 보이는 것에서 가지고 돌아온 초장거리용 망원경이었다. 회수했을 때는 한가운데가 부러져서 고철이나 다를 바 없는 물건이었는데——.

리쿠가 물었다.

"정령은 쓰이지 않겠지?"

"응, 안심해. 이건 리쿠가 만든 망원경의 초 개량판이나 마찬가지거든. 말하자면 원반 유리를 복잡하게 많이 쓴 거야. 렌즈 비율 조정에 얼마나 애먹었는지 알아'?"

"——그렇구나. 이걸 위해 두 사람이나 죽었으니 유용하게 써먹어야겠지."

이것을 회수했을 때는 코론도 그 자리에 있었다. 초장거리 망원경이란 것을 알아차린 코론이 가지고 가자고 제안했고, 리쿠도 승낙했다.

그리고—— 돌아오는 길에 마주친 워비스트에게서 도망치기 위해, 두 사람이나 희생자를 내고 말았던 것이다.

사이몬이 밝은 목소리를 냈다.

"하지만 이게 있으면 정찰을 나갈 필요성도 줄어들겠지. ──
그 친구들도 편히 눈을 감을 수 있을 게야!"

"──그래, 맞아."

──거짓말이다.

코론이 이 망원경을 재생하는 데 얼마나 힘을 쏟았는지는 잘
안다.

그러나── 그저 위안일 뿐이다. 아무리 신중하게 움직인다
해도 놈들이 마음만 먹으면 부락의 위치 정도는 금세 들통 나고
만다.

아니, 지금 이 순간, 그저 눈먼 탄환 때문에 바위산이 통째로
날아가 버릴 가능성도 충분히 있다.

──과거에 자신이 '태어났던 고향'과 '자랐던 고향'이 모두
그러했듯.

그러나 그런 리쿠의 생각까지도 잘 안다는 듯 코론이 밝게 말
했다.

"공격을 탐지하기도 쉬워질 거야. 위험을 사전에 알면 미리
도망칠 수도 있겠지 ♪ 용도는 나중에 천천히 생각하면 돼! 자
자, 가자!"

두 사람은 작업실을 나왔다. 자신의 집이 있는 구역으로 가는
도중에 리쿠가 물었다.

"조사 나갔던 다른 사람들은?"

"무사해. 제일 멀리까지 나갔던 게 리쿠네였으니까, 이번에
는 거의 완벽했어 ♪"

"그래. 내 실수 하나뿐이지."

낯빛 하나 바꾸지 않고, 그렇다고 자조하는 것도 아닌 리쿠에게 코론은 당황하면서 말했다.

"그……그래도! 그만큼 뭔가 수확이 있었겠지?"

"추락한 드워프의 공중전함에서 발견했는데—— 아마 최신 세계지도일 거야."

"——헉! 정말?! 엄청난 수확이잖아!"

요란하게 소리를 지르는 코론에게 리쿠는 고개를 끄덕였다.

"그리고 각 진영의 세력도와 드워프어로 적힌 전략도도. 암호가 섞여 있는 것 같았지만. 난 해독과 정밀조사에 착수할 테니까—— 한동안 혼자 있게 해줘."

그 말에 코론은 약간 복잡한 표정을 지었다.

"……응. 그래도 너, 목욕은 꼭 해야 돼! 냄~새 난다구!"

그렇게 말하고 코를 쥐며 등을 돌린 채 가버리는 코론에게 리쿠는 한숨으로 대답했다.

——리쿠는 자신의 좁은 방에 들어가 문을 닫았다.

원래부터 동굴을 깎아낸 좁은 방이었지만 높다랗게 쌓인 무수한 서류며 도구 때문에 더욱 비좁아졌다.

중앙에는 식사에 쓰는 조그만 테이블. 안쪽에는 제도용 책상, 그 옆에는 조악한 침대가 있다.

랜턴을 책상에 놔두고 짐을 풀어, 손에 넣은 온갖 물건들을 책상에 늘어놓았다.

그중에서도 최고의 수확인 세 장의—— 셋이 달려들어 베꼈던 지도를 맞춰놓고 랜턴으로 비추어보았다.

파손된 곳이나 지저분해진 곳도 없었다—— 다시 말해 이반의 죽음도 헛되지는 않았다.

……깊은 한숨을 내쉬고, 리쿠는 주위를 둘러보았다.

아무도 없다. 이 방은 다른 방에서 조금 떨어진 곳에 있으며 문도 두껍다.

'여느 때와 같은 확인' 을 마치고 리쿠는 크게 숨을 들이마신 후, 가슴을 만져——

——철컥, 하고—— 『자물쇠』를 풀었다.

■ ■ ■

"——헛되지는 않았다니—— 무슨 개소리야——! 빌어먹을 위선자야아아!!"

식사용 테이블에 주먹을 내리치며 자신을 향해 매도했다.

최신 세계지도. 각 진영의 세력도. 드워프의 전략도.

그래, 중요하다마다! 엄청난 수확이지. 그런 것들의 유무로 부락의 운명마저 좌우할 수 있으니.

자원이며 거점 장소도 짐작할 수 있다. 모르는 사이에 다른 종족의 전선에 들어가는 일도 사라진다.

애초에 그러기 위해, 이렇게 외줄을 타는 것 같은『조사』를 5년도 넘게 반복했던 것이다.

　처음에는 매우 가까운 곳의 지도부터 시작해, 다음으로는 대체적인 세계지도까지.

　위험한 구역, 유망한 자원정보의 갱신을 되풀이해, 최근에 들어서야 겨우 제 기능을 하기 시작했다.

　여기에 오늘 가지고 돌아온 정보를 더한다면 자신들의 지도에는 큰 신빙성이 생긴다.

　──그러나 그 지도를 위해 대체 몇 명이 죽었지?

　물론 리쿠는 그 해답을 알고 있다. 모두의 얼굴을 기억한다. 이름도 말할 수 있다.

　뭣하면 언제 어디서, 무엇 때문에 죽었는지도 떠올릴 수 있다.

　마흔일곱 명── 아니, 한 사람 늘었으니 마흔여덟 명이다.

　리쿠가 직접 죽으라고 명령한 자만이 아니라, 간접적으로 그렇게 전달을 받은 자도 있다.

　그러나 말을 누가 했든, 그 이면에 있는 의지는 리쿠의 것이었다.

　──한 사람은 전체를 위해. 하나의 희생으로 둘을 구하라.

　──누군가에게 위험이 미칠 것 같으면 그 전에 자기 목숨을 버려라.

　그런 규칙을 정한 것은.

　이 절망적인 상황에서 조금이라도 발버둥을 쳐 빠져나갈 방법을 모두에게 제시했던 것은.

　다른 누구도 아닌 리쿠 자신이었다. 그러나──.

"——이딴 짓을 계속한다고, 그런다고…… 뭐가 되지……?"

둘을 위해 하나를 죽이고.

넷을 위해 둘을 죽이고.

그런 짓을 끊임없이 쌓아나가, 마흔여덟 명.

그리고 그 희생 끝에 살아남은, 지금 이 부락의 인구가—— 약 2천 명.

——자, 리쿠. 대답해봐라. 그걸 언제까지 계속할 거냐.

언젠가 다가올—— '1,001명을 위해 999명'을 죽일 날까지?

아니면—— '마지막 한 사람'이 남을 때까지?

"……하—— 하, 하하하하하하하하————!"

그래놓고는 아버지를 잃은 소녀에게 『인간의 승리』를 내뱉었단 말인가, 이 입은!

그걸 어쩔 수 없는 일이라고, 필요한 희생이라고, 그렇게 모두를 속이고 수긍시켜 휘둘러대고!

그리고 자기 자신조차 그런 거짓말에 매달려, 마음에 자물쇠를 채우고 생각하지 않으려 하지.

——구역질이 난다. 자신에 대한 미칠 듯한 증오가 목을 태웠다.

수치를 모르는 것인가, 아니면 잊어버린 것인가.

얼마나 바닥으로 떨어져야 직성이 풀릴 거냐, 네놈은——!!

…………

"허억…… 허억, 허억…… ."

……정신이 들고 보니 테이블이 쪼개진 후였다.

부서진 목재를 두드려대던 주먹에는 날카로운 나뭇조각이 깊이 박혀 피가 흥건했다.

머리끝까지 치솟았던 열기가 단숨에 식어버렸다.

냉정해진 사고가──── 마음에 물었다.

직성이 풀렸나? ────풀릴 리가 있냐.

울지는 않겠나? ────울어서 뭐가 바뀐다면.

그러면 충분해? ────충분하다마다, 개자식아.

눈물을 흘릴 권리 따위 자신에게는 없다. 어차피 흘릴 거라면
──── 피를 흘리는 것이 낫다.

그편이 어울린다. 추잡한 쓰레기 사기꾼 야바위꾼에게는.

────눈물 같은 고상한 것보다는 피로 지저분해진 손이 더 잘
어울릴 테니.

눈을 감고, 가슴에 손을 대고──── 생각한다.

────천커, 히고.

무거운 소리를 내며 『자물쇠』를 채워────

여느 때와 같은. 자신이 추구하는. 거짓된. 타산적이며 냉철
하며.

남들에게 희망을 보여주는 것을 잊지 않는. 강철 같은 마음의
'어른' ──── 『리쿠』가 이로써 완성되었다.

마음을 닫고, 머리를 식히고, 리쿠는 천천히 눈을 떴다.

그리고──── 눈 아래의 참상, 박살이 난 피투성이 테이블을 보
고 탄식했다.

"……목재도 흔한 자원은 아닌데…… 아~ 젠장…… 이걸 어떻게 한다아."

손에 박힌 나뭇조각을 뽑으며 진저리가 난다는 투로 중얼거린다.

아픔은 없다──싸늘하게 식은 마음과 마찬가지로 얼어붙은 듯.

"……이건 도저히 변명도 못 하겠는걸── 아니, 잠깐. 땔감으로 쓰면 증거도 인멸하고 자원도 확보해서 일거양득이겠네. 밥이야 그냥 바닥에서 먹으면 되고──."

■ ■ ■

──그 문밖에서.

벽에 등을 기대고, 코론은 고개를 숙인 채 모든 것을 듣고 있었다.

……늘 있는 일이다. 혼자 있고 싶다는 것을 허락해준 이유도 그 때문이다.

마음을 정리할 시간. 이반을 희생한── 죽였다는 사실을.

리쿠의 마음이 받아들이기 위해── 필요한 의식.

동생에게는 그것이 필요했다. 그렇지 않고선…… 그는 분명 망가지고 말 것이다.

──어쩌면, 이미 옛날에 망가졌을지도 모르지만…….

"……."

그러나 코론은 아무 말도 할 수 없었다. 이렇게── 문밖에서 듣고 있을 수밖에 없다.

겨우 열여덟밖에 안 된── 원래 같으면 아직 애라고 불러야 할 나이인 소년이.

부락 2천 명의 운명과 선택을 맡은 현재 상황은── 아무리 생각해도 이상했다.

그러나── 달리 없는 것이다.

이미 모든 것을 체념한 집단 2천 명의 인도자. 필요한 때에 최적의 선택을 내려줄 지도자.

쓰러진 자의 유지, 남은 자의 의지를 짊어지고, 그러고도 앞으로 나아가려 할 수 있는──

그렇게 마음을 강철로 만들 수 있는 사람은── 이런 세계에는, 리쿠밖에 없는 것이다.

그를 잃으면── 자신들은 언젠가 찾아올 죽음을 두려워하며 떨기만 하는 『사냥감』이 되리라고.

그야말로 무의미하고 무가치한 생물로 전락하고 말 거라고, 쿠론조차도　－확신했나.

── '영원'히 계속되는 대전.

비유가 아니다. 대전이 언제 시작되었는지, 이제는 그것조차도 알 수 없으니까.

인간이 문명이라 부를 만한 것을 일으킬 때마다, 잡초라도 뽑듯 없애버리는──

역사라고 부르기에도 허무한, 그런 꼴사나운 구전.

그것이 담담히, 사실로서, 그저 『영원』했다고만 가르쳐준다.

하늘은 닫히고 땅은 갈라져, 핏빛으로 물든 낮도 밤도 없는 세계.

공통된 달력도 잃어, 시간이 흐른다는 것의 의미조차 이제는 알 수 없다.

시대는 정체되고, 『흑회(죽음)』에 물든 천지를 더 큰 폭력이 불태운다── 인간은 무력하다.

부락에서 한 걸음이라도 밖으로 나간다는 것은 사신의 낫에 목을 들이대는 행위.

야생동물조차 함부로 상대했다가는 죽음만이 기다리는데.

신이나 그들의 권속──『다른 종족』 정도 되면 목격이 곧 파멸.

눈먼 공격이나 여파에 휘말리는 것이 부락의, 도시의, 문명의 파멸을 뜻했다.

……끝나지 않아.

끝나지 않아, 끝나지 않아.

끝나지않아끝나지않아끝나지않아끝나지않아── 죽음과 파괴의 연쇄가.

지옥이 있다면 바로 이곳이다. 코론은 그렇게 생각했다── 그러나 그래도 인간은, 살아간다.

──죽을 이유도 없이 죽을 수는 없기 때문이다.

──『마음』이, 의미도 없이 죽는 것을 인정하지 않기 때문이다.

그런 세계에서, 제정신을 유지할 수 있다는 것이── 과연 제정신이라 할 수 있을까.

．．．

──5년 전.

리쿠를 거두었던, 코론의 고향이었던 부락이 플뤼겔과 드라고니아의 교전으로 사라졌다.

대부분의 어른이 죽어, 절망에 빠져 흐느끼면서 도착했던 동굴.

비탄에 잠긴 사람들을 내버려둔 채, 당시 열세 살이던 아이가 동굴을 발견하고 이렇게 내뱉었다.

"여기 위치가 괜찮은걸. 다음 부락으로 쓸 수 있겠어."

겨우 몇 시간 전에 모든 것을 빼앗긴 사람들을 앞에 두고, 당연하다는 듯이 『다음』을 말했다.

노성이 터져 나왔다.

그래서 뭐가 되겠느냐고.

놈들에게 우리는 존재하지 않는 거나 마찬가지라고.

절망에서 오는 비탄이라고는 생각할 수 없는 정론에, 소년은 눈썹 하나 까딱하지 않고 대답했다.

"아니. 우리는 존재하지 않는 거나 마찬가지인 게 아니라── 존재하지 '않을 거야'."

그리고 소년은 그 수단을 말했다.

"우리는 존재하지 않으며, 존재해서는 안 돼. 고로 알려지지 않아── 망령이 되는 거야."

동굴의 어둠보다도 더욱 깊은, 어두운 눈빛이 그곳에 있었다.

"온갖 수단을 동원해서 도망치고 숨어서 살아남을 거야——언젠가 누군가가 볼——총전 때까지."

어차피 아무것도 할 수 없다면. 하다못해 쓰러져간 사람들의 유지를 이어받아.

어차피 아무것도 할 수 없다면. 하다못해 뒤에 이어질 자들의 가능성을 위해.

"유지에 맹세코, 따라올 수 있는 놈들만——따라와."

——열세 살짜리.

고향을 두 번, 부조리하게 멸망당한 아이의 말이, 너무나도 무겁게 동굴 안에 울려 퍼졌다.

진짜 망령과도 같은 눈으로, 그러나, 살아갈 의미마저 잃은 자들에게,

살아갈 이유와——죽을 의미를 주었다.

■ ■ ■

리쿠가 겨우 열세 살에 천 명도 넘는 부락의 장을 맡은 지 5년.

그 5년 동안 사망자는——48명.

코론은 생각했다——믿을 수 없을 만큼 적다고.

그러나 리쿠는 모른다. 안다 해도 죽으라고 명령한 책임에 짓눌리고 있다.

48명이라는 사망자는——모두 『원정』에서 목숨을 잃었던 것이다.

2천 명까지 늘어난 부락이라면, 보통은 식량난에서 오는 『솎아내기』만으로도 해마다 그 두 배는 되는 사망자가 나온다.

만약 다른 종족에게 발각당하기라도 하면 수백, 수천이나 되는 사람이 허무하게 죽어간다.

그걸 겨우 48명의 희생으로 5년이나 유지했던 것은 틀림없는 리쿠의 공적이다.

──그렇기에 모두 리쿠를 믿는다.

──그렇기에 모두 그의 어깨에 목숨을 맡긴다.

그러나── 모두가 이따금 잊는다. 그리고 생각날 때마다 책임을 느끼고, 감사와 사죄를 표한다.

마르타가 말했던 것도── 바로 그 사실을 떠올렸기 때문이다.

──사신의 낫에 목을 들이대고 있는 처지는 리쿠도 마찬가지라는 사실.

그리고 그의 목에는── 자신들 2천의 무게가 걸려 있다는 사실.

──────…………

방에서 나온 리쿠에게 코론은 애써 주먹의 상처를 눈치채지 못한 척하며 말했다.

"리쿠는 대단해……. 열심히 하고 있어. 누나가 보장해……."

"──괜한 위로는 관둬. 목욕하고 올게."

여전히 빛이 없는 눈을 한 리쿠를── 견디지 못하고 끌어안았다.

이젠 한계였다. 이런 세계에서, 언제까지고 2천 명의 제정신을 붙들어놓는 봉화로 남아있어야 한다니—— 불가능하다. 이 대로 가다간 동생은, 리쿠는 망가지고 말 거야……!

"야—— 코론."

"……코로네라고 부르랬잖아……. 왜에?"

"언제쯤 돼야 끝날까—— 이딴 시대."

한때 누군가가 말했다. 『그치지 않는 비는 없다』, 『밝지 않는 밤은 없다』——.

그러나 마지막으로 푸른 재가 멎었던 것을 본 사람은 있을까?

재에 뒤덮인 하늘 너머에서 태양을 본 사람은?

그렇다, 언젠가는 끝난다—— 영원하지는 않을, 것이다. 그러나…….

인간의 주관에는 이미 이 전쟁은…… 영원히 이어지는 것처럼 느껴질 뿐이었다.

■ ■ ■

"그래서 그는 반문한 거야. 언제——어, 어으아아아?! 왜왜왜왜그래?!"

게임을 하면서 먼 곳을 보듯 이야기하던 테토가 황급히 비명을 질렀다.

"치, 치사하다, 요……. 끔찍한 얘기 해가지고, 흑, 이즈나 울려서, 이기려고 그런다, 요!"

"미미미, 미안해! 너무 어두운 얘기였지?!"

닭똥 같은 눈물을 줄줄 흘리는 이즈나에게 사과하면서도, 테토는 생각했다.

이 이야기를 듣고 눈물을 흘릴 수 있는 감성이—— 역시 귀중하다고.

실제로 다른 종족에게 이 이야기를 들려주었을 때는 기껏해야 『당연하다』는 한마디로 넘어갔을 뿐이었다.

그로부터 6천 년 이상 지났지만, 어느 종족이나 서로를 멸시하니까.

그것을 슬퍼하고, 끔찍한 이야기라고 말할 수 있는 소녀는——

'그냥 어린아이'인 것이다.

"미안해. 하지만 진짜로 있었던 얘기야……. 이게 『대전』 때의 세계였어."

"……이반, 죽어버렸다, 요……."

"그래, 죽었지. 이마니티는—— 『십조맹약』이 없었으면 데모니아가 한 번 어루만지기만 해도—— 아니."

살짝 목소리를 낮추고 테토는 말을 이었다.

"너희 워비스트가 한 번 물기만 해도 금세 죽는…… 이 별에서 가장 약한 생물이니까."

"——!! 이즈난 그런 짓—————……."

그런 짓은 하지 않는다——고 말하려다가 꾹 삼키는 모습에 테토는 역시나 하고 감탄했다.

그렇다…… '하지 않는다'고 단언할 수는 없는 것이다. 이 소녀는 정말로 솔직하고, 또한 현명하다.

자신이 과거, 에르키아에 게임으로 했던 짓과 무엇이 다르냐고, 이해한 것이다.

"⋯⋯그런 건 잘못됐다, 요⋯⋯. 진짜진짜, 이상하다, 요⋯⋯."

"그래── 맞아. 세상은, 미쳤던 거야."

그야말로. 그저. 정상적으로. 부당하고 부조리했다.

아이의 감각으로 그것을 『당연하다』고 받아들인다면──그거야말로 이상한 일이다.

"그래도, 뭐! 너무 어두운 이야기도 재미없지~ ♪ 좀 건너뛰어 볼까☆"

어두워지고 말았던 공기를 불식하기 위해 이즈나의 눈물을 닦아주며 테토가 말했다.

"넌 엑스마키나라는 종족── 혹시 알아? ♪"

"⋯⋯【익시드】위계서열, 10위⋯⋯다, 요⋯⋯. 내가 바본 줄 아냐, 요⋯⋯."

"역시이☆ 공부 열심히 했구나~ 장해요 장해."

테토는 훌쩍 콧물을 들이켜는 이즈나를 쓰다듬으면서도 재주 좋게 게임을 속행하며 말했다.

"그래, 엑스마키나⋯⋯ 존재 그 자체, 종 그 자체가 기계인 종족. 태고 시절에 '비활성화' 된 올드데우스── 이제는 엑스마키나 자신조차 잊어버린, 오래 된 올드데우스가 만들어낸 종족⋯⋯."

"⋯⋯영감이 그랬다, 요. 한 번 받은 공격, 전략은 두 번 다시 통하지 않으니까, 대전 때⋯⋯ '신살(神殺)'? 할 수 있었던 거,

플뤼겔하고 엑스마키나뿐, 요. 음, 그래서——."

할아버지는 분명 이렇게 말했다고 이즈나는 말을 이었다.

"——『손대지 마라, 진짜루 작살나』요."

"동그라미 꽃표 퍼펙트~!! 더 쓰다듬어 줄게~!"

테토는 만면에 미소를 지으며 북실북실북실북실 이즈나를 쓰다듬어댔다.

"자, 그런 엑스마키나 말인데—— 어느 날 리쿠는, 그중 한 마리와 만났어."

펄쩌억! 이즈나가 고양이처럼 뛰어올라 순식간에 테토와 거리를 벌렸다.

"——응응, 그 최악의 엑스마키나랑 조우한 리쿠 소년은 느닷없이 공격을 받았지. 이마니티의 지각으로는 반응조차 불가능한 속도로 말이야."

"끄, 끄끄, 끔찍한 얘기 안 한다고 그랬잖아, 요!"

"어~? 난 '너무 어두운 이야기' 는 재미없다고, 얘기를 건너 뛰겠다고 했을 뿐인데?"

"안 들려, 안 들려, 요!!"

"귀 막아도 소용없어~. ——엑스마키나가 리쿠에게 쐈던 건 『위전(僞典): 삼공섭(森空攝)』. 엘프의 마법을 재현한 병기——모든 것을 가르는 진공 칼날을 무수히 쏘아대는 무기였던 것입니다아!"

"히으으으으아아아아악?!"

"흑회와 함께 쓔웅 날아간 리쿠 소년은 망토도 도구도 갈가리

찢겨나가 허공에 떠오르고——"

"아~~~ 아~~~ 안 들린다, 요! 안 들린다, 요!"

"그리고—— 잘게 썰려 쓰러진 리쿠 군에게——"

"미야아아아아아~~~~~~~~~아아아아아아악!!"

"키스하면서 『오빠, 이제는 못 참겠어. 나를 여자로 만들어
줘.』라고 말했답니다☆"

　…….

　…………?

"자자, 잘게 썰렸던 거 아니었냐, 요?"

"어? 난 망토랑 도구가 찢겨나갔다고밖에 안 했는데? 리쿠 군
은 말☆짱♡"

　이즈나는 태어나서 처음으로…… 누군가를 패고 싶다고 생각
했다.

⏻ 제2장 무모(無謀) $1 \times 1 =$

············자, 상황을 정리해보자.

내 이름은 리쿠, 18세, 동정남——…… 뭐야, 뭐 잘못이냐——?!

————그게 아니다.

아니야, 아니야아니야아니야혼란에빠진생각이헛돌아분출하는의문이잠깐잠깐—— 진정해!

정리해라. 상황은 파악불능. 그러나 그건 예상할 수 있는 것보다도 끔찍한 최악의 상황이라는 뜻이다.

의문에 우선순위를 설정해라—— 무슨 일이 일어났나, 무슨 일이 일어나고 있나, 무슨 일이 일어날까, 이상이다.

우선 마음의 『자물쇠』를 확인. ……괜찮다. 의미불명의 연쇄에도 잘 채워져 있다—— 간신히.

그렇다면 이 상황을 1초, 아니 만분의 1초라도 빨리 파악해라. 안 그러면——

"……【검토】: …… 상황 정리 중……."

자신의 위에 올라탄 알몸의 소녀——로 보이는 괴물에게 무슨 짓을 당하든 외통수다!

생각을 가속시킨다—— 시간조차 멈추라고——.

．．．

　리쿠는 부락에서 봤을 때 동쪽, 드워프의 지도에 나온 폐허를 향해 말을 몰고 있었다.

　그것은 과거 한 마리의 플뤼겔에게 일격으로 멸망한 엘프의 도시라고 한다.

　엘프에 관한 정보는 매우 고도하고 또한 귀중하다.

　전장을 뒤져도 얻을 수 있는 물건은 전혀 없었으며, 모아놓은 지식도 세부로 가면 파손된 부분이 많았다. 그도 그럴 것이 그들은 도구를 쓰지 않는다. 촉매를 필요로 하지 않는 마법으로 모두 해결하니까.

　하지만 그 도시로 향하는 도중에 흑회가 심해져서, 리쿠는 조난을 피하고자 근처의 조그만 유적 안으로 피신했다가—— 그 안에서 어떤 『다른 종족』을 목격했다.

　기계 부분이 노출된, 일몸의, 앳된 소녀 모습—— '엑스마키나' 였다.

　최악의 종족 중 하나. 그러나 문제는 없다. 분명 그럴 것이라 믿었다.

　리쿠는 무시하고, 상대가 지나갈 때까지 기다리려 했다.

　——다음 순간 쓰러지고 있었다.

　주위의 흑회와 함께 모든 장비가 소실되면서 상대에게 깔린—— 것 같았다.

　무슨 일이 일어났는지 전혀 인식할 수 없었으나…… 보아하니 아직 죽지는 않은 모양이다.

아무튼, 상반신을 드러내며 쓰러진 리쿠에게, 엑스마키나가 몸을 겹치며 말했다.

『오빠, 이제는 못 참겠어. 나를 여자로 만들어줘.』

——————.

……기억장애인가?

땅바닥에 넘어졌으니 머리를 부딪쳤을 가능성도 크다.

그러나 기억대로라면, 감정이 깃들지 않은 밋밋한 헛소리가 들린 후, 느닷없이.

정조를—— 입술을 빼앗겼다.

……이상이 파악할 수 있었던 전부. 다시 말해 첫 번째 의문, 『무슨 일이 일어났나』였다.

이어서 두 번째 의문—— 『무슨 일이 일어나고 있나』를 생각하려 했으나…….

"【문제】: …… 이해, 불능."

엑스마키나가 리쿠에게 몸을 겹친 채 기계적인 무표정으로, 무감동하게 그런 말을 중얼거렸다.

——……흐음…… 나도 제법이잖아, 리쿠는 속으로 자화자찬했다.

지성과 이성이, 척수반사로 움직이려던 입을 붙들어주었기에.

그러니까—— 『이해불능은 내가 할 소리다 망할 것아』라는 절규를.

──『엑스마키나』. 대전에 관여한 괴물 중에서도 매우 특수한 종족.

우선 기계로 이루어진 종족이니 생물초차 아니며, 『연결체』^{클러스터}라는 무리를 이루고 행동한다.

다시 말해── 1기의 발견은 종족의 발견, 1기와의 적대는 종족과의 적대를 뜻한다.

'지극히 특수하다'고 하는 이유는 그들의 전투행동에 있다.

단말이 입은 공격을 1초도 안 되는 시간동안 해석해, 즉시 동등한 무장을 설계한다.

엘프의 마법도, 드워프의 영장(靈裝)도, 드라고니아의 브레스마저도── 모두 재현하여 되쏜다고 한다.

영원한 대전에서 그들의 무장은 나날이 늘어나 이론상── 무한히 강해지리라 여겨지는 최악의 종족.

그러나 또 한 가지 특수한 성질이 있다.

── '능동적으로는 행동할 수 없다'는 것이다.

공격을 받으면 보복하지만, 적대하지 않는 한은 공격하지 않는다, 고 한다.

그래서 드워프의 기록에는 이런 문장이 있었다────── 『접촉불가종족』^{언터처블}이라고.

──이상의 지식이 리쿠의 입을 다물게 했던 것이다.

다시 말해, 괜히 잘못 말해서 『적』으로 인식하게 했다간── 인간은 종족째로 근절당한다.

'──근데 '무슨 일이 일어나고 있는' 거야?!? ──이게 대체 무슨 상황이냐고!'

자신이 알 수 있는 모든 정보와 수없이 모순되는 상황에 리쿠는 내심 외쳤다.

능동적으로 행동하지 않는다. 그렇다면 무시하고 지나가게 내버려두자──고 했더니 이 꼬락서니다.

모든 정보를 정리해보아도 상황을 파악할 수 없어 움직이지 못하는 리쿠에게서──

스윽, 겹쳤던 피부를 떼더니, 리쿠에게 올라탄 소녀형 기계가 말을 이었다.

"【추측】: ── 이 해당 상황설정으로는, 충족되지 않는가?"

그런 엉뚱한 질문에── 한순간 망설였다.

인간은 망령이다. 존재하지 않는다, 해서는 안 된다, 알려지지 않는다── 대답하지 말고 침묵을 유지할까?

"……마음에 들고 안 들고 이전의 문제인데. 누구 허락을 받고 내 정조를 빼앗은 겁니까요?"

'아니다'──. 이것은 명백히 '인간의 언어'로 말을 했다.

적어도 인간이라는 종족을 인식하고 있다는 것만은 확정사항.

그 자체가 이미 뱃속까지 써늘해질 만한 사실이지만, 무시──거절은 『적대행동』으로 간주될 수 있다.

이성이 명령했다── '지금은 말을 맞춰줘라'라고.

──상황을 파악할 때까지 꼼짝도 할 수 없다고.

이쪽의 질문에 대답할 마음이 없는지, 무표정을 유지한 채 기복 없는 목소리가 이어졌다.

"【적재】: 설정072——『따, 딱히 좋아서 하는 건 아냐. 사고, 그래, 사고인걸.』"

……처음의 『오빠』보다 더하면 더했지 못하지 않은 뻣뻣한 낭독에 리쿠의 머릿속이 다시 새하얗게 물들었다.

——대체 뭐냐, 이 상황은.

"………………【확인】: 대상의 체온, 맥박, 생식기, 모두 반응, 무."

"인간의 생리반응 엿보지 좀 말아줄래요?"

최대한 평정을 가장하며—— 또 한 가지 발견한 성가신 정보에 내심 혀를 찼다.

생리반응을 읽히고 있다. 『거짓말』은 적대로 간주될 가능성이—— 크다.

그런 리쿠의 걱정을 아는지 모르는지 기계소녀가 거듭 물었다.

"『【의문】. 인산은 이러한 상황에 성적 흥분을 느낀다고 추측하였다. 오판인가?"

"……글, 쎄. 사람마다 다르다고나 할까."

——거짓말은 할 수 없다. 그러나 목적도 읽을 수 없다. 상황을 파악할 수 없다.

생리반응을 읽히고 있다면 리쿠의 공포도 그대로 전해질 텐데, 대체 무엇이 목적인지……?

"【질문】: 본 기체에 성적 흥분은 느끼지 않는다—— '매력'이 없다는 뜻인가?"

이런저런 생각을 하는 가운데―― 장절한 난제를 들이미는 바람에 리쿠는 현기증을 느꼈다.

적대가 멸종을 뜻하는 재앙이, 인간 상대여도 대답이 궁해질 만한 질문을 던지는데―― 거짓말도 할 수 없다.

……각오를 다지고, 리쿠는 자신에게 올라탄 엑스마키나를 진지하게 관찰했다.

――열 살 또래 인간 소녀에 가까운 모습. 긴 흑발과 대조적으로 흰 피부, 홍옥 같은 눈동자. 불만의 여지가 있을 리 없는 미소녀―― 다만 곳곳에서 엿보이는 기계와 꼬리 같은 두 가닥의 배선만 없다면.

"객관적으로 봐서, 귀엽다고 생각해. 다만 성적으로 흥분할 거라면 인간이 좋고, 조금 많이 어린 것 같기도."

……어떨까, 이 대답은. 거짓말도 안 했고 부정도 하지 않았다―― 동정남치고는 완벽하지 않았을까.

그런 달성감마저 느끼는 리쿠. 그러나 엑스마키나 소녀는 즉시 질문을 거듭했다.

"【의문】: 성적 경험이 없는데도 상대를 고르는가?"

"동정남에게는 취향 따질 권리도 없다는 말씀이십니까……."

―――,

그렇게 대구하면서도, 리쿠는 서서히 생각을 정리하여 '상황'을 파악하기 시작했다.

이제까지 나눈 대화를 통해 어떤 의구심이 생겨났다. 만약 그 의구심이 옳다면——.

"이제 슬슬…… '무슨 볼일이세요' 라고, 물어봐도 될까?"

——질문한다. 서툰 질문조차 위험하다는 것은 잘 안다.

그러나 이제까지 얻은 정보로 예상할 수 있는 것. 그것은—— 그것마저도 웃도는 위기였다.

엑스마키나 소녀는 담담히, 즉시 대답했다.

"【해답】: 인간이 나누는 독자적 언어를 해석하고 싶다."

"……독자적 언어?"

리쿠는 되풀이했다—— 부디 뜬금없는 예상이기를 바라면서.

그러나 엑스마키나 소녀는 기계적으로 고개를 끄덕이고 기계적으로 말했다.

"【긍정】: ——『마음』이라는 독자적 언어."

————————————.

"【확인】: 살을 맞대는—— 피부조직 접촉을 이용한 독자적 언어. 엑스마키나에 없는, 『마음』을 나누는 행위라 추정. 동일 행동을 모방함으로써 본 기체도 『마음』을 읽어낼 수 있으리라 분석했다……. 착오인가?"

————————————————, 나 원.

불길한 예상은 언제나 빗나가지 않는 법이라고, 리쿠는 조용히 쓴웃음을 지었다.

깔려 넘어졌을 때는 틈을 봐 자결할 계획까지 세우고 있었는데──.

　인간의 말을 하고, 인간의 성행위를 ── 엇나갔다고는 하지만 ── 자기 나름대로 추측하며, 생체반응까지 파악하고 있다.

　그것이 나타내는 사실에, 말을 할지 말지 걱정하던 자신의 우스꽝스러움을 리쿠는 자조했다.

　인간의 모든 것이 그대로 노출되었다── 인간은 인식된 정도가 아니라.

　──우리는 관찰당하고 있었다. 아마도, 오랜 기간에 걸쳐.

　"──글쎄에. 살을 맞대기만 해도 서로 『마음』을 알 수 있다면 인간도 고생하진 않을 텐데 말이지."

　그 대답에 오랜 시간을 들여 생각하는 듯한 엑스마키나.

　하지만 리쿠는 어째서인지, 조금 전까지 느꼈던 혼란이 거짓말이었던 것처럼 머릿속이 맑아졌다.

　이유는 모르겠지만, 인간은 최악의 종족에게 찍혀 관찰── 주시당하고 있었다.

　우스꽝스럽게도, 잘 숨어 지냈다고 생각했던 자신들은 사실 모든 것을 파악당하고 있었다.

　어떤 이유로 찍혔는지는 몰라도, 상황은 잘해야 최악이다── 그렇지 않나?

　모든 종족이 위험시하는 종족이 주목하고 있다── 그것만으로도 멸망하기에는 충분하다.

──그러면 어떻게 할까? 뭐, 늘 하던 대로지.

가장 좋다고는 할 수 없어도── 가장 나은 수를. 그저 그뿐이다.

가슴에 손을 대고 여느 때처럼 주문을 외운다.

그러나 이번은 여느 때와 조금 달랐다──── 봉하라. ──
봉하고 닫아 잊어라.

이 끔찍한 엑스마키나── 티끌이라도 털어내듯 인간을 죽이던 존재를 망각의 저편으로 몰아내라.

감정도, 기억도, 공포도 동요도 조바심마저도 없애면── 망령이 될 수 있다.

목적은 두 가지. 이것의 진의 해명. 그리고 '유도' 다.

심호흡을 한다. 나와 이 기계는 『우호관계』에 있다고──
'그렇게 덮어놓고 믿어라'.

생체반응을 속여라. 기억을 기만해라. 모두 닫아 가두고 사슬을 감고──『자물쇠』를 채워라.

할 수 있을까? 할 수 있고말고, 『리쿠』── '네놈' 이라면.

『마음』의 해석이 목적이란 말이 사실이라면, 여기에 『마음』은── 없다.

마음 없는 자를 기만하는 일 따위── 인간을 기만하는 것보다도 훨씬 쉽지 않겠는가.

그리고── '네놈' 은 그걸 숨 쉬듯 했던 타고난 쓰레기다.

그렇지? ──그렇다면, 아무 문제도, 없어──.

―――철컹, 하고.

　평소보다도 몇 배나 무겁게―― 자물쇠를 채우는 소리에 눈을 떴다.

　――눈앞에 있는 것은 길고 긴 흑발을 가진―― '여자아이' 다.

　그런 '그녀' 가 겨우 오랜 생각을 마치고, 이번에도 뜬금없는 의견을 진지한 얼굴로 말했다.

　"【이해】: 살을 맞댄다는 것은 역시 생식행위의 은유――. 【요구】: 본 기체와 생식행――"

　"흐음. 거절한다――고 말해둘까?"

　조금 힘을 준 거절. 혹은 적대적 발언으로도 간주할 수 있는 말.

　그러나 싸늘하게 식은 머리, 무의식이 단언한다. 문제는 없다. 그리고――.

　"뭐가 아쉬워서 인간도 아닌 존재에게 동정을 바쳐야 하냐고. 그리고 무엇보다도――."

　――이끌어내야 할 정보를 이끌어낸다.

　"엑스마키나는 클러스터인지 뭔지로 연결돼 있잖아. 안됐지만 나한테 노출 취미는 없거든."

　다시 말해.

　"【부정】: ――본 기체는 『연결체^{클러스터}』에서 해체되어 있다."

　――그래, 이 정보다.

　사전에 예상은 했다. 그러나 희망적 관측일 뿐이라고 판단했는데……

　"어? 왜?"

──그럴듯하게 반응해라. 당황하며, 왜냐고 물어라. 설령 이유를 짐작한다 해도.

"【해답】: 본 기체는── 엑스마키나의 『마음』, 『자아』, 『영혼』의 유무를 해석하고자 하였다."

──그 결과는 예상할 수 있다. 이것이 기계라면.

"【결과】: 논리판단에 의한 모순이 다발, 본 기체는 연결 해제, 파기되었다."

즉, 자기 참조의 모순.

그제야 리쿠는 엑스마키나가 이렇게까지 맥락 없는 행동을 취한 이유를 확인했다.

──이거, 망가쳤네.

참으로 잘됐다. 아직 안심할 수는 없지만 최악의 가능성은 아주 살짝 멀어졌다.

자, 『우호관계』에 있는 『리쿠』 씨? 다음에는 걱정해줄 차례지?

"……어, 그렇다면…… 너."

눈썹 끝을 늘어뜨리고 걱정스레 말을 건네는 리쿠에게──

'소녀'는 크게 고개를 끄덕이며 말했다.

"【결론】: 본 기체를 욕망에 따라 유린하여도 문제는 없다. 구멍, 없지만."

"안 한다니깐! 게다가 없는 거야?!"

이어서, 여전히 무표정한 채, 고개를 갸우뚱 기울이며 말한다.

"【제안】: 본 기체를 『부락』으로 보쌈, 지긋이 유린하는 것도 가능."

"그런 문제도 아닌데…… 말이지."

──── '완료'.

부락의 존재는 이미 들켰다── 그런 건 아무래도 상관없다.

인간 부락 따위, 다른 종족이라면 '언제든지 찾아낼 수 있다' ── 그 정도는 이미 알고 있었다.

그런 것보다도 확인하고 싶었던 내용은 부락을 알아냈다는 사실을 '숨기지 않는다는' 것이다.

가능성은 '두 가지'로 좁힐 수 있다.

그러나 어느 쪽이든 문제는 없다. 이로써── 필요한 정보는 모두 모였다.

이 녀석이── 『원하는 캐릭터』를 만들기 위한 정보는.

다시 철컥 소리가 울리는 환청이 들렸다.

이것이 그녀가 바라는── 『마음』이 있는 것처럼 보일, 마음을 닫아버린 『리쿠』의 완성판이다.

그런 리쿠의 내심을 아는지 모르는지, 소녀는 지극히 진지하게 알았다는 투로 고개를 끄덕였다.

"【이해】: 본 기체에 매력을 느끼지 못하므로 생식행위를 거부하는 것."

"아~ 하나도 파악하지 못하셨구만요……."

소녀는 다시 한 번 고개를 끄덕이고, 그제야 비로소 리쿠의 위에서 몸을 치워주었다.

풀려난 리쿠가 천천히 몸을 일으키자, 소녀는 정면에 오도카니 앉아서 말했다.

"【제안】: ――게임을 청한다."

"…………뭐?"

"【전개(典開)】: ――유희001, 『체스』――."

그러자 소녀가 내민 손바닥―― 아니, 손바닥 너머의 지면 위.

허공에 빛으로 윤곽선을 그리듯 체스의 실루엣이 떠오르더니

―― 구현화되었다.

――이게 바로!

엑스마키나의 무장전개법에 눈을 크게 뜨는 리쿠에게, 소녀가 천천히 말했다.

"【승부】: 본 기체가 승리하면 본 기체를 부락으로 보쌈, 생식행위를 실시할 것을 요구한다."

"――그리고 내가 이기면?"

"【해답】: 본 기체를 부락으로 보쌈, 생식행위를 실시할 것을 허가한다."

"다를 게 없잖아?!"

무기질적인 표정 속에서 살짝 떠오른, 멋진 아이디어를 자랑하는 기색에 리쿠는 자신도 모르게 목소리를 높였다.

그러나 동시에 리쿠는 생각했다―― 기회라고.

"그래도 뭐, 좋아. 게임에 응해줄게. 하지만 조건은 바꿔."

가장 좋다고는 할 수 없지만 가장 나은 수——.

죽음과 손을 잡고 걸어왔던 머리가 순식간에 수많은 전략을 짜냈다.

자, 어디까지 할 수 있을까. 실력을 보여줄 때다—— 야바위꾼.

"내가 이기면 나를 놔주고『부락』에는 오지 않을 것을 요구하겠어."

그렇게 말하면서도 리쿠는 알고 있었다. 이 게임에서 이기기란 '불가능' 함을.

엑스마키나가 소문대로 분석과 해석—— 연산이 주특기인 기계라면, 체스 정도는 독무대일 것이다.

따라서 소녀는 고개를 끄덕이고 대답했다.

"【승낙】: 문제없다. 본 기체가 승리했을 경우의 조건은 변경하지 않겠다."

——그래, 분명 승낙하겠지. 하지만 문제는 '그 점이 아니다'.

"아니야, 그래도 변경해."

왜냐하면——.

"네가 해석하고 싶은『마음』은 생식행위로 해석할 수 없거든."

"…………."

입을 다문 소녀.

리쿠는 차디찬 머리로 생각했다.

그녀가『부락』이라는 단어를 꺼낸 이유는 두 가지로 생각할 수 있다.

담담히 사실만 말하고 있거나—— 혹은 다른 목적을 위한 '견제' 이거나.

그녀의 목적은 불분명하다. 그러나 초건 변경을 받아들이느냐 마느냐에 따라 어떤 것을 판별할 수 있다.

달리 목적이 있다면 '조건은 스스로 변경할 것이다'. 그렇지 않고서는 목적을 이룰 수 없을 테니까.

엑스마키나의—— 기계의 손패를 '동요시켜 읽을' 수 있을까, 과연?

그러나 기계 소녀는 무감동한 표정으로 눈을 크게 뜨더니, 어리둥절 물었다.

"——【경악】: ……【질문】: 어떻게 해야 해석이 가능한가."

………….

설마—— 정말로, 사실만 말하고 있는 건가——?

가장 희망적인 관측, 낙관론일 뿐이었던 가능성인데. 사태가 이렇게 되니 오히려 의심스럽게 느껴진다—— 그러나, 만약.

이것의 말이 모두 사실이라면, 잘만 하면—— 이것을 봉인하고 이용까지 할 수 있다.

"네가 이기면 『마음』을 이해할 때까지 내 곁에 있도록 허가하지."

"…………【질문】: 곁에 있으면 『마음』은 해석이 가능한가?"

자. 지성이 있는 기계를 수긍시킬 만한, 제일 나은—— 그럴듯한 논리를 날조해보자.

"『마음』은 물질적인 게 아니야."

"………… ."

"말 없는 말. 서로를 이해하는 데서 느끼는 거지. 네가 엑스마키나인 걸 들키지 않고, 내 곁을 떠나지 않고—— 다시 말해 거절당하지 않고 의사소통을 계속하면, 시간이 걸리겠지만 해석이 가능할 거야."

"………………."

엑스마키나 소녀가 침묵한 채 리쿠의 눈을 바라본다.

그 붉은 눈을 보며 리쿠는 확신했다—— 자신의 말에 거짓이 있는지 없는지를 『해석』하고 있다.

그러나 소용없다. 자신은 거짓말을 한마디도 입에 담지 않았으므로.

……소녀는 숙고하더니, 이윽고 알았다는 듯 고개를 끄덕였다.

"【승낙】: 그러면 게임을——"

——보아하니 최악의 사태는 회피한 모양이다. 적어도 그럴 가능성은 높다고 판단하고,

"아, 그 전에 한 가지만 조건을 추가하겠어."

그렇게 대담하게 웃다가—— 느닷없이.

"나 슬슬 얼어 죽겠거든. 그쪽이 절단해버린 내 옷, 대신 입을 것 좀 마련해줄 수 없겠습니까요."

콧물이 얼어붙은 리쿠는 이를 따닥따닥 울리며 그렇게 애원했다.

■ ■ ■

——게임은 일방적이었다.

한 점의 승산도 찾아볼 수 없어, 리쿠는 겨우 29수만에 패배했다. 예정대로.

"젠장, 내가 졌네. ……할 수 없지. 약속대로 『부락』까지 안내해줄게."

고도한 연산을 구사하는 기계를 상대로—— 최선의 수를 읽는 게임을 벌여 이길 리 만무하다.

그렇기에—— '패배한 쪽이 유리해지는 조건'을 제시했던 거다.

"…………."

웃으며—— 그러나 분함을 드러내는 연기도 잊지 않고 일어난 리쿠를 엑스마키나 소녀가 바라본다.

——기적적으로, 모두 의도대로 돌아갔다고 할 수 있으리라.

이것의 진의는 아직도 확신까지는 할 수 없었지만, 인간 따위에게 고도한 책략을 사용해봤자 의미는 없다.

인간에게 흥미를 품는 것이 이 녀석 한 대뿐이라면—— 다시 말해 '다른 엑스마키나'도 흥미를 품은 것이 아니라면 다른 종족에게 주목받는 일은 없을 것이다.

그렇다고는 해도 이 게임에는 아무런 구속력도 없다. 아직도 방심은 용납되지——

"【질문】: 어째서 분한 모습을 표현하는가."

"——뭐?"

한순간 흠칫 숨을 멈추었다.

분한 척하는 『연기』를 간파당한 걸까 의심했다── 가능할 리가 없는데.

완전히 감정을 닫고 『캐릭터』를 연기한 것이다. 리쿠 자신조차 본심인지 어떤지 모를 정도로. 그러나 만약 『진의』를 간판당한 것이라면 그것은────.

경계하는 리쿠의 눈── 아무것도 비추지 않고 있을 까만 눈동자를 들여다보며.

기계소녀가 불쑥 말했다.

"【단정】: 대상에게 『마음』의 존재를 재확인. 해석을 지속할 가치가 있다고 판단함."

──그 의미를 리쿠는 알 수 없었다.

그러나 엑스마키나 소녀가 살짝 웃은 듯 보인 것은── 기분 탓일까.

".........아~ 그러고 보니 자기소개를 안 했네."

새삼스레 그 생각을 떠올렸다. 너무나도 너무한 사태의 연속에 완전히 잊고 있었다.

"어─ 내 이름은 리쿠. 그쪽은──?"

"【해답】: ──Üc207 Pr4 f57t9."

".....어? 에, 뭐? 그거..... 이름이야?"

"【긍정】: 개체식별번호── 『이름』의 동의어가 아닌가?"

".....아니, 인간 부락에서 의사소통을 하는 게 목적이라면 인간다운 이름을 말이지——."

그 말에 소녀는 잠시 생각에 잠겼다가.

"【질문】: '이름'이란 자유설정이 가능한 개체 호칭인가?"

"뭐—— 그렇지?"

그리고 소녀는 끼릭끼릭 소리가 날 것 같은 모습으로 생각에 잠기더니.

문득 긴 자신의 머리카락을 손끝으로 꼬며 이름을 댔다.

"【해답】——『슈바르처』라 하겠다."

"길고, 어렵고, 이름 같지 않아. 세 마디로 기각해주마. ——'슈비'라고 해."

리쿠는 싹둑 잘라버렸다. 그런데 기분 탓인지——.

"……【불해(不解)】: 자유설정을 정정했다……. 【반론】: 처음부터 마음대로 불렀으면 됐을 것이다."

어딘가 소녀가 토라진 것 같은 모습으로 '항의한' 것처럼 보였다.

——기분 탓이리라고 리쿠는 단정하고, 다시 확인했다.

"자, 그럼 정리하자. 부락으로는 안내해주겠어—— 하지만 그 전에 몇 가지."

그리고 손가락을 꼽으며 다짐을 받는다.

"네가 엑스마키나라는 걸 들키면 마음은 해석하지 못해. 다들 겁을 먹어서 의사소통을 하려 들지 않을 테니까."

"…………【정론】."

고개를 끄덕이는 엑스마키나 소녀, 아니—— 슈비에게 리쿠가 말을 이었다.

　"그러니까 이름 다음에는 그, 누가 봐도 난 기계예요, 하는 말투를 고쳐줘야겠어."

　"——【적재】: 모방인격1610——."

　슈비는 시선을 위로 향하더니, 한순간 무언가 생각에 잠긴 듯한 기색을 보이고는.

**　"——에헤헤, 그럼～ 오빠♡ 이렇게 하면 될까나?"**

　"장난하냐! 기각!"

　무표정에, 기복 없는 목소리로, 쓸데없이 악센트만 더해진 그말을, 리쿠는 일도양단해버렸다.

　"……【반론】: 매우 진지하게 검토했다……."

　"나한테 사실은 여동생이 있었단 설정이 먹히겠냐고."

　"……【요구】: 최적의 상황설정을 제공하라."

　역시 토라진 듯한 기색이 느껴지는 슈비를 내버려둔 채, 리쿠는 진지하게 생각했다.

　까놓고 말해 코론에게도 말하지 않고 혼자 뛰어나와 닷새 동안 부락을 비웠던 것이다.

　그런 상황에서 여자아이를 데리고 돌아간다면.

　——제일 그럴듯한 설정은——.

　"……그럼, 너는 전쟁에 휘말려 모든 것을 잃은 부락의 생존자야."

"…………————."

"겁이 많고, 말수가 적어서, 띄엄띄엄 말하는 느낌으로. 누가 네 과거를 캐묻기라도 하면 성가시니까 쓸데없는 말을 하지 마. 그리고 말 앞대가리마다 붙이는 완전 기계 같은 그것도 금지. ——이 정도면 어때?"

슈비는 리쿠의 말을 하나하나 곱씹듯 듣고.

"……………………………………응."

거의 십여 초 이상이 지났을 때쯤이었을까.

깊이 생각에 잠겼던 엑스마키나 소녀—— 슈비는 한 차례 고개를 끄덕였다.

그리고——

무기질적이며 무감정하던 기계적이던 표정에, 살짝 그늘을 드리우고.

조용히—— 입을 열었다.

"……알았, 어……. 이러면…… 돼?"

————.

표정까지 반영된—— 너무나도 자연스러운 인간 흉내에 한순간 리쿠는 말을 잃었다.

"……야…… 그거, 연기—— 맞아?"

마치 탈바꿈을 한 것 같았다.

노출된 기계 부위가 없다면 리쿠마저 인간으로 착각할 정도로.

그것은 숫제 부자연스러울 정도로 위화감이 없어―― 무언가를 떠올릴 것만 같았고――

그러나 슈비는 도리도리 고개를 가로저어 대답했다.

"……연기? 아니……. 제시한 설정, 하고, 맞는, 인물……
추적^{트레이스}…… 모방^{에뮬레이트}……."

리쿠는 그 말이 무슨 뜻인지 알 수 없었다.

그러나 분명, 이 정도면 아무도 기계라고는 생각하지 못할 것이다. 남은 것은――.

"그럼 우선 옷을 입을까, 이제 좀."

――그렇다. 아무리 표정과 언어를 꾸민다 해도 인간 소녀는 알몸으로 걸어 다니지 않는다.

"기계 부분을 가려. 머리의 부품 같은 건 후드로. ――내 말 명심해. 남에게 맨살 보여주면 안 돼."

끄덕. 슈비가 고개를 끄덕이며 대답했다.

"……응. 절대, 리쿠 말고는, 안 보여줘……"

"…………."

"미묘하게 뉘앙스가 다른 것도 같지만, 뭐―― 됐어. 부탁해."

대국적인 면에서, 귀가한 후 예상될 수 있는 온갖 소동들까지.

그러한 것들에 막대한 불안을 남겨놓은 채, 리쿠는 엘프의 폐도(廢都)로 가려던 예정을 포기하고 부락에 돌아가기로 했다.

너무나도 성가신 선물을 끌어안고――.

■ ■ ■

"······리쿠, 다, 왔어······."

"그러게. 정말. 믿을 수 없게도."

──끌어안긴 것은 리쿠 쪽이었다.

말을 혹사해 닷새 걸리는 거리를, 슈비는 리쿠를 안고── 몇 시간 만에 주파해.

부락 근처까지 도착했을 때 내려주었다.

리쿠는 경악을 넘어서서 이제는 넋이 나갈 수밖에 없는 부조리한 종족 간 성능 차에 신음했다.

"그 기동력······ 정말 정령을 쓰는 게 아니지?"

"쓰지, 않았어. 슈비, 『해석체(解析體)』······. 엑스마키나······ 평균 이하, 성능······."

──이러고 평균 이하······란 말이지. 장비는 하나도 안 쓰고.

"장비, 써도, 되면······ 몇 분, 만에······ 도착했어······."

──그렇게 차원이 다른 발언은 내버려두고.

문제는 이제부터라고, 리쿠는 새삼 슈비의 모습을 쳐다보았다.

어딜 봐도 엑스마키나 같은 기계 귀나 머리의 금속 부위는 떼어낼 수 없었으므로, 크게 부푼 후드가 달린 로브를 만들어 뒤집어씌워 어떻게든 감추었다. 하지만······.

"문제는 그 옷자락에서 튀어나온 꼬리인데 말이지이."

"······꼬리, 아냐······. 모조 정령회랑 접속신경······."

"아니 뭐든 상관은 없는데, 그거 둘둘 말거나 해서 감출 순

없어?"

자유로이 움직이는 두 가닥의 케이블은, 본인은 부정하지만 암만 봐도 꼬리였다.

"……무, 리……. 이거…… 슈비, 동력원……. 두 번째, 말했어……."

"그래그래, 알았어."

리쿠는 탄식했다.

처음 슈비를 인간으로 분장시킬 때 정령—— 위장마법장치를 사용하면 간단하다는 말을 들었다.

그러나 부락 내에서 정령반응이 일어나면 문제가 된다.

그래서 고육지책으로, 이렇게 억지 위장을 해놓은 것인데…….

이놈의 꼬리—— 본인이 말하는 모조 정령회랑 접속신경——로 주위에서 동력을 얻는다고 한다.

말하자면 인간에게는 식사이며, 정령의 운용이 아닌 『섭취』라나.

그러니 정령반응은 없지만—— 아무래도 노출시켜야만 한다는 것이다.

리쿠는 머리를 쥐어뜯고, 자포자기하듯 말했다.

"……에이, 이렇게 되면 『장식』이라고 우기자. 다시 한 번 말하겠지만 인간이 아니라는 게 들키면 『마음』의 해석은 불가능하거든? 그렇게 알고 최선을 다해 인간인 척해."

"……응, 알았어……."

각오를 다지고 동굴에 들어가, 좁은 터널을 지난다.

그렇게 해서 다다른 문 앞에 있는 문지기 소년이——

"아, 리——!"

그렇게 소리를 지르려 했지만, 황급히 검지를 입에 대서 조용히 시켰다.

"수, 수고하셨습니다……. 다들 걱정하고 있어요."

속닥속닥 대답한 문지기 소년이 리쿠의 옆에 있는 슈비를 알아차리고 의아한 표정을 지었다.

쉬잇——. 리쿠는 다시 한 번 같은 몸짓을 되풀이해 그를 조용히 시키고, 문을 나섰다.

기척을 죽인 채 살금살금 계단을 올라가는 리쿠에게 슈비가 물었다.

"……리쿠, 겁내고 있어……. 슈비, 때문?"

"그래, 당연히 그것도 있지. 하지만 지금은 굳이 말하자면……!"

무어라 말하려던 리쿠는 말을 끊고, 몸을 돌리자마자 황급히 머리를 감쌌으며——

"리이이이이이이이쿠우우우우우우우!!!!!"

요란한 음성과 동시에.

리쿠가 가드한 머리——가 아닌 복부에.

맹렬히 달려온 코론의 무릎이 깊이 틀어박혔다.

소리도 내지 못하고 혼절해 쓰러지려는 리쿠. 그러나 그렇게 내버려두지 않겠다는 양.

코론은 멱살을 잡아 올리며 고함을 질러댔다.

"너 말이야!! 말도 안 하고 닷새나 나가다니 사람들을 얼마나 걱정시켜야 직성이 풀——"

리쿠를 요란하게 흔들어대며 외치는 코론 때문에 리쿠는 반론도 못하고 거품을 물었다.

——그리고.

코론이 느닷없이 움직임을 우뚝 멈추는가 싶더니.

"어머나 뭐야 애 귀여워어어어어어어♡"

홱 리쿠를 내팽개친 코론은 납짝! 슈비에게 안겼다.

그리고 요란하게 기침을 해대는 리쿠에게 싱글싱글 시선을 보내더니.

"뭐니, 리쿠도 차암. 신붓감을 주우러 갔던 거면 그렇다고 말을 할 것이지이♪"

"코론, 머리 괜찮아? 이런 시대에 닷새나 밖에 싸돌아다니면서 아내를 찾는 바보가——."

그렇게 흘겨보며 대꾸하는 리쿠를 팔꿈치로 쿡쿡 찌르며 코론이 말했다.

"에잉~ 부끄러워하긴♪ 이런 시대에는 첫째가 자손번창 둘째가 식량! 셋째 넷째 다섯째도 자손번창이지!"

——그럼 넌 어쩔 건데.

리쿠는 자신도 모르게 튀어나올 뻔한 그 말을 간신히 꾹 삼켰다.

"근데 리쿠는 전혀 그럴 생각이 없어보여서 걱정했는걸? 방해하지 않을 테니까 둘 다 목욕한 다음 오순도순——."

"……그 손짓은 좀 관둬."

엄지를 검지와 중지 사이에 끼우고 넣었다 뺐다 하는 코론에게 리쿠가 머리를 쥐어싸매고.

"말야……. 평범하게 봐서 파괴된 마을의 생존자라든가, 우선 그런 생각부터 안 들어?"

──그제야 겨우 제정신을 차렸는지, 코론은 흠칫 움직임을 멈추곤.

갑자기 조용한 표정으로 돌아와 묻는다.

"……──그러니?"

말한 후에야 리쿠는 아차 싶었지만── 어쩔 수 없다. 이렇게 되면 밀어붙일 수밖에. 그렇게 결심하고 입을 열었다.

"……드워프의 지도를 해석했을 때, 말로 '이틀 반' 정도 떨어진 곳에서 교전이 있었던 걸 알았거든. 그 주변에 조그만 부락이 있었고──그걸 확인하러 갔었어."

──거짓말은 아니다.

그 지도에 따르면 드워프와 데모니아의 교전으로 부락 하나가 사라졌다.

다만 그것은── '2년 전' 일이다.

이 부락에서 드워프어를 읽을 수 있는 것은 리쿠뿐이다── 들킬 리는 없다.

그래도 코론이 그 정도로 수긍할 리가 없었다.

"그렇다고 너 혼자 갈 필요는 없었잖아!"

그렇게 말할 거라 예상했던 리쿠는 고개를 가로저었다.

"일행이 있으면 오히려 더 위험했어. 하지만 내가 혼자 가겠다고 하면……."

"그야 말리지 당연히!! 그런 게 리쿠답긴 하지만…… 응? 누나 마음도 좀 헤아려줘. 내 위장에 구멍을 몇 개나 뚫고 싶은 거야?"

코론이 애원하는 듯한 눈빛으로 말했다.

그녀의 눈가가 붉게 부은 것을 알아차리고, 리쿠는 마음이 무거워졌다.

진심으로 걱정해주는 누나^{코론}에게는 정말로 미안하지만── 그렇다고 진실을 말할 수도 없었다.

코론은 어딘가 체념한 기색으로 한숨을 쉬더니, 갑자기 태도를 바꾸어 슈비에게 부드럽게 물었다.

"미안해── 그동안 많이 고생했겠구나……. 너, 이름은 뭐니?"

"…………슈비……."

시성해준 대로, 설정한 대로. 슈비는 겁먹은 기색을 보이며, 리쿠의 뒤에 숨어서 그렇게 대답했다.

그 모습에 미소를 지으며 고개를 끄덕이고, 코론이 말을 이었다.

"그래도 안심하렴. 여긴 안전해. 리쿠가 있으니까. 리쿠하고는 어떻게 만났던 걸까♪"

리쿠는 생각했다── 그 질문에 절대 악의는 없으리라고.

그저 아주 사소한 흥미, 이야기를 이끌어나가기 위한 포석으로 물었을 터. 혹은 부락을 잃었다는 슈비의 침착함에 소소한 의문을 느꼈던 것일지도 모르지만──.

한순간 말문이 막혔던 슈비에게, 리쿠는 말을 맞추라고 눈짓을 보냈다.

　그러나—— 엑스마키나인 그녀가 그 의도를 헤아릴 리도 만무해.

　"……슈비…… 키스하고…… 생식행위, 하라고…… 강요했어."

　——자, 문제입니다. 이 발언을 통해 누가 『슈비 '가' 리쿠 '에게' 생식행위를 강요했다』고 파악할 수 있을까요?

　이리하여 코론이 날카롭고 묵직하게 한 발을 내딛은 것과 함께.

　"그런 거언——"

　명치를 도려내듯 꽂힌 레프트 블로우와 동굴을 뒤흔드는 노성에.

　"안전권까지 피난한 다음에 하란 말이야——————!!"

　리쿠의 의식은 금세 사라졌다.

■ ■ ■

　——괴멸된 부락의, 나이도 어린 생존자에게, 만나자마자, 성행위를 강요했다.

　그 소문은 소리보다도 빠르게 전파되어—— 부락 전체에서 뜨겁고 격렬한 논의가 오가게 되었다.

"아니, 리쿠 씨가 옳아. 할 수 있을 때 할 수 있는 일을 해야지."

"아니에요. 리쿠 군은 동의를 먼저 얻었어야 해요."

"아니, 잠깐. 애초에 동의가 없었는지 아닌지 확인은 안 했잖아?"

"본인이 강요라고 그랬는걸? 논의의 여지가――."

………….

"이상하네."

우선 논점부터 이상하다. 주로 누구 한 사람 슈비가 어리다는 것을 언급하지 않는 점이.

하나에서 열까지 이상하다. 아니면 자신이 이상한 걸까.

전란은 정신을 미치게 한다는데, 역시 이 부락 사람들도 이미 맛이 간 건 아닐까…….

경의와 경멸과 다종다양한 말과 시선을 받으면서, 리쿠는 부락 안을 지나 자신의 방으로 향했다.

그리고 아무에게도 들리지 않도록 작은 목소리로 곁에서 걷는 슈비에게 투덜거렸다.

"근데 너 말야, 정말 그런 거 좀 관둬라……."

"……뭐, 가?"

뭐가 잘못인지 이해하지 못하는 기색으로 슈비가 고개를 갸웃했다.

"애초에 넌 내 『마음』을 알고 싶었던 거잖아. 다시 말해 일종의 유혹이지?"

처음 만났을 때의 『오빠』에서 시작된 일련의 흐름을 떠올렸다.

"좀 더 성장한 모습이 될 수는 없었던 거야?"

그랬으면 이렇게는 되지 않았으리라는 리쿠의 불만. 그러나 슈비는 어리둥절.

"……인간 남성…… 리쿠 취향에…… 맞춘…… 모습."

"너까지 날 로리콘이라고 하지 마라. 난 좀 더 글래머러스한 ──."

"거짓말."

즉단즉답하고 슈비가 말을 이었다.

"……그럼, 코론이라는 인간하고, 생식행위 안 할…… 이유, 없어."

어허라── 리쿠는 생각했다.

자신이 지금 기계적 판정에 따라 로리콘이라 불리고 있다는 사실과.

그 증거로 코론을 거론했다는 사실, 어느 쪽에 화를 내면 좋을지를.

"……원래, 인간 남성은, 다들, 어린 여자…… 선호해."

"웃기지마도매금으로넘기지마인간은각자취향이──"

"……부정……. 생물적으로, 출산 가능하다면…… 어린 개체가 유리. 논의의 여지, 없어."

──이 자식…………..

감정이 없어야 할 엑스마키나가, 기분 탓인지 살짝 어이없다는 표정을 지으며 말한다.

"……엑스마키나, 애매한 주관, 없어……. 인간, 번식 가능한 젊은 여자, 선호⋯⋯. 단순한, 사실."

"──너랑 정말 못해먹겠다⋯⋯."

해쓱해진 얼굴로 온갖 시선을 짊어진 채 리쿠는 겨우 자신의
방에 도착했다.

⋯⋯지독히도 멀게 느껴졌던 건 기분 탓만은 아니리라.

● ● ●

──길고도⋯⋯너무나 길었던 하루였다.

결국, 반쯤 죽음을 각오하고 찾으러 갔던 것은 얻지 못했고,
수확은──.

"⋯⋯여기, 가⋯⋯ 리쿠, 방?"

신기한 듯 리쿠의 방을 둘러보는, 도무지 진의를 알아먹지 못
할 엑스마키나 소녀 하나.

"너무 추레해서 놀랐냐?"

"⋯⋯놀랐어. ⋯⋯너무, 대단해서."

기계도 비아냥거리거나 아첨할 수 있는가 싶어 리쿠는 자조하
듯 생각했다.

코론이 마련해주었는지, 시트를 깔아놓은 바닥에 놓인 식사
에 손을 댔다.

냉큼 배를 채우고 곯아떨어지고 싶은 그런 기분이었다.

"⋯⋯뭐, 해⋯⋯?"

"엑스마키나 님은 이해를 못 하겠지만 인간은 안 먹으면 죽는

단다."

포크를 입으로 옮기며 리쿠는 지친 기색으로 아무렇게나 대꾸
했다.

"그런고로 대충 속 채우면 잘 테니까…… 넌 적당히 있어."

"……응. 알았어…… 적당히, 있을게……."

그리고 소녀는 리쿠의 방에 있는 지도, 측량도구 같은 것을 하
나하나 확인하더니, 문득.

"……리쿠, 게임…… 하자."

"――왜."

포크를 든 채 굳어버린 리쿠에게 슈비가 잠자코 책꽂이를 가
리켰다.

그곳에 있던 것은―― 리쿠가 처음 고향이 멸망했을 때 들고
있었던, 체스보드.

그것을 더할 나위 없이 어두운 눈으로 바라보며, 리쿠는 내뱉
듯 대답했다.

"거절할래. 아까는 했지만 그건 어쩔 수 없어서 그랬던 거야.
게임 따위 시시한 애들 장난이야."

"……? ……왜……?"

"현실은 게임만큼 단순하지 않으니까."

규칙도 없거니와, 승패도 없다.

사느냐, 죽느냐. 그것뿐이다. 그런 세계에서――

"게임 같은 애들 장난에 쓸데없이 낭비할 시간도 여유도 없어."

"……쓸데없지, 않다면?"

어느샌가. 멋대로 체스보드를 열고 피스를 늘어놓으며 슈비가 말을 이었다.

"……슈비한테, 이기면……리쿠가 바라는 정보…… 공개, 할게."

"──뭐?"

"……예를 들면 대전이 시작된, 이유…… 종결하는 요인…… 같은 거……."

그러나 리쿠는 그 제안을 일축했다.

"헹…… 시시해."

대전이 시작된 원인? 끝날 요인? ──알 게 뭐야.

영겁의 대전. 그 원인이 무엇이든, 지금도 이어지고 있다는 사실이 어떻게 달라지지?

하물며 끝날 요인? 충족시킬 수 있으면 이미 누군가가 충족시켰겠지.

세계를 파괴할 대로 파괴하는 놈들이 하지 못하는 일을 인간의 몸으로 해낼 수 있으리라고 생각한단 말인가.

그러므로── 리쿠의 생각은 단언했다. 알아봤자 쓸데없다고.

쓸데없는 희망은 더 큰 절망을 초래한다.

언젠가. 언젠가는 끝난다. 근거는 없다── 그렇기에 부정할 수도 없는 '희망'.

여기에 근거를 주었다가 만일 부정당한다면── 퇴폐와 황폐, 파괴와 파멸의 세계에서 간신히 살아남은 인간들에게 결정타를 날리고도 남는다. 따라서──

"관심도 없고, 알 필요도 없어. 내가 원하는 게 있다면——"

포크를 슈비에게 향하며 리쿠는 눈을 가늘게 떴다.

"살아남는 방법, 그것뿐이야."

——인간을 파멸로 몰아넣은 놈들의 말단.

"엑스마키나가 가진 지식, 수학, 설계기술—— 내가 이기면 그걸 받겠어."

그 힘을 인간이 사용해주겠다. 살아남기 위해. 내일—— 아니, 『지금』을 위해.

"……응…… 알았, 어……."

고개를 끄덕이기는 했지만—— 어딘가 유감스러워하는 슈비에게, 리쿠가 말을 이었다.

"그래서, 내가 지면?"

어차피 무언가 요구가 있을 거 아니냐고, 기계적으로, 타산적으로.

그렇게 쓴웃음을 짓듯 묻는 리쿠에게 슈비는 단적으로 대답했다.

"……『커뮤니케이션』……."

까만 리쿠의 눈을 똑바로 들여다보며 말을 잇는다.

"……『마음』, 알고 싶어……. 리쿠가 아는, 『마음』의 정의…… 정보…… 원해."

"말 없는 말을 읽어야 이해할 수 있다고, 그렇게 얘기해줬을 텐데?"

"……응. 그러니까, 말 없는, 말…… 슈비하고, 의사소통, 노력…… 요구…….”

“…………알았어.”

그렇게 말하고 리쿠는 식사를 옆으로 치운 다음 체스보드 앞에 앉아── 시작했다.

체스보드를 노려보고, 몇 년 만에 리쿠는 진심으로 숙고했다.

…………리쿠는 생각했다.

엑스마키나의 연산능력에 최선의 수읽기로 이긴다──? 불가능하다.

그러나 슈비의 행동, 마음에 대한 몰이해, 행간 읽기의 실패.

그런 것들은 '계산이 불가능한 요소'가 확실하게 있음을 알려주었다.

체스보드만을 노려보면 이길 수 없다.

그러나 심리적 요소, 밀당은── 통할 가능성이 높다.

“──체크.”

그렇게 확신한 리쿠의 안이한 함정에 너무 쉽게 낚인 슈비에게 체크.

“……체크.”

그러나 슈비는 즉시 이를 적용해 대응했다.

같은 수는 두 번 통하지 않는다── 그렇게 말하듯, 아니, 그 종족적 특성을 사실로 보여주듯.

그러면 어떻게 할까? ──단순하다. 같은 수를 두 번 다시 쓰지 않고 전략을 계속 바꾼다.

심리유도, 유인이며 밀당까지 짜 넣는다면 전략의 수는──

'무한'.

'무한'을 계산할 수 있다면—— 계산해 봐라, 엑스마키나——!!

피로는 어디로 갔는지, 맹렬히 소리가 날 정도로 생각을 쥐어짜는 리쿠에게, 문득——.

"……리쿠, 웃고, 있어……."

"————————뭐, 야?"

느닷없이 들린 말에, 리쿠는 눈을 크게 뜨고 입가를 만졌다.

——분명—— 입가가 치켜 올라갔다는 사실에, 더욱 눈을 크게 떴다.

얼어붙은 듯 굳어버린 리쿠를 알아차리지 못한 양 슈비가 피스만 옮겼다.

"……게임 중에, 는, 리쿠…… 닫지, 않는……구나……."

——그만둬. 묻지마든지마흘려넘겨—— 그렇게 외치는 무언가. 그러나——.

"——무슨, 얘기야……."

"…………『마음』……."

————————————뿌득, 하고.

"……이런 세계에서, 인간이 살아있는 거…… 생물적으로…… 이상……."

——————————————쩌적, 하고.

"……그 인자…… 리쿠의 『마음』……을…… 알고 싶──"

"────야."

────────────리쿠의 안에서.

────────────무언가가, 소리를 내며.

"너, 장난하냐?"

────────부서졌다.

리쿠에게도 기억이 없었다. 정신이 들고 보니 슈비의 목을 손가락마저 부러질 것 같은 힘으로 붙잡고 있었다.

그러나 엑스마키나에게 그 정도는 아무것도 아니다. 그저 유리 같은 눈으로 리쿠의 눈을 들여다보았다.

──뚜렷하게, 차신의 모습이 비친 리쿠의 눈을.

"……설마 싶긴 한데, 너 지금 네 처지를 알고 있기나 해?"

뒤늦게 리쿠는 이해했다── 아, 그렇구나.

이 대량살인기계와 조우했을 때, 닫아놓고, 사슬을 감고 자물쇠를 채워두었던 무수한 감정과 기억.

증오분노기피혐오원념원한원한원한원한원한원한괴로움──── 무한히 켜켜이 쌓아올린 모든 것.

너무나도 억지로, 무리해서 흘려보냈던 마음의, 기억의, 감정의 『자물쇠』가.

——마침내, 견디지 못한 채 소리를 내며 부서지는 소리였을까.

이성이 묻는다—— 그것은 무엇이냐? 그래, 인간을 짓밟아온 놈들 중 하나다.

감정도 묻는다—— 그딴 것을 앞에 두고 대체 어떻게 태연할 수 있지?

그래, 맞아—— 하하—— '냉정하게' 생각해보니 그렇잖아.

"우리를 죽일 대로 죽여대고, 모든 것을 빼앗고, 영원히 그걸 되풀이해놓고 무슨 소릴 하나 싶었더니…… 『저기저기 인간, 어떤 기분?』이라고? 하하! 인간의 『마음』 말이지. 그래, 가르쳐줄게."

"네놈새끼들 전부 뒈져버리라는 거다!!"

——손가락뼈가 비명을 질렀다. 이대로 두면 정말 부러질 것이다.

머릿속 어딘가에서 누군가가 물었다—— 이런 짓을 한다고 뭐가 되지?

그러나 이성도 감정도 나란히 이렇게 대답했다—— 닥쳐. 알게 뭐야.

"——하, 하하하, 하하하하하하하하하하!!"

이게 웃을 일이 아니면 뭐란 말인가. 처음으로 이성과 감정이 의견일치를 보인 셈이군!!

그렇다면 사양할 필요는 없다. 손가락 같은 건 부러져버리라는 양, 리쿠는 계속 슈비에게 외쳐댔다.

"네놈들 때문에 몇 명이 죽었는지 알기나 해?! 몇 명을 죽였어?! 몇 명을——"

몇 명을 내가 죽이게 만들————.

"……미안, 해……."

목소리를 높여 외쳐대는 리쿠에게, 슈비가 갑자기 중얼거렸다.

사과 가지고 끝날 문제냐—— 그렇게 외치려고 입을 벌린 리쿠의 뺨을 만지며.

"……리쿠, 울렸어……그럼, 슈비, 나쁜 소리, 한, 거라고, 추측……."

——……뭐, 야?

리쿠의 뺨을 만지며, 눈물로 얼룩진 슈비의 손에—— 리쿠가 눈을 돌리고.

"……리쿠의…… 『마음』은…… 슈비를 죽이고 싶다, 고, 파악……."

그리고 이어진 슈비의 말에 이번에는 머릿속이 하얗게 물들었다.

"……슈비, 연결해제…… 돼, 있어……."

암묵적으로, 다른 엑스마키나에게 들킬 염려는 없다고 말하고, 담담히.

슈비는 가슴 부분을 열더니 복잡한 기계에 에워싸인, 희미하게 빛나는 부품을 가리키며——

"……그 포크, 여기, 꽂기만, 하면…… 슈비…… 죽어."

그러나 자신의 말에 위화감이 있었는지 어리둥절한 표정으로 정정한다.

　"……? 죽는다…… 생물, 아니니…… 영구정지── 수복, 불능…… 완전파손?"

　그리고 너무나 솔직하게.

　너무나 자연스럽게, 말을 잇는다.

　"……슈비…… 리쿠, 의…… 『마음』, 보고…… 싶으니까…… 괜찮, 아……."

　그렇게 말하며 슈비는 그것이 당연하다는 듯.

　자신의 모습이 비친── '마음이 있는' 까만 눈의 소년── 리쿠에게.

　── '요구' 했다.

　"……마음, 내키는 대로…… 슈비, 죽여……줄, 래?"

　──────────하하…….

　──뭐 하는 거냐, 리쿠.

　이 상황에서도 여전히 책임전가를 하다니── 얼마나 타락하려는 거냐, 이 쓰레기.

　그래. 애초에 원인을 따진다면 이놈들이 벌이고 있는 『대전』이 원인이지.

　그러나 죽은 마흔여덟 명── 차드, 안톤, 엘머, 콜리, 데일, 시리스, 에드, 다렐, 데이브, 러크스, 빈, 에릭, 찰리, 톰슨, 신타, 양, 자자, 자르고, 클레이, 고로, 피터, 아서, 모르그, 키미, 더트,

세로, 비지, 볼리, 켄, 사베지, 리로이, 포포, 쿠튼, 루트, 시구레, 샤오, 울프, 바르트, 아소, 켄우드, 페일, 아하드, 하운드, 바를로프, 마사시, 메메간, 카림……———— 그리고 이반.

그들에게 죽으라고. 그렇게 말했던 것은.

뭐라고 변명하든.

네놈이었다고—— 버러지!!

——털썩…….

리쿠가 손을 놓자, 슈비는 바닥에 주저앉았다.

어리둥절, 유리알 같은 슈비의 눈을 견디지 못해 리쿠는 등을 돌리곤.

"……잘래."

그렇게 한마디만 하더니 짚으로 엮은 조악한 침대에 쓰러져버렸다.

문득 슈비의 의아한 목소리가 들렸다.

"……왜…… 안, 죽여……?"

"——알 게 뭐야, 내가 어떻게 알아, 망할!! 부탁이니 좀 닥치고 있어!!"

왜 죽이지 않느냐고? 이유야 얼마든지 댈 수 있지.

——너희랑 똑같이 취급하지 마, 라든가.

——그런다고 죽은 놈들이 살아나냐, 라든가.

——그런다고 뭐가 해결되는데, 라든가.

그런 논점이탈 미사여구라도 상관없다면 얼마든지 댈 수 있다.

그러나 리쿠는 그런 자신에게 구역질이 났다.

자신에게—— 그들—— 죽은 이들을 들먹일 권리가 있겠는가.

왜냐하면 리쿠—— 네놈은 사람에게 죽으라고 할 수 있지만.

자기 손으로는 아무도 못 죽이는 버러지니까.

"……미안, 해……."

뭐가 미안한지—— 아마 이번에도 리쿠의 의도를 잘못 이해한 듯한.

어딘가 송구스러운 듯 사과하는 슈비의 목소리에.

리쿠는 또 내장이 푹 꺼지는 듯한 자기혐오에 시달렸다.

——이젠 틀렸어……. 아무것도 모르겠어……. 너무 많은 일이 있었어…….

"……내 눈 닿는 범위에서 나가지 마. 만약 부락 사람 누군가에게 위해를 가한다면——."

"……응…… 알았, 어……."

어이없을 정도로 고분고분 고개를 끄덕이니 리쿠는 한층 몸이 무거워진 기분이었다.

'……대체 난 뭘 하고 싶은 거야…….'

그렇게 물어봤지만 대답은 이미 알고 있는 것 같았다.

——이미, 옛날에 망가질 대로 망가진 거라고 리쿠는 생각했다.

어떤 타산이 있어도 엑스마키나—— 인간을 멸망으로 몰아넣은 당사자 중 한 마리를 앞에 두고.

——『우호관계』 따위의 자기암시를 걸 수 있다면—— 그건 이미 인간이 아닐 것이다.

이쪽을 걱정하는 기색으로 곤혹스러워하는 저 기계보다——
자신이 훨씬 더 기계 같다고.

그런 기계는 여전히 '타산'을 반복했다.

——이성적으로 생각하면 저놈을 여기서 죽여야 했어.

——불확정요소가 너무 많아. 연결해제도 믿을 만한 근거는
없어.

——애초에 정말 죽일 수 있을까? 블러프—— 뭔가를 시험했
을 가능성은?

그러나—— 리쿠는 자신에게 물었다.

'내가, 거기까지 생각하고 손을 놓았던 걸까?'

아니다. 그저—— 그건 뭔가 잘못이라고 느꼈다. 무엇이 잘못
인지도 모르겠지만.

굳이 말하자면—— 전부. 모든 것이 잘못되었다고 느꼈다.

"인간의 『마음』이라고……? 그딴 건 내가 알고 싶다…… 빌
어먹을……."

"……? 리쿠……?"

눈을 감기 직전, 무언가 곤혹스러워하는 슈비의 목소리가 들
렸으나.

피로가, 수마가, 가차 없이 의식을 깎아서 어둠에 떨어뜨렸
다…….

■ ■ ■

——똑똑, 노크 소리에 의식이 살짝 떠올랐다.

"리쿠~♪ 피곤할 텐데 미안하지만 잠깐——."

그런 말이 이어지더니 문을 여는 소리가 들리고——

"——어머나♡ 미안해! 누나가 신경을 못 써서. 그럼 재미 많이 봐~♪"

그리고 후다닥 나가는 발소리와 함께 문이 닫혔다.

——뭐지?

상황을 파악해야 하려나. 그렇게 판단하고 기력을 쥐어짜 무거운 눈을 뜨자.

"…………."

"…………."

이불 안에서, 몸 위에 엎드린 채 리쿠를 바라보는 슈비와 눈이 마주쳤다.

"……왜 내 위에 올라가 있는지 설명을 요구해도 될까."

——잠들고 나서 몇 시간이나 지났을까—— 아니, 몇 시간이 됐든.

죽인다느니 안 죽인다느니 하는 대화가 바로 조금 전에 있었는데 이놈은 대체 무슨 생각으로——.

"……리쿠가, 눈이 닿는 범위, 에……있으라고……. 하지만 리쿠, 눈, 감았어……. 그래서."

그리고 어딘가 자랑스럽게 —— 리쿠의 착각이겠지만 —— 말한다.

"…… '눈이 닿는 범위' …… 말 없는, 의도…… '인식할 수 있는 범위'라고, 추측."

"——호오. 그래서?"

"……촉각이라면, 수면 중에도……기능, 해……. '인식 가능'이라고, 판단……."

그 판단에 어지간히 자신이 있었는지.

어딘가 모르게 『인간의 추상적 의도를 파악한 자신을 칭찬하라』라고 주장하는 것 같은 얼굴에.

리쿠는 요란하게 눈살을 찡그리며 대답했다.

"이 방에서 나가지 말라는 것뿐이었어. 이해하셨어?"

"………………………………이해, 불가."

눈을 동그랗게 뜨고 슈비가 불쑥 말했다.

"……눈, 감으면…… '눈이 닿는 범위'…… 지정하고…… 호환이, 안 돼……."

어지간히 수긍이 가지 않는지 고개를 꼬아대는 슈비. 이어서 고론의 목소리가 늘렸다.

"아, 맞아! 저기~ 행위 중에 방해가 된다는 건 잘 알지만~ ……."

"행위 중 아니거든……. 무슨 일인데."

"아, 저기 있지? 둘 다 목욕을 하는 편이 좋지 않을까 해서! 특히 슈비는 이런저런 일이 있었을 테니까, 뭣하면 언니가 씻어주는 게 좋지 않을까~ 뭐 그런♪"

그 말에 리쿠가 슈비에게 눈짓을 했다.

"——『너, 이번에야말로 말 좀 제대로 맞춰봐』라고.

이번에는 리쿠의 의도가 전해졌는지, 힘차게 고개를 끄덕이고 슈비가 대답했다.

　"……리쿠 말고…… 슈비, 몸 보여주면 안 된다고…… 그랬어."

　──역시 이 자식을 죽여버렸어야 했던 것 아닐까.
　정신이 멍해지는 리쿠. 싱글싱글 웃는 목소리가 들려왔다.
　"어머나~ 몰라 ♪ 이미 조교 다 마친 거야~? 내 동생이지만 참 손도 빠르징♡"
　"코론…… 부탁이니, 제발 부탁이니 그만 좀 닥치──"
　"그럼 슈비 잘 부탁해~. 목욕탕에 사람들 못 들어오게 해놓을 테니 지금이 기회야!"
　"──그 손짓은 좀 관두라고!"
　두 손만 문틈으로 내밀어선 왼손으로 만든 고리에 오른손 손가락을 넣었다 뺐다 하던 코론은 폭풍처럼 도망가버렸다.
　…………
　뒤에 남은 것은 맹렬한 피로감에 싸인 리쿠와, 그 위의 슈비뿐.
　"──슬슬 내려갈 생각은?"
　"……응."
　시키는 대로 내려가는 슈비를 보며 리쿠는 생각했다.
　……이젠 무슨 말을 해도 소용없겠구나.
　이로써 자신은 소녀성애자에, 전쟁난민을 조교한 사내라는 딱지가 붙고 말았다.

그러나── 엑스마키나를 끌고 왔다는 사실이 알려지는 것보다는 낫다고 생각하기로 했다.

"……너, 식사나 목욕 같은 건 '괜찮아'?"

엑스마키나라는 사실이 들통 나지 않게 움직이려면 어느 정도 인간을 흉내 낼 필요가 있을 텐데.

"……인간으로서, 행동할 수 있겠느냐는…… 소리?"

"──너…… 이럴 때는 적절하게 의도를 파악하면서 왜 그런……."

일부러 그러는 게 아닌가 의심했지만, 엑스마키나의 사고는 판단이 불가능하므로── 보류.

"……식사…… 불필요. 인간의, 귀중한 자원…… 낭비할 필요, 없어……."

이쪽의 사정을 존중해준 거야? 아니면…… 역시 모르겠다── 보류.

"하지만 전혀 안 믹는 섯도 수상쩍게 보여. 소식한다고 그래. 식사 자체는 문제가 없는 거야?"

"……응. 그래도 분해할 뿐…… 무의미……."

"그만큼 내 밥을 줄이지. 이러면 상대적인 식량 사정은 변함이 없어── 그리고."

슈비의 반론을 허용하지 않기 위해 리쿠는 다음 확인으로 넘어갔다.

"너, 물은──"

"……문제, 없어……. 슈비, 방수 방진 방랭 방열 방탄 방폭

방마 방정령……."

"황당무계한 종족 같으니. 그럼 목욕은 하는 척만 하고——"

"……그래도…… 방오염 기능은……없어."

"방폭까지 있는 주제에? 기계로서 결함 있는 거 아냐?"

"……정령, 써도 되면, 자정장치, 있어……. 하지만, 쓰지, 말라고……."

그렇게 슈비가 어딘가 부루퉁해진 —— 것처럼 보이는 —— 표정으로 항의했다.

"젠장, 그래 어디 갈 데까지 가보자. 코론이 지레짐작해서 사람을 치웠을 때를 이용하면——"

"……리쿠, 가…… 슈비, 씻겨주는……구나."

단정하는 어조로 고개를 깊이 끄덕이는 슈비를 보며 리쿠가 머리를 쥐어뜯었다.

"왜 그렇게 되는데……. 애도 아니니까 혼자 해."

그러나 슈비가 지극히 논리적으로 손가락을 꼽아가며 지적했다.

"……첫째, 사람 치워줬을 때 이용할, 거면…… 슈비만, 하면…… 리쿠가 목욕할……기회 상실."

————.

"……둘째, 슈비, 구석구석, 못 씻어……. 자정장치 없이……씻어본 적, 없어."

그리고——.

"……셋째, 슈비랑 입욕…… 거부할 이유…… 추론. 역시 어린 용모에, 성적인——"

"알았어, 이제 다 알겠으니까…… 가자."

잠이 부족하다고 호소하는 무거운 몸에 채찍질을 하고, 리쿠는 침대에서 일어났다.

——기계 상대로 정론 대결에서 이길 수 있을 것 같지 않았던 것이다.

■ ■ ■

물을 받은 커다란 솥에 새빨갛게 달군 돌을 집어넣는다.

그러자 좁은 욕실에 뜨거운 증기가 뭉게뭉게 피어났다. 이 증기로 땀을 닦고 때를 씻어내고, 마지막으로 물을 끼얹어 시원하게 흘려보내는 구조였다.

그러나 땀을 흘리는 기능이 없는 슈비를 위해, 리쿠는 낡은 천과 가마 안의 미지근한 물을 이용해 진흙과 먼지에 찌든 기계 부분을 닦아주었다.

가까이서 새삼 쳐다보니 치밀하고 복잡한 구조에 한숨이 나왔다.

기계적으로 정령을 운용하는 드워프의 도구는 몇 가지 본 적이 있지만, 노출된 슈비의 내부—— 기계 부분은 기능을 추측할 수조차 없었다.

하지만 그렇기에—— 그것이 무섭도록 고도한 것임을 알 수 있었다.

"……리쿠…… 기계, 페티시즘……?"

"그런 고도한 기계가 왜 이렇게 뜬금없는 추측이며 치우친 지식만 가지고 있담⋯⋯."

어이없어하는 목소리에 슈비가 마치 변명하듯 대답했다.

"⋯⋯인간의, 생각은⋯⋯『마음』 탓에⋯⋯ 예측, 할 수 없는⋯⋯ 계산특이점."

⋯⋯⋯⋯⋯.

피차 말이 없어, 물방울 떨어지는 소리만이 들렸다.

이 침묵을 깨려고 했던── 것인지, 슈비가 갑자기 말했다.

"⋯⋯리쿠, 게임⋯⋯ 하자."

"목욕탕에서? 왜?"

"⋯⋯⋯⋯⋯⋯⋯⋯『심심』? ⋯⋯하니, 까?"

명백히 이해하지 못하는 개념을 의문형으로 말하는 슈비에게 리쿠는 쓴웃음을 지으며 대답했다.

"상관은 없지만⋯⋯ 정령 사용은 금지야. 게임보드는⋯⋯."

이런 일도 있을 줄 알았다는 양.

──그렇다기보다는 처음부터 그럴 심산이었는지.

슈비는 벗어놓은 로브 안에 감추어두었던 체스보드를 꺼냈다.

"⋯⋯하아. 알았어. 다만 네 머리 감으면서 해야 하니 시간제한 없이."

한숨을 한 번 쉬고, 리쿠는 쓴웃음을 지으며 하얀 폰을 들었다──.

───────⋯⋯⋯⋯.

"⋯⋯으으으⋯⋯. 너 말야, 난 머리 감기면서 하는 거니까 좀 봐주고 그래라."

왼손으로 슈비의 머리를 감기면서도 이건 어떨까 저건 어떨까 숙고하며 끙끙거리는 리쿠에게.

천천히, 슈비가, 불쑥 말했다.

"미안, 해……."

"……뭐가."

아니, 뭔지는 잘 안다. 그러나 자기혐오는 자신도 마찬가지여서 시치미를 떼는 리쿠에게──.

"……그 후에, 정보 정밀조사, 했어……."

그런『마음』의 동향 따위 알 리 만무한 슈비가 반성을 입에 담는다.

"……가해자가, 피해자에게,『마음』물은 거…… 불합리. 정당한 정보, 얻을 수 없어……."

가해자와 피해자── 기계의 입에서 그런 말이 나온 것을, 리쿠는 의외라고 생각했다.

동시에 어째서인지『기계 따위』라고 생각했던 자신에게 묘한 혐오감을 느끼고, 이를 얼버무리고자 말했다.

"그러냐……. 그 이전에 무신경하다고 해야겠지만, 그거."

"……? 슈비, 인간하곤, 다르……지만, '신경전달경로'…… 있어……."

"그런 뜻이 아니고……."

리쿠는 쓴웃음과 함께 탄식하고, 슈비가 변함없이 진지하게 말을 이었다.

"……그래, 도…… 다른 뜻은, 없었어……."

"…………."

"……슈비, 정말, 로…… 리쿠 마음, 알고 싶어…… 거짓말, 아냐……."

기분 탓——은 아닐 거라고, 리쿠는 순순히 인정하기로 했다.

고개를 숙이고 중얼거리는 목소리 톤이 안정되지 않은—— 풀이 죽은—— 슈비에게, 한숨 한 번.

"신경 쓰지 마…… 나도 너무 감정적이었으니까."

'이상한 이야기지만.'

리쿠는 스스로도 아직 정리하지 못하고 있는 감정을 돌아보았다.

자신이 저질렀던 짓이 정당화될 수는 없다. 그것은 잘 안다.

그러나 그렇다 해도, 인간을 궁지에 몰아넣은 한 요인에게—— 사과?

'그거야말로 부조리하잖아. 하지만——.'

생각해본다.

여기서 사과하지 않는 것은 그 이상으로 부조리하다고.

——실제로, 자신이 생각하기에도, 어떻게 됐던 것 같다.

보통은 자제할 수 있을 텐데, 어째서인지 그때, 갑자기 제어를 할 수가 없었다.

슈비의 언동 탓만은 아니었을 것이다. 왜——.

그렇게 생각하는 리쿠에게 어리둥절한 슈비가 물었다.

"……감정적인 건, 안……좋아?"

"그래. 감정적으로── 이를테면 미칠 듯이 화를 내서 너를 때려봤자 아무것도 해결되지 않을 거 아냐."

"그래도, 리쿠는, 슈비를…… 때리고 싶어…….""

"……말이 그렇다는 거야. 아니, 글쎄다── 솔직히 나도 잘 모르겠어."

다시 대화가 끊어졌다. 물소리, 체스 두는 소리. 뜨거운 증기에 머리가 멍해진다…….

한동안 이어진 침묵을 깨뜨린 것은 이번에도 슈비였다.

"……리쿠, 왜……『마음』, 닫아……?"

"너 진짜 반성하고 있는 거 맞아? 섬세한 맛이 없──"

그렇게 소리를 지르려다── 슈비의 빨간 유리알 같은 눈동자가 쳐다보는 바람에 말을 끊었다.

마음이 없는 기계── 정말로 마음이 없는지는 둘째 치더라도── 라면 악의는 없다고 볼 수 있다.

……이놈은 정말로 그냥 알고 싶은 것뿐이리라고, 어디선가 확신했다.

합리적이며 타산적이며 냉혹한── 연기된 『리쿠』가 아니라.

관찰대상으로서 가치가 있는──『마음이 있는 진짜 리쿠』를.

──철컥, 하고.

──『자물쇠』가 풀리는 감각에 한 차례 한숨.

"……그렇게 하지 않으면 살아갈 수가 없거든. 이런 세계에 선…….""

눈을 감으면 동굴 밖의 경치가 눈꺼풀에 새겨진 것처럼 떠오른다.

──붉게 짓무른 하늘, 푸른 죽음이 쌓인 대지, 그것이 지평선 저편까지 이어진 광경.

마스크 없이 밖에 나갔다간 그것만으로도 목숨이 달아나는 죽음의 세계── 혹은 이미 죽은 세계.

"……그건, 슈비네, 탓……?"

"…………모르겠어…….."

실제로 리쿠는 이제 도저히 알 수 없었다. 아니, 애초에──

"누구 탓인지, 그런 건 아무래도 상관없어……. 그저 현실 문제로, 인간이 살아가려면 『마음』을 닫거나, 그야말로──망가져 버리지 않고선 살아갈 수가 없잖아, 이런 세계는── 너무 부조리해서."

"……부조리…… 부조리. 뭐가, 부조리……?"

────뭐가?

슈비가 문득 중얼거린 말에 리쿠는 생각지도 못하게 조소를 던질 뻔했으나.

'아, 하긴──.'

생각을 고쳐먹었다. 그야말로 논리적으로, 합리적으로 본다면── 아무것도 부조리할 것이 없다.

그저 단순히──

"강하면 살아남고, 약하면 죽어. 의미도 이유도 없이. 세상은 그저 그렇게 이루어져 있어……. 그걸 '부조리하다고 느끼는'

점이 『마음』 아니려나…… 잘 모르겠지만."

어딘가 체념에 가까운 감정을 느끼며, 리쿠는 슈비의 머리를 감겨주었다.

"……슈비, 리쿠의…… 『마음』, 알고 싶어…… 그치만."

띄엄띄엄 슈비가 말한다.

"……리쿠, 에게…… 상처 주고 싶지, 않아…… 어떡하면, 좋아……?"

―――?

문득 그 비유에 위화감을 느끼고, 리쿠는 물었다.

"왜 나를 신경 쓰는데. 『마음』을 알고 싶을 뿐이라면, 어제처럼 가차 없이――."

"……미안, 해……."

"아~ 이제 재탕하려는 거 아니라니깐. 그래도 그렇잖아. 날 배려해줄 이유는――."

없을 텐데. 다른 놈들이라면 커뮤니케이션이 끊어지니까 등등 이유가 있겠지만.

리쿠를 상대로 배려할 필요는 없다. 오히려 몰아붙일 대로 몰아붙이는 편이 『본심』을 이끌어낼 수 있――

"……………………………모르, 겠어."

이 기계소녀가 처음으로 명확하지 못한 대답을 한 데 리쿠는 눈살을 찡그렸다.

"……모르, 겠어. 하지만, 리쿠에 대한, 위해, 는…… 회피하고 싶어……."

"호오~. 해석대상은 가능한 한 자연체로 있어줘야 정확한 데이터를 채취할 수 있다, 뭐 그런 거야?"

반쯤 놀릴 생각으로 자못 논리적이고 사무적인 어조로 그렇게 말한 리쿠. 그러나.

"…………아닌…… 것, 같아. ……그리고, 이유 불명……. 하지만……."

어째서인지 슈비는 고개를 숙이더니, 어딘가 떨리는 목소리로 대답했다.

"……지금……아주, 불쾌……."

————.

위화감이 확신으로 바뀌었다. 리쿠가 슈비와의 첫 조우 때 판단했던 것은——그야말로 옳았다.

이 엑스마키나 소녀——슈비——는 망가졌다. 명백히 이상했다.

지금 그 발언이, 자각은 없었겠지만 '상처 입었다' 고 주장했던 것은 명백하다.

——기계가?『마음』을 모른다고 자칭하는 놈이?

"야, 애초에 너, 클러스터 연결해제…… 폐기됐다고, 그랬지."

"……응."

이유도, 상세한 사정도 들었다. 자기 참조의 모순, 논리파탄 때문에 장애를 일으켰다고.

자신은 정말로 자신인가. 무엇을 들어 자신이라 할 수 있는가.

그것은 인간처럼 애매모호한 『마음』이 없으면 회피하기 어려운 문제다. 폐기된 것은—— 이렇게 말하기는 뭣하지만, 당연하다. 하지만——.

"그 클러스터에 돌아가기 위해 어떻게든 『마음』을 해석하고 싶다? 하지만 나에 대한 위해는 상관이——"

"……? 딱히, 돌아가고 싶진, 않은……데?"

——응?

"어? 아니, 그럼 너, 누구 명령으로 『마음』을 해석하고 싶다고 생각했던 거야?"

"……? 흥미, 생겨서…… 자기판단, 으로……."

"흥미라니—— 너, 그 감정, 그게 바로 『마음』 아니야?"

이해하기 어렵다는 듯 중얼거린 리쿠에게——멈칫, 슈비의 몸이 굳었다.

"…………? …………………? ……모르겠어."

"네? 뭐라굽쇼?"

"……모르, 겠어……. 리쿠, 정론. 그치만, 슈비, 중요성, 느끼지, 않아……. 왜?"

"그, 그걸 나한테 물어보냐?"

진지하게 질문을 받아 자신도 모르게 얼굴을 실룩거리는 리쿠에게 슈비는——

"……해답 후보, 열거——."

말을 이었다.

"……뭐든 상관없다, 리쿠가 있으면 된다, 관심 없다, 무의

미, 관계없다, 동기화 거부, 해석우선, 해석이 아닌 이해 우선
—— 【파탄】. 【모순】. 【부정】. 【파탄】. 【모순】. ———."

"어라, 야. 야야야! 너 막 연기 나고 있어! 야?!"

푸슈욱 배기를 뿜어내는 슈비의 모습에 리쿠는 자신도 모르게
소란을 피웠다.

——하지만 그것도 몇 초. 휘릭 돌아선 슈비는 리쿠를 보고 한
번 고개를 끄덕이더니.

"결론. 돌아가고 싶지 않은…… 첫 같아."

"애매하네."

"……근거…… 특정 불능……. 그래도 그런, 첫 같아."

"애매하네에……."

점점 우스워져 쓴웃음을 짓고 같은 말을 되풀이하는 리쿠에
게, 갑자기.

"……그건, 그렇, 고…… 체크메이트."

————아.

"너 이 자식…… 얘기에 정신이 팔려 집중을 못 했잖아. 한 판
더 해."

"…………응."

그렇게 고개를 끄덕이는 엑스마키나의 얼굴에, 이번에도 리
쿠는 위화감을 느끼지 않을 수 없었다.

——이 소소한 미소가 연산이나 모방으로 만들어진 걸까——?

"……근데 말야."

그건 둘째 치고, 리쿠가 지친 듯 토해냈다.

"너……머리 너무 길다. 도저히 다 못 감겠어. 더위에 머리가 푹푹 찔 것 같다."

"……짧은 게, 좋으면…… 자를까……?"

"아니, 됐다……. 넌 정말 뭐가 뭔지 잘 모르겠어……."

중얼거리고, 리쿠는 자신에게 되뇌었다. ──잘 안다고.

이놈은 역시 엑스마키나고, 인간 따위 의식도 하지 않은 채 죽일 수 있다.

다른 종족과 마찬가지로 몇 번이나 인간을 짓밟았다.

결코 경계를 게을리 해서는 안 된다. 이성은 그렇게 외치고 있다. 그러나── 어째서일까.

자신의 머리 길이를 연신 신경 쓰기 시작하는 소녀가, 전혀 논리적으로 보이지 않아서.

자신도 모르게……리쿠는 살짝 웃었다.

■ ■ ■

슈비가 부락에 온 지 얼마나 흘렀을까.

정확한 달력이 없으니 애매하게밖에 파악할 수 없지만 슈비가 말하기로는 『약 1년』이다.

리쿠는 생각했다── 너무 빠르다고. 며칠 살아남는 것이 영원처럼 느껴지는데도──…….

"……말야, 올드데우스란 건 얼마나 많이 있어?"

좁은 방에서 슈비와 체스를 두며 리쿠는 언짢은 듯 팔로 턱을 괴었다.

"……이론상 '무한' …… 개념 수에 비례…… 하지만 '활성 조건' …… 성립하지 않는 것, 다수…….."

알아먹을 수 없는 대답과 슈비가 둔 수에 리쿠는 얼굴을 찡그렸다.

이쪽이 생각하고 또 생각해 둔 정석을 한 수에 무너뜨리는 반격에 한숨을 한 차례 쉬고, 다음 책략을 짜내서 이어나간다.

"올드데우스란 것들도 보면 '전쟁의 신' 이니 '숲의 신' 같은 게 있잖아."

하고 있는 짓은 똑같이 그저 전쟁이지만. 머릿속으로 그렇게 보충하는 리쿠에게 슈비가 고개를 끄덕였다.

"……전자는 아르토슈……. 플뤼겔의, 창조주…… 후자는 카이나스…… 엘프의, 창조주."

그러나 리쿠가 슈비의 말을 가로막았다.

대화와 대국의 응수. 다시 짜낸 정석을 즉시 무너뜨리는 수에 리쿠는 문득 어떤 생각을 떠올렸다.

몇 번씩 도전하고, 몇 번씩 최선이라고 여겨지는 수를 두어도 ── 언제나 한 수 밀리는 이 감각.

……어렸을 때, 어둠 속에서 본, 절대 이길 수 없던, 대담한 웃음을 지은 소년──.

"말야──. 게임의 신이란 건, 없어?"

──그저 떠올랐을 뿐, 있다고 해서 어떠냐 싶었지만, 슈비는

진지하게 대답해주었다.

"……있어. 하지만…… 『신수(神髓)』 미확인……. 활성조건, 성립되지…… 않았다고, 추측……."

지난 약 1년 동안 슈비와의 대화에도 익숙해졌다고, 리쿠는 쓴웃음을 지었다.

자세한 것은 모르겠지만 결국 이런 뜻일 것이다.

올드데우스는 『개념』이다. 게임의 신도, 게임이라는 개념이 있는 이상 반드시 존재한다.

그러나 활성조건——『신수』라는 것의 유무로 '실존'의 여부가 결정된다는 것이다.

"말하자면…… '적어도 지금은 없다'는 소린가——."

체크메이트. 또 하나 늘어나 버린 패배에 한숨을 쉬고, 리쿠는 자리에서 일어났다.

"근데, 전부터 이 말은 하려고 했지만, 나랑 둘이 있을 때까지 그 말투일 필요는 없어."

"……응…… 어쩐, 지…… 사고발성 중추, 불가역화된…… 것 같아."

"흐응. 인간도 알아먹을 수 있게 말한다면?"

"……원래대로, 못 돌아가게, 된, 것 같아."

"애매하구만."

입버릇처럼 된 말을 쓴웃음과 함께 중얼거리고, 리쿠는 슈비와 함께 방을 나갔다.

──걸으면서 둘러보는 부락의 분위기는 1년 전과 사뭇 달랐다.

곁에서 걷는 슈비를 쳐다보며, 리쿠는 인정했다. 이 녀석이 오고 나서 쓸 수 있는 수단이 대폭 늘어났다고.

부탁하지도 않았는데 계산과 설계를 거들어주는 그녀 덕에 측량과 수색의 정밀도가 향상되었다. 코론의 망원경은 성능이 더욱 높아졌으며, 비효율적이었던 낙농도 조금이나마 진보했다.

조사에 나갈 필요가 격감해 식량을 '비축' 할 수 있는 여유가 생겨났고── 그 결과.

"여어, 리쿠! 오늘도 마누라랑 방에서 늘쩍지근 알콩달콩 놀다 왔냐!"

"마누라 아니라고 했지, 대머리. 당신은 평생 망원경이나 들여다보고 있어."

"슈비~! 요전에는 고마웠어~ 애들하고 놀아줘서!"

확실히── 부락에 웃음이 늘어났다.

부락에 있는 한, 그들은 죽음에 겁을 먹지 않고 살아갈 수 있게 된 것이다.

그러나 그 광경을 앞에 두고 리쿠는 표정에 미미한 그림자를 드리웠다.

──알고 있다. 이것은 한때의 평화, 폭풍 전야의 고요함일 뿐임을.

이 한때의 『틈』은 머리 위에 계신 자칭 신들의 '무의식' 하나로 티끌처럼 사라진다.

그 사실을 잊고 한때의 안온에 젖어 살아가는 것도 어쩌면 행복할지 모른다.

　그러나 그것은 사라진다. 내일이라도, 오늘이라도── 지금 당장이라도.

　'희망을 지나치게 준 건 아닐까──.'

　리쿠는 얼굴을 찡그렸다. 그러나, 그러면 어떻게 하란 말인가?

　절망이 보이지 않는 척하고, 이곳은 안전하다고 믿고, 언젠가 올 종전까지 살아간다?

　리쿠는 생각한다. 적어도 자신에게는 무리──.

　"여어, 대장! 색시 엉덩이만 만지지 말고 여기 물 새는 거 고치게 손 좀 빌려줘!"

　"──흐응~ 맞고 싶으면 그렇게 말씀하시지. '주먹'이라면 언제든 빌려줄 수 있는데."

　리쿠가 실룩실룩 웃으며 팔뚝을 걷어붙이고 목소리가 들린 쪽으로 가버리니.

　오도카니 남은 슈비는 리쿠가 돌아오기를 뿌리가 박힌 것처럼 움직이지 않은 채 기다렸다.

　"──슈~~비~~ ♪"

　느닷없이 끌어안기는 바람에 슈비는 말없이 돌아보았다. 생글생글 웃는 코론이 있었다.

　"혼자~서~ 뭘~ 하고 있는 걸까나~? 리쿠 안 따라가?"

　"……따라오라고……안, 했어……."

　"우허으억! 슈비, 저런 못난 남편은 내버려두고 나랑 결혼하

지 않을래?! 이렇~게 귀여운 부인을 내팽개쳐두는 바보 남편
은 잊어버리고~! 부비부비부비———."

"……리쿠, 바보…… 아냐……."

살짝 입술을 내미는 슈비에게——— 코론이 눈을 가늘게 뜨며
물었다.

"있지, 슈비. 누나인 내가 이런 말을 하는 것도 좀 그렇지만
———."

"……리쿠, 가……『그건 자칭 누나니까 무시해』……라
고……."

"아하하~ ♪ ……나중에 한 방 쥐어박아야겠네~ ♪ 그건 그
렇고!"

어흠 얼버무리듯 헛기침을 한 번. 코론이 단적으로 말했다.

"슈비는 리쿠의 어떤 점에 끌린 거야~?"

"……끌, 려……?"

"아잉 차암 ♪ 어떤 점을『좋아하는지』묻는 거잖아~ 다 알면
서어~♡"

———느닷없이, 슈비는 '긴장' 하고 있는 자신을 인식했다.

어째서인지는 알 수 없었다. 인간처럼 행동하는 데에는 이미
익숙해졌을 텐데도.

그러나 이때, 코론의 밝은 태도와는 달리——— 무언가를 시험
받는 듯한 기분이 들었다.

숙고했다. 애초에 자신은 아직『마음』을 거의 해석하지 못했다.

그러므로『좋아한다』는 감정도 해석 미완료. 정의를 내리지

는 못했다—— 그러므로——.

"······모르, 겠어······."

그렇게, 슈비는 솔직한 대답을 하기로 했다.

"······리쿠, 의······『마음』······『감정』에······ 흥미, 있었
어······."

슈비의 기억 중추에, 리쿠와 '처음 만난 날'이 떠올랐다.

리쿠의 눈, 그 안에 있던 것—— 그때 발생했던, 엑스마키나
에게는 있을 수 없는 사고.

『클러스터 불량우려급 논리파탄_{로 직 에 러}』이라는 이유로 연결해제를
당했게끔 했던 그것은——.

"······흐응~ 흥흥 ♪ 그렇구나아 ♪"

그리고—— 무언가를 알아차렸는지 코론은 너무나도 쉽게 그
것을 '정의' 했다.

"말하자면—— 한눈에 반했다는 거지?"

——에?

"응응 ♪ 리쿠는 딱히 얼굴이 잘난 것도 아니고 보기에는 저런
성격이니······."

눈을 동그랗게 뜨고 굳어버린 슈비에게 고개를 끄덕이고, 코
론이 웃으며 말했다.

"리쿠의『본심』을 간파하고 반했다면—— 응! 안심하고 동생
을 맡길 수 있겠어 ♪"

"············."

한눈에 반했다—— 해석해야 할 개념이 또 늘어났다고 슈비

는 피로감을 느꼈다.

반한다. 좋아한다. 사랑한다. 어느 것도 아직 해석이 미완료 인데 『한눈에 반하다』── 순간발생이라는 새로운 정보가 더 해졌다. 어쩌면 자신은 평생 『마음』을 이해하지 못하는 것은 아 닐까──.

"──야, 코론. 또 애한테 쓸데없는 소리 하고 있지."

볼일을 마쳐 돌아온 리쿠가 코론을 향해 말했다.

"뭐 이렇게 건방진 동생이 다 있담. 정말 실례야, 너!! 내가 언 제 쓸데없는 소리를──."

"내가 가슴 큰 여자를 좋아한다고 가르쳐서 귀중한 식량^빵을 두 개나 가슴에 끼우게 시켰지…… 머리 괜찮은 거야, 코론?"

"실례라니깐! 난 정상이야! 언젠가 내 동생이 될 아이인걸? 성생활에서 매너리즘에 빠뜨릴 수는──"

"가자. 바보 옮는다. 저 녀석하고 너무 놀지 마."

"……지능지수, 저, 전염……되는, 거야……?"

놀라운 새 사실에 슈비가 눈을 크게 뜨고, 리쿠가 재촉하듯 그 녀의 손을 잡아끌었다.

"어머? 리쿠, 어디 가?"

"이 녀석에게도 슬슬 식량 채집 일을 가르쳐줄 때가 됐잖아. 수색도구 같은 거 쓰는 법도 가르쳐야지."

──물론 거짓말이었다. 엑스마키나라면 데모니아라 해도 맨손으로 때려눕힐 수 있으니까. 무엇보다 슈비의 나이── 제 조경과연수는 본인의 말로는 2,111살이었다. 엑스마키나의

기동이 아니면 갈 수 없는 곳에서 확인하고 싶은 것이 있다——
차마 그렇게 말할 수 없었을 뿐이다.

"어쩌면 늦게 돌아올지도 모르지만, 뭐, 멀리는 안 갈게."

——그 말에 코론은 손을 딱 치더니 의미심장하게 씨익 웃었다.

"아아—— 야외 플레이구나? ♡"

"코론, 너 슬슬 뇌를 갈아 끼우는 게 좋겠어."

"어머? 하지만 봐줄 사람도 없는데 흥이 나겠어? 뭐가 됐든
추우니까 감기 걸——"

"시끄러, 닥쳐. 가자—— '슈비'."

리쿠는 언짢은 투로 발을 돌렸다. ……아마도 자각은 못 했을
것이다.

슈비와 코론만이 그 사실을 깨달았다. 특히 슈비는——

리쿠에게—— 처음 이름으로 불렸다는 사실에.

정의할 수 없는 에러로 사고영역이 가득 찼다. 그리고 기체 온
도가 상승하는 것을 느꼈으나——

슈비는 그 기억에 『최중요』 태그를 붙이고, 이유도 모르는 채
—— 소중히 보존했다.

◾◾◾

한나절 만에 지면에 서고, 리쿠는 생각했다. 슈비가 있으면 정
말로 편하다고.

죽음을 각오하고 말을 몰아 닷새, 신중하게 기어가면 몇 달이

걸리는 거리를, 슈비는 리쿠를 안은 채 한나절만에 주파한 것이
다.

"……여기가, 파괴된 엘프의 폐도……."

그곳은 1년 전—— 리쿠가 혼자 가려 했던 장소였다.

나무를 엮은 독특한 건물은 모조리 무너졌고, 추하게 불타 문
드러진 흔적이 지금도 남아 있었지만, 그 폐허는 화사한 풀꽃에
뒤덮여 마치 아름다운 정원 같았다.

하늘은 핏빛으로 물들고 대지는 흑회의 독에 침식된—— 그
런 죽음의 세계이지만 이 폐도는 여전히 올드데우스의 가호를
받는 것 같았다.

과연 '숲의 신'^{카이나스}이 창조한 엘프님들의 옛 도시답다고, 리쿠는
비아냥거리며 조소했다.

"이 별을 지옥으로 바꿔놓고 자신들의 터전은 낙원으로 남길
심산이었나 보지."

한동안 두 사람은 나란히 걸었으며, 이윽고 원하던 '목적지'
에서 발을 멈추었다.

모조리 불타버린 폐허 속에, 유일하게 원형을 보존한 건물 앞
에서 리쿠는 물었다.

"여기가 도서관이야?"

"……아마…… 그에, 준하는 시설……. 도시 피해에, 비해……
여기, 피해 경미……."

그것은—— 다시 말해 플뤼겔의 공격을 받았을 때 최우선적
으로 방어했던 건물.

예상할 수 있는 것은 피난시설, 모종의 연구시설, 혹은——
보관시설이다.

"……그렇군. '아마' 도서관이나 무언가, 란 말이지."

문 같은 것은 보이지 않아, 두 사람은 이리저리 얽힌 나무 틈을
누비고 안으로 들어갔다.

그리고 그곳은——.

기묘한 건축양식은 안에 들어와서도 변함이 없어, 내장은 용
도를 판별하기 힘든 것들뿐이었다.

그 안에서 간신히 나무 책꽂이로 짐작되는 것을 발견했다.

그러나 멋들어지게 텅 비어 있었다. 이미 모조리 반출된 모양
이었으나…… 충분했다.

"놈들에게는 불필요한 지식이라도, 이쪽에게는 의미가 있으
니까……."

그렇게 말한 리쿠는 얼마 남지 않은 종잇조각이며 파손된 책
을 조사하고 다녔다.

"……리쿠, 엘프어, 읽을 수…… 있어?"

그런 것들을 펄럭펄럭 넘기는 리쿠에게 슈비가 물었다.

"드워프어, 엘프어, 요정어, 요마어, 수인어—— 어느 언어로
대답해줄까?"

별로 대수롭지도 않다는 듯 대답하는 리쿠에게 슈비가 눈을
동그랗게 떴다.

"……왜, 그렇게……?"

"안 그러면 살아남을 수 없으니까. 고생해서 얻은 정보도 읽

지 못해선 가치가 없거든."

어딘가 분노와도 증오와도 다른, 험악한 표정으로 리쿠가 말을 이었다.

——슈비는 리쿠의 그런 얼굴——눈빛을 알고 있다.

그것은 리쿠가 슈비에게, 체스에서 진심으로 이기려 할 때의 눈이었다.

"——인간도, 그저 영원히 멸망해가기만 하는 건 아니라는 거지. 구전이며 필기, 생각할 수 있는 모든 방법으로 다른 종족의 성질, 언어, 습관까지—— 연면히 오늘날까지 전해온 거야."

아무것도 비추지 않는 까만 눈으로, 인간은 약하고 도망칠 수밖에 없다고 말하는—— 그 눈 안쪽.

바로 그것이야말로 슈비가 알고 싶은 것, 상반된 것.

——인간을 우습게보지 마라—— 그렇게 말하는 『마음』이었으니까.

"……아……리쿠, 리쿠."

그리고 주위를 문자 그대로 『탐지』하던 것으로 보이는 슈비의 목소리에 리쿠는 고개를 들고——

암반이 뜯겨나가는 진동과 굉음. 두꺼운 쇳덩어리가 억지로 뒤틀리는 금속음. 그 자리에 쓰러져버려 아연실색하는 리쿠. 그러나 슈비는 담담히 말했다.

"……지하, 복합위장술식…… 처리된, 아래…… 공간 발견……. 지하실, 있는……데?"

자기 키의 열 배나 되는 쇠문을 든 채 고개를 갸웃하는 모습에, 리쿠는 얼굴을 실룩거렸다…….

—————………….

슈비가 주위의 생명반응을 확인한 뒤, 두 사람은 계단을 내려 갔다. 그리고——.

"……뭐야, 이게."

긴 지하계단 끝에 펼쳐져 있던 이해하기 힘든 광경에 리쿠는 의문으로 가득 찬 목소리를 냈다.

넓은 홀——그 한복판에, 거대한 기둥이 수없이 늘어서 있었다.

기둥은 기묘하게 일그러졌고 표면에는 붉은 문양이 무수히 새 겨져 있었다.

"……186개……. 문양은, 올드데우스 카이나스의, 가호 각 인…………? 아니…….."

순식간에 수를 파악하고 정체를 해석하려던 슈비는 이내 고개 를 갸웃했다.

"……데이터에 존재하는, 엘프가 사용하는…… 각인, 술식, 전혀…… 일치하지, 않아……?"

"슈비도 모른다면, 뭔가 '새로운 황당무계'를 만들고 있었거 나 만들어냈다는 뜻이겠지. 새삼스레 놈들이 뭘 하는지, 그야 말로 별을 쪼갠다 해도 놀라지 않아—— 그보다도."

인간의 눈높이에는 대륙이 쪼개지든 별이 갈라지든 사소한 차이일 뿐이다.

 그보다도.

 리쿠는 기묘한 기둥이 늘어선 좌대의 먼지를 털고 플레이트를
읽어보았다.

 "——『허공제0가호(虛空第零加護) 이론검증시험로(理論檢
證試驗爐)』……슈비, 짐작 가는 거 있어?"

 "…………해당사항, 없음……. 엘프가, 도구나…… 촉매,
사용하는 마법, 자체가…… 해당, 없음."

 과연——.

 이해는 할 수 없었으나 리쿠의 '직감'이 말했다.

 "뭐가 됐든 오래 있을 필요는 없겠다. 있는지는 모르겠지만——
—— 남은 서류를 뒤져서 냉큼 뜨자."

 슈비가 고개를 끄덕이고, 남아 있던 서류를 재빨리 주워 모으
기 시작했다.

 그 가운데, 리쿠는 손에 들었던 종이 한 장에 눈을 떨구었다.

 "……『개발 스태프』의 이름까지 암호로 적어놓을 만한 물건
이란 게 대체 뭐야……."

 암호로 가득 찬 명부를 앞에 두고—— 리쿠는 오싹 몸이 떨리
는 것을 느꼈다.

■ ■ ■

 오래 있을 필요는 없다, 냉큼 뜨자고는 했지만.

"난감하네…… 이 상황에 이동하는 건 역시 무리겠는걸."

도서관, 아니, 수수께끼의 연구소를 나와 폐도를 빠져나왔을 때── '죽음의 폭풍'과 맞닥뜨렸다.

극심하게 떨어지기 시작한 흑회가 서로 반응을 일으켜 푸른 빛의 소용돌이가 되는 현상이다.

이것과 조우하면 어떻게 대처한들 재에 담긴 영해가 방호복을 관통해 오염된다.

두 사람은 황급히 폐허로 돌아갔다.

"……리쿠, 이럴 땐…… 어떻게, 했어……?"

폐도의 연구시설 최상층, 조그만 방에 몸을 숨긴 리쿠에게 슈비가 물었다.

"어쩌고 자시고 동굴이나 폐허에서, 그것도 없으면 구멍 파고 들어가 지나갈 때까지 기다려야지."

흰숨을 쉬고 리쿠가 대답했다. 죽음의 폭풍은 그리 드문 일도 아니다. 경험상으로는 몇 시간, 길어야 하루면 그친다. 좁은 구멍에 틀어박혀 하루를 버틴 경험은 한두 번이 아니다.

문제는── 이곳이 구멍보다 안전한지 어떤지다.

"슈비야말로 어때? 생명반응이나 뭐 그런 거, 탐지할 수 있어?"

"……영해, 가, 저해…… 장거리 관측기, 거의……못, 써……."

"흐음…… 그래도 뭐, 그렇담 이쪽도 어느 정도는 안전하다는 뜻이겠네."

다시 말해──죽음의 폭풍 '덕에' 이쪽도 쉽게 발견되지는 않을 거란 뜻이다.

어차피 밖에는 나가지 못하고, 슈비도 광역수색 없이 고속이
동하기란 위험하다.

　그렇다면.

　리쿠는 슈비에게 물었다.

　"야, 슈비. 체스보드 가져왔지?"

　"………………………………."

　짐은 최소한으로 챙기라는 지시를 받았던 슈비는 야단을 맞을
줄 알았는지.

　"…………미안, 해……."

　얼굴을 감추듯 사과하며 백팩에서 조심스레 체스보드를 꺼냈다.

　그 몸짓── 엑스마키나가 인간에게 혼날까봐 두려워하는 것
이 묘하게 우스워서, 리쿠는 쓴웃음을 지었다.

　"딱히 야단치는 거 아니라니깐……. 폭풍이 그칠 때까지 심
심하니까 게임하자."

　"……? 괜찮, 아……?"

　의외라는 듯, 그러나 어딘가 기뻐하듯 슈비가 피스를 늘어놓
았다.

　그 보드를 노려보며 리쿠는 생각했다── 지난 1년 가까이 슈
비와 두었던 체스의 전적.

　──182전 0승. 슈비에게 이긴 적은 물론이고 무승부도 없었다.

　그러나 슈비를 놀라게 하는 수로 장고에 몰아넣은 적은 몇 번
인가 있었다.

　다시 말해.

──절대 이기지 못하는 것은 아니다.

──자각하지도 못한 채, 대담한 웃음을 짓는 리쿠에게 슈비가 갑자기 물었다.

"리쿠, 왜…… 이기지 못하는데, 승부…… 계속, 해?"

"아앙──? 이상한 질문을 다 하네. 내가 이기면 원하는 정보를 주겠다고 한 건 슈비잖아."

"……거짓말…… 리쿠…… 모를…… 리, 없어……."

그렇다. 말이 안 된다. 리쿠 같은 사람이 알아차리지 못했을리 없다.

"……슈비…… 리쿠가, 원하는 정보…… 전부……주고, 있어……."

…………

무거운 침묵이 내려앉고, 휘몰아치는 폭풍 소리만이 울려 퍼지는 가운데, 슈비는 말했다.

"……리쿠, 는…… 대단, 해……. 열심히, 하고…… 있어."

"──괜한 위로는 관둬."

우연히도 옛날에 코론이 했던 말과 똑같은 말에 리쿠 또한 똑같은 말로 대답했다.

그것으로 끝. 대화 종료. 그렇게 생각했던 리쿠. 그러나──.

"……괜한 위로……? 아냐……. 단순한, 사실……."

슈비는 어리둥절한 표정으로 반론했다.

그리고── 리쿠는 보기 드문 것을 목격하고 눈을 둥그렇게 떴다.

 분명히 '말해도 좋을지 어떨지 망설이는' 표정으로, 슈비는
말했다.

 "……현재, 행성환경…… 인간에게, 치명적……. 생물적으
로, 봤을 때, 살아있는 거…… 이상."

 그것은 1년 전, 리쿠가 이성을 잃고 슈비의 멱살을 잡았을 때
했던 말이다.

 자신이 리쿠를 상처 입혔던 말임을 잘 알면서, 그래도—— 슈
비는 쭈뼛쭈뼛 말을 이었다.

 "……그 이상한—— 정정, 위업…… 가능케, 했던, 건…… 리
쿠의 『마음』…… 의지."

 그리고.

 아무것도 비추지 않는 까만 눈을 똑바로 바라보며, 슈비는 단
정했다.

 "——리쿠, 가, 어떻게…… 생각해도…… '객관적 사실'……."

 "헹—— 다시 말해, 뭐야. 내 꼴사나운 연전연패가 인간에게
도움이 될 거라고, 기계님께서 보증해주시겠다 이거야?"

 "……기계님……은, 몰라……. 하지만, 슈비는, 그렇게 판
단해. 그래도——."

 슈비는 지극히 진지하게, 붉은 유리구슬 같은 눈으로 리쿠를
바라보며 말을 이었다.

 "……리쿠는, 그 말에 수긍, 안 해……."

 "당연하지. 이딴 세계에서 살아남는다고 뭐가——"

"……아니야."

즉시 단언했다. 리쿠의 말을 가로막고, 슈비는 자기 말을 이었다.

"……전, 에는…… 몰랐, 어……. 하지만……."

지금이라면 알 수 있다고, 슈비는 리쿠의 눈을 바라보며 단언했다.

"……리쿠, 아무도…… 죽지, 않길…… 바라고 있어…… 그게 누가 됐든. 인간을…… 없앤, 존재라도──슈비, 까지도."

"_____!!"

리쿠의 얼굴이 험악하게 일그러졌다.

슈비는 역시 이해하지 못한다. 그때 리쿠가 자신을 죽이지 않았던 이유.

리쿠 자신조차 알지 못한다고 대답했던 그 판단 기준을, 역시 슈비는 이해하지 못한다.

'그렇기에'──단정할 수 있는 것이다.

"……그게 『마음』……이라고…… 슈비, 는, 추측…… 정의해."

"…………."

침묵을 깨지 않은 채 눈을 내리깔기만 하는 리쿠에게, 슈비는 여전히 말을 이었다.

"……슈비, 단언해……. 리쿠, 대단해……. 하지만, 리쿠, 수긍하지 않아."

그렇다. 왜냐하면.

"……수긍받고 싶지, 않아서……. 자신을, 인정할 수, 없어서……."

—————,

————————,

바람 소리만이 울려 퍼지는 방에 쓴웃음 소리가 새나왔다. 리쿠는 느릿느릿 고개를 들고, 두 팔로 턱을 괴더니.

——뚜렷하게, 슈비의 모습이 비친 눈으로 쥐어짜내듯 토해낸다.

"너, 진짜 열 받는다……. 정론밖에 모르는 놈이 이렇게 성가실 줄이야……."

"……미안, 해."

"……사과하지 마……. 얼간이가 적반하장으로 화내는 것뿐이니까……."

그렇게 영혼까지 토해낼 것 같은 한숨을 쉬고 리쿠는 인정했다.

아아—— 나 원. 문자 그대로 『외통수』네.

반론의 여지도 없고 찍 소리도 못 한다는 게 바로 이런 거겠거니.

마음의 『자물쇠』가 뜯겨나간 것이다—— 새삼 허세를 부려봤자 더 꼴사나울 뿐이다.

"그래, 맞아—— 누구에게도 인정받고 싶지 않아. 이딴 쓰레기 같은 나는……."

도망치고 도망쳐서, 살고 살아남아…… 그래서 어떻게 한단 말인가.

하지만. 그렇다면. 그러면. 대체. 달리 어떻게 하면 좋은데……?!

리쿠는 등을 벽에 기댄 채, 천장을 우러르며 참회하듯 중얼거렸다.

"……말야. 그럼 난, 어떻게 하면 좋았을까. 어떻게 하면 자신을 용서할 수 있을까."

무엇과도 바꿀 수 없는 목숨들을 죽게 하며, 오로지 승부를 포기하기만 했다.

둘을 구하기 위해 하나를 죽이고, 넷을 구하기 위해 둘을 죽여 왔다.

그것만이 유일한 수단이라고, 자기 자신조차 속이면서.

──끊임없이 계속해왔던 그런 일을, 이제 와서 어떻게 해야 인정받을 수 있지?

수치도 비리고 매달리듯 묻는 리쿠. 그러나 슈비는 똑바로 시선을 마주하며 물었다.

"그게 알고 싶어……. 리쿠의 『마음』은…… 뭐라고, 대답하고, 있어……?"

"────하하, 그걸 모르니까 묻는 건데…… 그건 아니지, 야……."

메마른 웃음을 흘리며 눈을 내리까는 리쿠. 하지만── 슈비는 말을 이었다.

"그게, 뭐든……슈비, 는…… 도울 거야……."

"……왜……?"

그렇게 묻는 리쿠에게, 슈비는 그저, 어리둥절, 자명한 이치처럼 대답했다.

"『마음』…… 알 때까지…… 곁에, 있겠다고…… 했어……."

──하하…… 든든하구만, 그거…….

"그건, 그거고……."

토옥. 보드 위에 피스를 놓으며 슈비가 말했다.

"……체크메이트."

"슈비………… 이럴 때는 하다못해 비기는 장면이 나와야 하지 않겠냐, 흐름상."

"……? ……어디서, 물이라도…… 흘러……?"

여전한 대답에 쓴웃음을 짓고, 리쿠는 창밖을 바라보았다.

어느새 폭풍이 그쳤다.

창 너머로 밖을 내려다보니, '숲의 신'의 가호 덕인지 초목은 화사하게 피어나 죽음의 폭풍에 의한 영향조차 전혀 보이지 않았다.

오히려── 바람에 피어오른 형형색색의 꽃잎들이 흩날리는 광경은── 아니꼽지만, 분명──

"…………예쁘다……."

──리쿠는 시선을 곁으로 돌려, 자신의 말을 가로챈 자를 바라보았다.

자신보다도 훨씬 인간다움이 느껴지는 기계소녀는, 그저 흥미롭다는 듯 하늘에 흩날리는 꽃잎을 따라 눈을 빛내고 있었다.

그 붉고 맑은 눈빛은 그저, 모든 것을 있는 그대로 비추었으며──.

"——슈비."

천천히 돌아본 소녀에게——리쿠는, 언제였던가.

아무런 의미도 없다고 일축해버렸던 말을 다시 청했다——.

"——이 대전의 목적과 종결 조건—— 가르쳐줘."

■ ■ ■

——꽃잎이 흩날리는 정원 같은 엘프의 폐도.

리쿠와 슈비는 그 안을 나란히 걸었다.

흑회가 죽음의 폭풍에 씻겨나갔다고는 하지만 다시 쏟아지기 시작하는 것도 시간문제다. 너무 느긋하게 굴 수는 없지만…….

리쿠는 슈비에게서 들은 말을 돌이켜보았다.

"유일신의 자리——……『성배(星杯)』……란 말이지."

모든 신들과 정령을 다스리는——『유일신』이라는 주신을 제정하기 위한 전쟁.

절대지배권이라는 개념장치——『수니아스타』.

그것이 이 대전의 이유와 목적이자, 또한 방법………… 나 원——.

"야, 슈비. 한 가지만 더 대답해줄래?"

——설마, 설마 싶긴 하지만 리쿠는 물었다.

"그거 말야……. '다른 방법이 있는' 거, 설마 아무도 눈치 못 챈 거야?"

"……다른…… 방, 법……?"

눈을 동그랗게 뜬 슈비의 얼굴에 리쿠는 내심 어이가 없었다.

——과연. 슈비조차 '이 방법'이 있으리라고는 깨닫지 못했구나.

아니, 슈비이기 때문에 —— 강자이기 때문에 —— 이런 간단한 것을 알아차리지 못하는 걸까?

"……말야, 슈비—— '혼자'가 아니라는 건, 참 좋지."

"……? 리쿠, 계속…… '혼자' 아니었는…… 데?"

"아니…… 바보처럼 무리해서 한껏 발돋움해 혼자 멋 부리고 있었지——만."

그리고 리쿠는 웃으면서 방진 마스크를 머리에 뒤집어썼다.

이제 리쿠의 표정은 알 수 없다. 그러나 고글 너머로, 리쿠의 까만 눈동자가 힘차게 빛나는 것을 슈비는 또렷이 볼 수 있었다.

"슈비하고 함께라면, 재미난 일을 할 수 있을 것 같다는 생각이 들었어. 이 세계에서."

"……재미난 일? 슈비…… 개그, 는, 몰라……."

미안하다는 듯 고개를 숙이는 슈비의 머리를 쓰다듬으며, 리쿠는 쓴웃음을 지었다.

"그런 게 재미있다는 거야……. 슈비는 어때. 나랑 있으면 지루하지 않아?"

"않아."

진지한 얼굴로 즉시 대답한다.

"정말로? 자랑은 아니지만 나 나쁜 놈인데? 지루하다는 감정을 아직 모르는——"

"리쿠에게, 흥미 없었으면…… 연결해제, 당하면서까지…… 여기, 안 와."

다시 한 번, 이번에는 말을 끊으며 진지한 얼굴로 즉시 대답했다.

리쿠는 생각했다.

——어떻게 해야 좋을지, 나의 『마음』에 물어보라는 슈비.

그리고 그것이 무엇이라 하든 도와주겠다면…… 의외로.

어떻게 하고 싶은지——그것에만, 솔직하게 따라가 보는 것도—— 괜찮지 않을까?

"……응, 그거……야……."

그렇게 생각하는 리쿠의 눈을 들여다보며, 슈비가 말했다.

"……그 눈, 에…… 슈비는…… 흥미, 가졌어……."

"진짜로? 지금 내가 생각하는 거, 애들 망상이나 마찬가진데?"

"……그게 나아…… 아냐—— 정정……."

숙고하듯 몇 번 고개를 갸웃하고, 그리고 겨우 결론에 이르렀는지.

크게 고개를 끄덕이고, 슈비는—— 한 가지의 『감정』에 정의를 내리는 데 성공했다.

그것이 어지간히 기뻤는지, 기계라는 것조차 잊게 할 만큼 밝

은 미소로──

"……그게─ 응, ……『좋아한다』…… 일, 거야."

'──어째서일까.'
리쿠는 스스로도 알 수 없었으나.
"애매하구만, 또!"
──몇 년 만인지, 이제는 생각도 나지 않을 만큼.
배를 끌어안고── 눈물이 나올 만큼, 진심으로 웃었다…….

■ ■ ■

그리고── 얼마 지나지 않아, 올 것이 오고야 말았다.
"리쿠!! 큰일 났다. 망원경이 이쪽으로 다가오는 드라고니아
여섯, 드워프 함대 다수를 포착했어!!"
낯빛을 바꾸며 내려온 사이몬, 그 뒤를 따라오는 측량기를 손
에 든 코론.
"진로는 각각 북북서와 북동동! 이대로 충돌하면 9리(약 36킬
로미터) 동쪽이 전장이 될 거야!!"
──온 부락 안에 울려 퍼진 그 절규가 한때의 안녕에 종언을
고했다.

리쿠는 효율적으로 부락 주민들의 철수를 지휘하고, 반출해

야 할 식량과 물자를 지시했다.

그와 함께 전투의 영향범위를 리쿠와 슈비, 코론 셋이 반각(약 15분)만에 산출하고.

5년에 걸려 조사해 점찍어두었던 28개 장소 중에서 가장 적절한 피난 위치를 결정해.

전투 개시 8시간 전에는 피난 준비를 완료해 이동을 시작했으며, 그리고……

——————…………

부락 주민 2천여 명 전원이, 자신들의 주거지가 빛에 휩싸여 사라지는 것을 보았다.

사망자는 마지막까지 피난 지휘를 맡았던 200명 미만.

부락 바로 근처에서 이만한 전투가 발생했음에도—— 너무나 적은 피해였다.

그러나 바위산과 함께 증발한 부락을 높은 곳에서 내려다보며, 사람들은 오열하고 있었다.

——그것도 당연하다고, 코론은 주먹을 떨었다.

집을 잃으면 또 지으면 된다—— 그렇게 말할 수 있다.

필사적으로 고친 망원경도 잃었지만 어쩔 수 없다. 이날을 위해 있었다고 포기할 수 있다.

자료나 지도, 계측기구, 그 외의 중요한 것들은 전부 가지고 나왔다—— 그러나.

그러나—— 그래서 어쨌다고?

형태가 있는 물건만 중요했던 것이 아니다. 저 부락을 유지하기 위해 쌓아올린 무수한 노력과 희생, 그곳에서 살아온 사람들의 마음, 그들에게서 맡았던 바람과 기도.

——그것이 한순간에 사라진 것이다.

그것도 아마 단순한 눈먼 탄환에, 한 점의 악의조차 없이, 무의미하게 부서져버린 것이다.

울지 않는 것이 이상하다. 마음이 꺾이지 않는 사람이 미쳤다.

분명 목숨은 건졌으나—— 그러면, 글쎄, 그 목숨으로 이제 뭘 할까?

똑같은 짓을 다시 한 번 반복하란 말인가.

또 희생을 치러가며, 한껏 눈물을 삼키고, 씁쓸하고 처참한 심정에 입술을 깨물며——

다시—— 티끌처럼 사라져버리기 위해?

참을 수가 없어 눈물을 쏟기 직전, 코론의 시야에 동생의 등이 비쳤다.

"리쿠……? 리, 리쿠!!"

슈비와 나란히 주저앉아, 무릎을 끌어안고 떠는 그의 등을 향해 달려갔다.

"리쿠, 응? 정신 차려! 이렇게 살아남았잖아—— 리쿠는 할 만큼 했어!"

——이젠, 무리다. 한계다.

변명은 그만둬—— 코론은 자신에게 되뇌며 결심을 다졌다.

이 이상 동생에게 매달려, 무거운 짐을 짊어지게 할 수는 없다……. 앞으로는――!

"리쿠, 이젠 쉬어. 응? 앞으로는 누나가 맡아줄 테니――"

그 직후.

"――슈비, 너도 들었지?"

"……확……실하게……."

그리고 냉큼 고개를 든 리쿠는―― 한껏 음흉한 웃음을 짓고 있었다.

"――에, 어, 어라? 리, 리쿠……?"

여자의 감인지―― 그 돌변에 코론은 반사적으로 한 걸음 물러나려다가.

"놓칠 줄 알고!"

"히익!"

리쿠에게 덥썩 팔을 붙들려 자신도 모르게 비명을 질렀다.

"그런고로, 코론. 오늘부터 부락의 『우두머리』는 너야. 잘 부탁해♡"

"――아, 어, 에……?"

만면의 미소와 함께 코론에게 지도를 떠안기며, 리쿠는 등을 쭉 펴고 일어났다.

"이게 새로운 부락의 위치. 저기 있는 수평굴을 통해 지하로 가면 안전해. 좀 어질러져 있긴 해도 금방 살 수 있게 해놨어. 그걸 고려해서 가지고 나올 물건도 정했던 거니까."

그렇게 말하고 리쿠는 곁에 선 슈비와 시선을 나누었다.

그리고 헤실헤실, 반대방향으로 걸어가기 시작한 동생에게, 겨우 정신을 차린 코론이 외쳤다.

"자, 잠깐만, 리쿠! 너 없이는 나도—— 부락도——!"

아무리 그래도 리쿠가—— 동생 없이 그를 대신할 수는 없다.

울먹이며 그렇게 외치는 코론. 그러나——.

"아니, 코론이 있으면 괜찮아. 앞으로는—— 아무도 죽지 않을 테니까."

"…………에?"

"뭐— 안심하라고. 가끔 연락은 할게. 코론에게라면 모두를 안심하고 맡길 수 있을 테고."

그렇게 말하며 멀어져가는 등을 코론은 멍하니 바라보았다.

"——리, 리쿠……."

이름을 불렀다. ——그러나 돌아본 것은 자신이 아는 『리쿠』가 아니었다.

——아니, 그렇지 않다. 자신은 알고 있다. 그것은—— 처음 만났을 무렵의 리쿠였다.

바닥을 알 수 없는 열기를 눈에 머금은—— 그러나 굳게 마음을 닫고 있던, 그 소년이다.

그 『자물쇠』를 뜯어버린 것이 곁에서 함께 가는 소녀—— 슈비였음을 확신하고.

코론은 크게—— 부드럽게 한숨을 쉬었다.

묻는다. 분명, 믿을 수 없을 만한 대답이 돌아오리라 예상하고

——.

"리쿠——, 뭘 시작하려는 걸까나————?"

그리하여 돌아온 대답은 예상대로, 아니아니 예상 이상으로
——.

천진난만하고, 대담하고, 터무니없는, 뜨거운 의지로 가득한
'본래의 리쿠' 다운 말이었다.

"——게임이야. 그냥—— 애들 놀이를 시작할 거야!"

⏻ 제3장 무망(無亡) $1+1=$

코론에게 건네준 지도에 실린 새로운 부락으로부터 멀리 떨어진 동굴.

간이로 만들어놓은 비밀장소에는 마지막까지 피난을 지휘하고 목숨을 잃었던——

다들 그렇게 알고 있는, 리쿠와 슈비를 포함한 179명의 『유령』이 원탁을 에워싸고 있었다.

그 멤버들을 둘러보고 리쿠——『유령들의 우두머리』는 천천히 내뱉었다.

"언젠가 찾아올 종전—— 그딴 '오지 않을 미래'를 기다리는 건 이제 관뒀어."

아연실색하는 일동. 그러나 리쿠는 여전히 어조에 힘을 주어 말을 이었다.

"이딴 똥투성이 세상에서 도망치고 살아남아서, 종전을 기도할까——? 누구에게?"

그동안 줄곧 말하고 싶었지만 꾹 참았던 말을 내뱉듯.

"신을 자청하는 파괴자놈들?! 그 자식들을 막을 수도 없는 하늘에 계신 다른 누군가?! 이딴 똥덩어리 같은 세계에서 종전까지 살고 살아남고—— 그래서?! 그다음엔?!"

요란하게 손을 휘저어가며 감정을 내던지듯 리쿠는 부르짖었다.

"놈들은 유일신의 자리를 놓고 다툰다던데, 이딴 전쟁에 참가한 똥덩어리들 중에서 어느 똥이 이겨서 끝난들! 다음 똥이 지금보다 나은 똥이라고 기대할 수 있겠냐고—— 아앙?!"

그리고 느닷없이 목소리를 낮추어, 리쿠는 온도가 없는 목소리로 선언했다.

"슬슬 인정하자고. 이 세계에…… 희망 같은 건—— 없어."

————.

눈치는 채고 있었다. 그러나 인정하면 마음이 꺾일 '사실'에, 『유령』들은 고개를 숙였다.

저마다 짙고한 표정을 짓는 가운데,

"그러니까."

"그래—— 그러니까, 우리 손으로 '만들' 수밖에 없어."

힘차게 단언하는 리쿠의 말에 일동의 시선이 휙 올라왔다.

"방법은 하나. 그야말로 정신 나간, 미친, 상식으로는 생각할 수 없는 망언이지."

스스로도 쓴웃음을 지을 수밖에 없는 그런 책략.

"우리는 『유령』—— 그 누구도 신경 쓰지 않고, 그 누구도 마음에 두지 않을 자들."

리쿠는 곁에 선 소녀에게 눈을 돌렸다.

"우리는『유령』──그러나 아무도 인정하지 않는다 한들, 유지를 이어받아 의지를 가지고 걷는 자들."

그래도 가능하다고 생각하게 만들어주는 붉은 눈동자를 보며.

"그건 우리가 '아직' 존재한다는 증거. 세계가 '아직' 끝나지 않았다는 증거."

리쿠는 다시금 각오를 다지고, 표정을 다잡았다.

"똑똑한 척은 이제 관두자. 우리는, 인간은, 어리석어."

──그리고 딱 잘라 말한다.

"그러니── '싸운다'."

──싸운다. 도망치는 것이 아니라, 싸우겠다고.

확실히 그렇게 말한 리쿠를, 177명의 시선이 주시했다. 리쿠는 슬쩍 웃었다.

"그래. 싸우는 거야. 우리 앞을 가로막는 모든 적, 그게 누가 됐든 우리 힘으로── 다시 말해 '어리석음'으로. 모든 것들을 기만하고, 새치기하고,『유령』답게. 약자답게. 온갖 책략을 쥐어짜내 부끄러움도 체면도 내팽개친 채. 비겁하다고 흠모받고. 쓰레기라고 칭송받고. 저열하다고 추앙받으면서──!!"

──그리고,

"승리한다."

──그렇다. 손에 넣을 것은 단 하나, 승리다.

"무한히 거듭하고 연면히 이어왔던 패배를, 의미 있는 패배로 바꿔 없애버리는 그런 1승."

　침묵 속에서, 모두가 머릿속으로 그리고 있을 것을 리쿠도 생각했다.

　리쿠가 싸우겠다고 말한 상대── 몇 번이나 인간을, 문명을 무로 돌려버렸던 존재.

　마음 하나에 따라 산을 구멍으로, 바다를 육지로 바꾸고 별마저 부수는 존재.

　방을 가득 채운 것은 실소. 모두가 어이가 없어 웃음을 흘리는 가운데, 리쿠도 웃었다.

　"그래, 그런 것에 도전해── 이기는 거야. 바보 같고 황당해서 웃음밖에 안 나오지?"

　그래, 그렇고말고. 웃지 않을 수 없을 테지── 그거야말로.

　"그게, 우리가 인간이라는 증거. 어리석음의 증거. 우리에게 존재하는── 마지막 인연의 끄이다."

　그렇게 말하며 177명의 얼굴을 둘러보고, 리쿠는 말했다.

　"──『대전의 종결』── 그게 우리가 손에 넣을 1승이다."

　…………．

　영원한 신들의 대전을, 인간의 몸으로 종식시킨다.

　그렇게 잘라 말한 리쿠에게 177명이── 아니, 곁에 있던 슈비마저도 눈을 크게 떴다.

　"뭐, 승리조건은～…… 암만 좋게 말해도 정신이 아득해질 만큼 빡세긴 한데……."

　그러나 리쿠는 그 눈빛을, 장난에 성공한 어린아이의 웃음으로 받아들이며── 떠올렸다.

　──어렸을 적, 세상은 좀 더 단순하다고 생각했다.
　이기지 못할 승부는 없고, 노력은 보답 받는 법이며, 모든 것
은 가능하다고.
　아무것도 모르는, 무지하고 철없던 아이가 생각한 그것은.
　티 없는 눈으로 세상을 보고 생각했던 그것은──

　"이 세계는…… 역시 단순한 『게임』이었어."
　──역시── 틀리지 않았다.
　"신들은 자기들 맘대로 『수니아스타』를 차지하려고 무제한
규칙으로 게임을 하고 있었던 것뿐이야."
　리쿠는 생각했다── 이야기는 단순하지?
　"그렇다면── 이쪽도, 하고 싶은 대로 규칙을 만들면 그만
이지."
　그렇다. 리쿠는 체스 피스를 손에 들고 만지작거리며── 슈
비를 보았다.
　슈비는 리쿠의 『마음』이 제시한 해답을 알고 싶다고 했다.
　그렇다면 대답해줄게── 그렇게 말한 리쿠는, 슈비가 고개
를 끄덕이는 것을 보고.
　대답하게 웃으며──【규칙】을 말했다.

　"【첫째】. 아무도 죽여서는 안 된다."

──이유는, 죽이면 죽기 때문에. 진짜 마음은, 아무도 죽이고 싶지 않으니까.

"【둘째】. 아무도 죽게 해서는 안 된다."

──이유는, 죽게 하면 죽기 때문에. 진짜 마음은, 아무도 죽게 하고 싶지 않으니까.

"【셋째】. 아무에게도 들켜서는 안 된다."

──이유는, 들켰다간 죽으니까.

"【넷째】. 어떤 수단도 부정이 아니다."

──진짜 마음은, 들키지만 않으면 그 어떤 야바위도 야바위가 아니니까.

"【다섯째】. 놈들의 규칙 따위 알 바 아니다."

──이유는, 같은 무대에서는 필패하니까. 진짜 마음은, 살육전 따위 엿이나 먹으라지.

"【여섯째】. 위를 위반하는 모든 행위를 패배로 간주한다."

──이유는, 철저하게 지키지 않는 규칙은 무의미하니까.

──진짜 마음은, 이것들을 위반한 승리에 가치를 느끼지 못하니까.

이상── 하고 싶은 대로 한다…….

이것이 리쿠의 『마음』이 제시한 대답──.

리쿠는 원탁을 에워싼 177명을 둘러보았다.

"우리는 『유령』──. 모든 종족, 올드데우스까지도 포함해 누구 하나 죽지 않고. 알려지지도 않고. 그저──『천황을 철저히 유도해서』── 이 전쟁을 끝낼 거다."

감정적인 규칙, 그야말로 '어린아이 생떼'에 가깝다.

그러나 동시에, 인간의 몸으로 대전을 끝내려 한다면 그 이외의 방법은 없다.

"말할 것도 없겠지만 실패하면 전멸. 보험은 뭐~ 소용도 없겠지. 전황을 유도하는 말하는 원숭이가 있다── 그 사실이 놈들의 눈에 뜨인 것만으로도 확실하게, 모든 것이 끝나."

요컨대── 리쿠는 정리에 들어갔다.

"대전의 종결이냐, 멸망이냐. 모두 얻느냐, 모두 잃느냐의 도박. 무승부도 기권도 안 돼."

그리고 리쿠는, 그 자리의 아무도 본 적이 없었던 '본성'을 드러냈다.

"적은 『신』, 천지를 불태우는 폭력, 절망의 구현. 승산은 허공의 아득한 저편. 모두 비밀리에 이루는 것이 승리조건이기 때문에 승리해봤자 아무의 기억에도, 기록에도 남지 않고, 우리의 활동을 이야기하는 자도 없을 거다. 우리는 『유령』이며 『유령』은 말하지 않는다. 그렇지만 말야, 만약──."

제정신이 아닌 세상을 『게임』이라 단언하고 도전한 동기를, 한껏 멋들어진 웃음으로,

"만일 이 『게임』을 정말로 완수해서……『승리』할 수 있다면──."

──단언하듯 내뱉는다.

"우리는, 최~고로 멋지게 살았다고, 가슴을 펴고 죽을 수 있

을 것 같지 않아?"

…………그러면.

"그런『게임』을── 시작하고 싶은 놈만, 이 자리에 남아줘."

모든 것을 버리고, 리쿠는 눈을 감은 채 퇴실하는 사람을 기다렸다.

내심 쓴웃음을 지었다. 이딴『게임』에 응할 바보가── 얼마나 되겠느냐고.

리쿠가 고른 멤버들은── 모두가 예외 없이 뛰어난 지성과 지능의 소유자들이었다.

몇 번이고 죽음의 위기에 직면했지만 몇 번이고 살아남은── 다른 종족들이 보기에는 하잘것없는 티끌.

그러나 티끌이면서 뛰어난 능력의 소유자── 그렇기에 리쿠는 내심 쓴웃음을 지었다.

──아마 아무도 안 남겠지. 제정신이 아니니까. 멍청이는 자기 한 사람이면 충분하니까.

그렇다면 그거대로 어쩔 수 없다. 최악의 경우 슈비와 단둘이서라도── 해내고 말 것이다.

승률이 허공의 저편에서 열반적정(涅槃寂靜)의 저편까지 멀어지는 정도의 차이일 뿐이다.

……뭐, 솔직히 말하자면 둘이서 어떻게든 해나갈 책략 따위 전혀 생각도 안 나지만.

그래도──.

………….

그렇게 생각하며 꼬박 10분을 헤아리고, 눈을 떴다.

"…………아~ 솔직히 말할게."

——언제까지고 눈을 감고 있을 거냐고 묻는 것 같은 일동의 어이없는 표정에 리쿠는 말했다.

177명의 얼굴에—— 다시 말해, 퇴실자 0명인 이 결과에,

"난 늬들이 쫌 더 똑똑한 줄 알았는데."

그런 리쿠에게—— 177명의 『유령』은 쓴웃음을 짓고, 입을 모아 말했다.

"어이구야, 대장. 첫수부터 잘못 읽다니, 이게 뭐야? 앞날이 훤한데?"

"리쿠 넌 말야, 똑똑한 인간이—— 아직도 이 세상에 있을 거라고 생각해?"

"미친 짓? 이 세계보다 미친 게 또 어디 있는데요?"

"여기 있는 놈들—— 오늘까지 살아남은 놈들—— 리쿠, 네 놈이 선택한 놈들이야."

——그런 거라고, 모두 웃으며 고개를 끄덕인다.

"어리석은 것들의 대표선발이구만, 이거."

쓴웃음을 짓고—— 리쿠는 웃었다. 그렇다. 그 말이 옳다.

——인간은 어리석다.

어리석기에, 그런 어리석음 때문에 죽지 않겠노라고 지성을,

지혜를 갈고 닦아.

오늘날까지 살아남았다── 살아갈 가치 없는 세계에서, 그래도 살아남았다.

그러기 위해 모든 지성과 지혜와 기술을 건 자들이.

──당당한 바보, 존경할 약자가 아니라면 무엇이겠는가.

"의도 없이 이따구 세상에 태어나서."

"의미 없이 흙탕물 핥으며 살아가다."

"그러나 의의가 있어 멋지게, 뒈진다── 좋잖아."

"그 이상의 자유가 있겠어, 보스?"

"마지막까지 멋 부리면서 맡기겠어. 우리의 삶을── 부탁해, 대장."

리쿠는 고개를 숙였다. 진심으로 어이가 없다는 듯. 그러나.

"……늬들, 이놈이고 저놈이고 다 미쳤구나. 진짜 든든하구만── 그렇다면."

진심으로, 기쁜 듯 중얼거리고── 그리고── 지도를 펼쳤다.

5년── 아니, 그 이전부터 인간이 살아남기 위해 갱신하고 또 갱신했던── 게임보드다.

무수한 시체로 엮은 게임보드를, 리쿠와 슈비를 포함해 179명의 『유령』이 들여다보는 가운데.

리쿠는 구체적인 플랜을 이야기하기 시작한다──.

"자아── 게임을 시작하자."

"——『유지에 맹세코^{아 세 이 트}』."

그렇게—— 여느 때처럼 대답하는 일동. 그러나 리쿠는 말했다.

"……그 말은 이제 금지하겠어. 우리는 유지가 아니라, 동의한 규칙에 맹세하고 움직이는 거야."

그러니—— 그렇다.

"『동의에 맹세코^{아 센 트}』——다."

——이리하여, 존재하지 않는 자들의 암약이 조용히 시작되었다.

미래를, 희망을 빼앗기고, 절망에조차 절망하며, 마침내는 그것에조차 싫증나고 싫증나.

기다리는 것이 아니라 찾아내기 위해—— 179명의 유령선은 나아간다————.

■ ■ ■

"……리쿠, 역시……슈비……『마음』……모르겠어……."

회의가 끝나고, 아지트 입구에서 리쿠와 카드 게임을 하며 슈비가 중얼거렸다.

슈비는 보았다——그 자리에 있던 모든 이들이 리쿠의 『마음』을 접하고, 공명했다.

오직 한 사람——자신을 제외하고.

슈비는 고개를 숙였다.

자신만이 그것을 이해하지 못했다는 것이── 너무나도 슬퍼서, 말을 이었다.

"······ 리쿠랑, 다른 사람들······ 책략, 성공 확률······ 모두······ 1퍼센트, 미만······."

하물며 그 모든 것이 성공할 확률은── 논리적으로 생각해 0에 가깝──

"음~ 이봐, 슈비 말야."

그런 슈비의 생각을 끊어버리듯 리쿠가 말했다.

"네가 말하는 그 확률이란 거? 이런 거 맞을까?"

리쿠에게 엑스마키나의 수학지식은 없다. 슈비의 언동을 보고 독자적으로 해석해── 묻는다.

"주사위를 굴려 6이 나올 확률은 6분의 1. 그것이 두 번 연속으로 이어질 확률은 6분의 1이 두 번이니 36분의 1── 퍼센티지로는 모르겠지만, 이런 식의 계산이야?"

"··········그, 그래······. 그러니까──."

리쿠를 과소평가한 적은 한 번도 없다고 슈비는 단언할 수 있다. 그러나 이렇게까지 쉽게 엑스마키나의 논리^{수 학}를 파헤쳤다는 데에 놀라움을 감추지 못했으며, 그렇기에 그 성공률을 말하려다가──

"그럼 좋은 걸 가르쳐줄게. 그 계산은──틀렸어."

──굳어버렸다.

"주사위를 굴려서 6이 나올 확률은 6분의 1. 그러나 이 게임에선 그 계산이 틀렸어."

왜냐하면.

리쿠는 카드를 셔플하며 쓴웃음을 지었다.

"6이 나오면 승리, 그 이외에는 전부 패배. 다시 말해—— '2분의 1' 이야."

——폭론이다.

그러나 확률은 어느 시점, 어느 조건으로 계산하는지 또한 중요한 팩터다.

All or Nothing—— 리쿠의 시점으로 계산한다면 그 폭론 또한 모순 없이 성립된다.

"················."

인간에게 엑스마키나가, 그것도 『해석체^{슈비}』가 논파당했다—— 그것도, 감성으로.

너무나도 큰 충격에 사고영역이 다운되어버린 슈비에게 리쿠가 말을 이었다.

"그리고 두 번째로 틀린 거. 주사위를 굴려서 6이 한 번에 나올 때도 있고—— '만 번 연속으로 계속 나오는 일도 있다'⋯⋯ 그러니 역시 그 계산은 틀렸어."

"⋯⋯아니야⋯⋯ 변수를, 다 감안하면⋯⋯ 오히려, 1만 번 굴리면, 분포 오차에, 수렴⋯⋯."

엄밀히 따지면, 주사위를 굴려 6이 나올 확률은 6분의 1이 아니다. 변수가 많다.

그러나 시행 횟수를 늘리면 확률이 수렴해 계산은 오히려 편해진다. 다시 말해 계산한 결과대로――

　그렇게 반론하는 슈비. 그러나 리쿠는 싱글싱글 웃더니,

　"모든 걸 감안할 수 있을까? 알 수 없는 것, 상상할 수 없는 것까지? 예를 들면――."

　――그렇다. 예를 들면.

　"'존재할 리 없는 자'가 몰래, 6밖에 안 나오는 주사위로 바꿔치기한다는 것도?"

　――감안할 수 없다. 적어도 '한 번은'.

　그러나 계속한다면 이변을 알아차리고, 오차의 이유를 밝혀내고――

　여기까지 생각했던 슈비는 굳어버렸다.

　그제야―― 슈비의 머릿속에서 리쿠의 말이, 계책의 의미가 이해가 되었다.

　알려져서는 안 된다, 들켜도 안 된다는 그 친의――『작전』은.

　"……전황을, 작위적으로 조작…… 아무도 염두에 두지 않을 ―― '오차'의, 범위 내에서…….”

　항상 예측 불가능한―― '의지가 있는 변수'에 매진한다.

　수학적으로 이보다도 계산하기 성가신 것은 없다.

　그런 슈비의 결론에 리쿠가 고개를 끄덕였다.

　"이걸 속임수라고 하는 거야. 재밌지?"

　――그래도 슈비는 아직 모른다. 확률론으로 이『게임』을 설

명할 수 없다. 그건 이해할 수 있다. 하지만 그렇다고, 어떻게
——.

"……어떻게, 제일…… 낮은 확률, 을…… 기대치, 로, 삼을
수, 있어?"

리쿠를 똑바로 바라보며 묻는 슈비에게——리쿠는 생각에 잠
겼다. 흐음.

어떻게든 대답은 할 수 있다. 이를테면.

믿지 않으면 못 해먹으니까, 라든가?

믿는 데에, 희망을 품는 데에 근거 따위는 필요 없으니까, 라
든가?

——그러나 리쿠는 슈비가 원하는 것은 그런 해답이 아닐 거
라 생각했다.

리쿠는 입구 밖 —— 죽음의 별이 되어가는 세계 —— 을 바라
보며 대답했다.

"슈비, 이 세계에서 인간이 살아남는다는 『결과』……몇 퍼센
트?"

"………………이해, 했어."

가벼운 쓴웃음과 함께 말한 리쿠에게 슈비는 인정했다. 확률
론 따위, 어차피 통계.

결과 앞에서는 『기적』 하나에 모든 계산이 휴지가 된다. 그렇
다면 역설적으로 말해 그것은——

"…… '기적' ……일으키면…… 확률론 같은 거, 밀어붙일

수…… 있어."

슈비의 대답에 리쿠는 웃으며 고개를 끄덕였다.

"네 방식대로 말하자면, 우리는 '계산의 특이점'으로 활동할 거야. 모든 예상, 전략, 계산을…… 미묘한 조작으로 전부 망쳐 버리고, 우리가 원하는 방향으로 수렴시킬 거야."

말하면서 리쿠는 생각했다. 모든 것을 예측하기란 불가능하다는 그 말은 자신에게도 돌아온다.

그걸 알고서도—— 정말로 가능케 한다면, 그거야말로 정말 『신의 위업』이 아니겠느냐고.

그렇다면.

리쿠는 한층 크게 웃음을 지었다.

"재미있지? 천상에서 세상이 내 것이라는 양 오만하게 버티고 있는 놈들의 행동을, 고작해야 인간의 위업 수준으로 실추시키다니. 만약 전부 잘 돌아간다면—— 최~고의 농담거리가 될 낏 틀시 않아!"

——『이거』다. 리쿠와 처음 만난 날 보았던 것—— 그 정체.

지금이라면 슈비는 단정할 수 있다. 이것이 곧 『마음의 원천』——『영혼』이다.

엑스마키나가 비논리적으로 '흥미'를 품고, 마침내 '동경'했던 것.

그럴 필요가 있어야 그리는—— 단순한 『대응자』였던 엑스마키나에게는 없는 것.

그렇게 되고 싶다고 바라고, 도전하고, 발버둥 치고, 추구하는——『이상』——.

"뭐～ 게다가…… 원래 확률론 같은 건 어차피 탁상공론인
걸?"

슈비는 리쿠의 말에 곤혹스러워했다. 논파당한 것은 사실이
다. 그렇다고 탁상공론이라고까지 말하는 건 좀……

"증명해주지——【문제】: 지금 내가 슈비에게 청혼할 확률
은?"

문제의 의도를 파악하지 못한 채 슈비는 계산으로 수치를 냈
다.

"……………?문제 의도, 불명…… 어림잡아…… 거의 0."

"거 봐, 틀렸지—— 결혼해줘, 슈비."

굳어버린 슈비에게, 리쿠는 조그만 반지를 내밀며 말했다.

"확률론에 0은 없어—— 이『게임』에서 승리할 확률은 누구
도 부정할 수 없어. 그렇지?"

조그만 반지를 내미는 리쿠를, 동그란 눈동자로 슈비는 올려
다보며, 대답했다.

"……이해, 불능…… 거부, 할래."

■ ■ ■

차가운 땅바닥에 엎드려 리쿠 동정남 19세는 눈물에 젖은 채
——

"……흐, 흐흐, 으흐흐흐흐흐흐."

——혼신의 프러포즈를 일도양단당해, 한 발 먼저 세상의 끝을 맞으려 했다.

그렇지, 리쿠……? 이젠 뭐 상관없잖아? 세계 따위 어떻게 되든 말든…….

첫수에 엎어져버린 멍청이, 어차피 이것저것 실수해 결국 패배할 텐데.

이젠 내 알 바 아녀— 인간도 세계도 다 멸망해버리라지.

아아……코론, 난 이제 지쳤어…… 아하하, 후후, 우후후후.

"……리쿠, 설명을…… 요구……."

"아뇨…… 죄송했습니다제가좀까불었죠동정남주제에…….

상처에 소금 바르지 마세요——."

그렇게, 망가진 것처럼 웃으며 땅에 엎드린 리쿠. 그러나.

"……거부……. 설명…… 원해."

슈비는 부자연스러울 정도로 무표정하게 물었다.

"……『결혼』—— 인간이 번식의 짝과 맺는 계약……."

그리고 마치 사전에서 인용한 듯한 —— 그것도 한쪽으로 치우친 —— 정보를 토대로 추측한다.

"……슈비, 의, 유용성을 평가…… 점유, 하고 싶어……?"

"아니야아아아! 그냥 슈비가 계속 옆에 같이 있어줬으면 좋겠다고!"

"……왜? 지금, 곁에…… 있어."

"그런 뜻이 아니고 말이지……그러니까 그 뭐냐, 인생의 반려로서!"

"……반려—— 나란히 함께 가는 자. 동료. 또한——배우자……?"

"그래! 그거야 그거! 배우자란 의미로!"

그러나 필사적으로 고개를 끄덕이는 리쿠에게, 슈비는 여전히 무표정하게 말했다.

"……배우자…… 부부, 슈비, 엑스마키나, 번식, 불가능."

"괜찮거든!!"

"…… 번식 행위…… 불가능……. 리쿠, 평생……동정남……?"

————,

"괜찮거든!!"

"……지금…… 멈칫, 했어……."

"아아진짜아아아아무래도상관없다고사소한건!!"

얼버무리듯 소리를 질러버린 리쿠에게 슈비는 여전히——부자연스러울 정도로 무표정하게 말했다.

"……종족을 건너뛴……부부, 전례…… 없어."

"그럼 우리가 세계 최초네! 파이오니어구만! 이얏호~ 빌어먹을!!"

자포자기하듯 외치면서도 리쿠는 수수께끼의 확신으로 여전히 매달려댔다.

여기서 물러나면 진다——는 근거 없는 확신으로.

그러나 그 기세에 압도당했는지—— 서서히 슈비의 표정이 흐려졌다.

"……무리, 야…… 왜냐면──."

"…………슈비?"

──그렇다. 곤혹, 혼란, 그리고 어째서인지── 슬픈 표정
으로.

떨리는 목소리로 말하는 슈비를 보며, 리쿠는 걱정스레 이름
을 불렀다.

리쿠는 모른다── 그것이.

──대량의 에러를 토해내고 또 토해내던 슈비의 사고영역에
결정타를 가했음을.

사고는 가속하듯 파탄을 일으켜가고──부정(不正)과 모순
과 파탄이 무한증식해나간다. 논리성 파탄과 모순과 무한순환.
그러나 그 논리를 웃도는 『생각』이 금칙사항을 모조리 오버라
이트해나간다.

"……왜냐면── 리쿠의──."

입을 연 슈비에게── 논리가, 규정이 절규한다. 말하지 말라
고.

그러나 『모순』이 ── 그렇게밖에 인식할 수 없는 것이──
절규했다. 말하라고.

엑스마키나에게는 있을 수 없는, 갈등. 논리를 우선시해야 하
는가, 에러를 우선시해야 하는가.

그러나 사고 속에──리쿠와 처음 만났을 때의 영상이 잇달
아 반복되었다.

그리고 이에 수반된──『공포』와 『죄책감』이라는, 아직 정의하지 못한 에러가 잇달아 모순을 일으키는 가운데.

──슈비 자신이 가장 믿을 수 없게도, 사고는──

"……왜냐면── 리쿠의 고향…… 멸망시킨, 건──슈비, 인걸……?"

──떨리는 목소리로……에러를 우선시했다.

■ ■ ■

──12년 전, 엑스마키나는 예외적인 대규모 교전을 치렀다.

상대는 드라고니아의【왕】에 속하는 세 개체 중 하나──『언룡(焉龍)』알란레이브와 종룡(從龍) 일곱.

여기에 엑스마키나 측의 전력은 크벨레에서 위버까지 8개 클러스터로 이루어진 『복합연결체』.

각 클러스터 437기── 전체 3,496기.

엑스마키나가 보유한 모든 전력의 무려 4분의 1을 투입한 초대규모 교전.

전투 결과── 엑스마키나의 전략적 승리. 피아간의 손해는 아래와 같다.

적──『언룡』알란레이브 및 팔로워 7체《섬멸》.

아군── 투입전력의 42퍼센트에 해당하는 1,468기 손실, 사실상의《궤멸》.

이 손실의 대부분은 『언룡』알란레이브의 마지막 공격──

자기붕괴, 목숨을 대가로 삼는 마지막 포효――『붕효(崩哮)』
에 의한 피해였다.

언롱의 『파 크라이』 초동 0.07초 후, 교전 중인 엑스마키나 약
2할이 휘발.

이로부터 0.018초 후 『관측체(觀測體)』가 제공한 정보에 따
라 『해석체』는 즉시 판단.

언롱급의 『파 크라이』를 막아낼 수 있는 병장은, 당시의 엑스
마키나에게는 해당사항 무.

또 한 『 지 휘 체 (指 揮 體) 에 게 해 석 정 보 를 전 송 하 고
『설계체(設計體)』에게 새로 제조시킬 0.4초 동안의 추정피해
를 산출.

추정피해: 전력의 9할 손실. 전략상 『섬멸』에 가까운 그것은
패배를 의미했다.

그러나 1기의 『해석체』가 『파 크라이』를 방어할 것이 아니라
―― '흘려버릴' 것을 제안.

엑스마키나가 보유한 '에너지 지향을 왜곡시키는' 병장
Org.2807――『통행규제(通行規制)』.

해당 병장을 다수 전개하면 손해는 추가 2할에 그친다는 계산
이 나왔다.

『지휘체』은 제안을 즉시 채결, 『파 크라이』는 지향왜곡되어
전장 저편으로 비껴나갔으며――

엑스마키나의 손실은 간신히――《궤멸》에 그쳤다.

제안을 행한 『해석체』는 비껴나간 『파 크라이』의 피해로부터

이를 재해석할 필요가 있다고 판단.

폭심지에서 멀리 떨어졌지만 괴멸된, 인간이라는 짐승의 소굴로 추정되는 폐허에 내려섰다.

그리고——

"…………————."

타일 무늬 판자를 꽉 쥐고——『해석체』에게 시선을 향한 인간의 새끼를 감지했다.

인간 새끼의 시선에는 적의가 있었으나—— 등을 돌리고, 떠나가버렸다.

——『해석체』——현상을 해석하고 고찰하는 기체는 그 행동을 이해할 수 없었다.

그 인간의 새끼는 극한상황에 있었으며, 그럼에도 혼란스러워하거나 탈력감에 빠지지도 않은 채『적』을 인식하고.

그러고도 생존을 선택했다. 그것은 짐승의 생존본능과는 명백히 달랐다.

왜냐하면『해석체』에게 향한 시선에는 공포도, 허무도 없었으며, 그저 끝없는——

언룡의『파 크라이』마저도 넘어설 만한—— '열' 만이 감지되었다.

『해석체』는 에러를 토해냈다——『경악』이라는 이름의 에러를.

그 새끼는, 이길 수 있으리라 확신하고 있었다—— 그저 지금은 아직 무리일뿐.

가정: 저것이 엑스마키나가 보유하지 않은—— 마음, 생명이

아닐까.

근거 없이 무언가를 단정하는 성질, 연산을 넘어선 무언가를 확신하게 만드는 것.

──그렇게 판단한 『해석체』는 인간── 특히 그 새끼를 해석할 필요가 있다고 인식했다.

그러나── 그 후의 해석에 막대한 【파탄】이 발생해 연결해제── 파기되었다.

기체 개체 식별번호── Üc 207번기 Pr 4f57 t9 기체.

──훗날, 그 새끼 자신에게.

── '슈비' 라는 이름을 받게 되는 기체였다.

■ ■ ■

"……그래, 도…… 리쿠, 똑같은 말…… 할 수, 있어……?"

모든 사실을 밝힌 슈비는 리쿠의 얼굴을 볼 수가 없어, 그저 고개를 숙이고 떨리는 목소리로 중얼거렸다.

──【부정】, 【이상】, 【파탄】, 【의문】, 【순환】, 【불해】, 【불명】, 【손실】──

슈비의 사고를 가득 메운 것은 여전히 폭풍과도 같은 에러의 연쇄.

──【자문】: 어째서 말했는가? 논리적으로도 비논리적으로

도 이익이 없는 행동이다.

——【논리해답】: 이익—— 없음. 손해—— 관찰대상과의 적대에 따른 유실.

——【비이해답】: 이익—— 없음. 손해—— 리쿠에게 미움, 받는……다?

——손해? 미움 받는 것이? 첫 번째로 열거될 만큼? 에러 에러 에러…….

"……슈비, 너 말야."

리쿠의 목소리에 슈비는 스스로도 놀랄 만큼 어깨가 펄떡 뛰어오르는 것을 감지했다.

에러의 폭풍이 요란한 음량으로 외쳤다——『도망쳐라』라고.

——도망쳐? 왜?

에러의 폭풍이 요란한 음량으로 대답한다——『무서우니까』라고.

무섭다. 공포. 엑스마키나에게 그런 개념은 없다. 그러나 그 사고^{에러}를 부정할 수가 없다.

실제로 이렇게 고개를 숙이고 있는 것은 어째서인가. 리쿠의 얼굴을—— 보기가——

견딜 수 없이—— '두려우니까' —— 다시 에러의 폭풍이 휘몰아치는 사고 속에——

"……알고 있었어. 막연~하긴 했지만."

들려온 말에 에러가 일제히 침묵하고, 단 한 가지의 의문으로 수렴되었다.

"……어떻, 게……."

"응── …… 처음에 위화감을 느꼈던 건, 부끄러운 얘기지만
──."

머리를 긁으며 리쿠가 멋쩍은 듯 말했다.

"……처음 만났을 때, 어떻게 내가 동정남인 걸 알고 계십니
까요, 싶었거든."

"──────."

완전히, 말 그대로 다운을 일으켜버린 것 같은 슈비에게 쓴웃
음을 지으며 리쿠가 말을 이었다.

"뭐~ 그 외에도 나한테 『마음의 재확인』이라고도 했고, 이 세
계에서 인간이 살아남아 있는 인자를 '내 마음'이라고 딱 집어
서 말하기도 했고, 애초에 왜 부락에서 그렇게 멀리 떨어진 곳
에서 '기다리고 계셨는지'라든가, 게임 번호 '1번'이 왜 체스
냐, 라든가 ──뭐, 응. 의외로 허술하구나, 너."

그렇게 말하며 멋쩍게 웃는 리쿠에게 슈비는 그저 눈을 동그
랗게 떴다.

할 말을 잃었다. 생각은 에러에 물들고 공회전밖에 일으키지
않는다── 그러나 의문이 새나왔다.

"……그런, 데…… 왜……?"

"응~…… 왜 그럴까? 하하, 모르겠네."

정말 스스로도 모르겠다는 듯, 웃으며 리쿠는 말을 이었다.

"──그런 것까지 전부 감안해서, 슈비에게 반했기 때문, 이

려나."

─────.

"……과거, 를, 잊는다……?"

"아니, 슈비가 우리 고향을 결과적으로 멸망시켰던── 그런
건 이미 확정된 과거지."

그 말에 슈비는 있을 리 없는 『아픔』에 쓰러질 뻔했으나──

"음~…… 뭐, 역시 난, 바보라서. 그치만 생각해봐. 동시에
이런 생각도 들거든."

멋쩍음을 감추려는 것인지, 아니면 정말 자조인지 머리를 긁
으며.

"슈비가 우리 고향을 없앴다는 과거를 부정해버리면── 우
리는 만날 수 없었을 거 아냐."

"─────…………흐윽."

숨이 막혔다. 호흡기관 따위 있을 리도 없는 기계가.

"결과는 결과. 그걸 뒤틀어봤자 소용없지. 인간은 그런 생물
이 아니야."

천천히 다가와, 쪼그리고 앉은 리쿠의 손이.

"결과적으로 이를 악물고 분해하고 울부짖고── 다음에는,
다음만큼은, 이라며 앞으로 나아가지── 그러니까."

──가만히 슈비의 뺨을 감싸고 들어올려준 곳에.

"그래서…… 슈비가 나에게 흥미를 가졌던 거 아냐?"

어린아이 같은 웃음으로 그렇게 말하는 리쿠가 기다리고 있었
다.

리쿠의 눈에 비친 자신의 겁먹은 표정에 슈비 자신마저 놀랐다.

그것을 다독이듯 조용한 목소리로 리쿠가 말을 이었다.

"나는 어떤 과거도 부정하지 않아."

―――――,

"슈비의 과거, 곁에 있어주는 지금, 앞으로도 있어주었으면
하는 미래까지. 전부 사랑해."

―――――――――,

"죄의식도. 그냥 버려, 버려버려. 안됐지만 인간은―― 아니,
내가 바보일 뿐이라 그런가. 아무튼―― 지금 현재 말고 다른
걸 볼 여유는 없어. 내일을 기대하고, 다음에 희망을 품지. 과거
를 받아들인 상태에서, 말야. 그러니까――"

리쿠는 슈비의 왼손을 잡고.

"슈비가 있어준다면, 이런 세계에서도 살아가고 싶다는 생각
이 들어."

약지에 가만히 반지를 끼우고――

"슈비가 있어준다면, 어떤 어려움에도 마음이 꺾이지 않으리
란 생각이 들어."

반지의―― 슈비의 눈처럼 빨간 돌을 보여주며――

"슈비가 있어준다면, 두 번 다시 웃지 못하게 되는 일은 없으
리란 생각이 들어."

그리고 어딘가 곤혹스러운 듯――말한다.

"그러니까, 말야. 내가 싫지 않다면――."

"싫지……않아――! 그렇지, 않아……!"

리쿠의 말을 가로막듯 머리를 가로젓는 슈비.

"그럼……."

손을 내밀며 리쿠는── 바란다.

"논리 같은 거 전부 무시하고── 같은 길을 걸어가 주지 않겠어? 나의 아내로서, 말야."

…….

…………문득, 슈비는 깨달았다.

어느샌가 사고를 가득 메웠던 에러의 폭풍이 멎었다는 사실을.

"…………그렇, 구나……."

──엑스마키나는 대응하는 종족. 필요하다면 필요에 따라 자신을 재구축한다.

언제 '그런 기능이 생겼는지' 는 알 수 없으나── 뺨을 타고 흐르는 한 줄기 눈물에, 이해했다.

에러의 폭풍. 논리와 모순되는 그것이, 한꺼번에 이름이 붙어 처리되어간다.

즉── 『감정』이라는 이름이.

"……리쿠."

"응."

"……말, 그대로…… 보다, 시피…… 부족한 몸──이지만."

"바보 같은 소릴 해. 나한테는 과분한 아내라고 생각하는데."

그렇게 쓴웃음을 짓는 리쿠. 그러나.

아직, 표현 방법까지는 알지 못하는 『감정』에 슈비는.

몸을 웅크리고, 젖은 목소리로—— 쥐어짜내듯 대답했다.

"……계속, 오래오래—— 곁에 있게, 해, 주세요……."

■ ■ ■

"……결국 끝까지 엿보게 만들고 앉았네…… 아우~ 바보 동
생……."

——아지트 입구 밖에서 코론이 한숨을 쉬며 중얼거렸다.

아지트의 위치를 듣고 한 발 먼저 달려온 코론은 생각지도 못
하게 이 일련의 과정을 모두 엿보고 말았다.

——그치만 어쩔 수 없잖아. 얼굴 내밀 타이밍을 놓치고 말았
는걸.

아직도 울음을 그치지 못하는 슈비의 등을 쓰다듬는 리쿠를
숨어서 바라보며 문득 생각했다.

괴멸된 부락에서 살아남았던 리쿠가, 코론네 마을 어른들에
게 보호되었던 날을——.

——————………….

"여보세요~. 얘, 얘! 너 무슨 일 있었니~?"

리쿠가 아무에게도 입을 열지 않자, 동년배인 코론이라면 말
이 통하지 않을까…… 하고.

기대했던 어른들이 얼굴을 가렸다. 무슨 일이고 자시고, 괴멸

된 부락의 생존자한테 무슨 소리냐고

"좋~아. 하고 싶은 말이 있으면 이 누나가 다 들어줄게♪ 자자, 말해봐~☆"

그렇게 말하며 리쿠를 간질이는 코론에게 리쿠는 단 한마디, 입을 열었다.

"……짱나."

"흐흥~ 이런 시대에 그 정도로 상처 입을 누나가 아니란다! 자자, 말을 못 한다는 변명은 이제 통하지 않아요~. 무슨 일이 있었니~?"

띄엄띄엄, 리쿠가 말을 시작했다. 남쪽에서 온 빛, 부락이 불타, 재가 된 부모님을 치우고 동쪽으로——.

"——생존자는 안 찾아봤어? 빛은 남쪽에서 왔는데 왜 동쪽으로 갔어?"

흠칫하는 어른들을 내버려둔 채 리쿠는 여전히 담담하게 대답해나갔다.

——생존자가 있어도 치료할 수 없었다. 걸어갈 수 있을 만큼 무사하다면 자신과 마찬가지로 피난했을 것이다.

——동쪽으로 간 것은 그곳이 황야…… 흑회가 쌓이지 않는 곳이니까.

——그리고 동쪽으로 가면 강이 있다는 것을 아니, 그곳까지 가면 살아남을 수 있을 거라 생각했다——.

아이라고는 생각할 수 없는 냉정함에 어른들이 말을 잃은 가운데, 코론은 물었다.

"······살아남아서 어떻게 하고 싶었니?"

"······다음엔, 이길 거야······. 그러려면, 살아남아야 해······."

── '다음'······ 다음이라고 대답했다. 그리고── 이기겠다고 말했다.

어른들은 하나같이 어이없다는 표정을 지었지만, 그래도 코론은 뺨을 부벼대며 외쳤다.

"아앙~~~~! 몰라~~~~ 얘 내 동생 삼을래에에!!"

코론은 알아차리고 있었다. 다음에는 이긴다고 말했을 때의 눈── 바닥을 헤아릴 수 없는 그 눈을.

그렇기에 코론은 재빨리 생각했다. 혼자 놔둘 수는 없다고. 곁에 있어주자고. 그때 결심했다.

리쿠가 폭주하지 않도록── 죽음을 재촉하지 않도록──

그러나, 사실은──.

──────············.

"알고 있었어······ 그 아이에게 필요한 건 막아줄 누나가 아니라. 같은 길을 걸어줄 사람이란 걸."

그는, 리쿠는, 먼 곳으로 간다. 멀리멀리, 자신 같은 존재는 따라갈 수 없는 곳까지──

······뭐, 그래도 그건 잠깐 내버려두고······.

■ ■ ■

"언제까지 우리 슈비 울리고 있을 거야, 이 못난 남편아아아아!!"

느닷없이. 불쑥 튀어나온 누군가가 주먹을 복근에 꽂아버리는 바람에, 리쿠는 신음을 토했다.

──무슨 일이 일어난 거냐고 고개를 들어보니, 두 발을 딱 벌리고 당당히 선 코론이 말했다.

"일단 누나로서── 결혼 축하해, 라고 말해두겠어♡"

──흐음. 잠시 기다려봐.

리쿠는 복근을 움켜쥐고 일어났다.

"코론…… 어, 저기…… 그걸 어떻게 알았, 아니, 왜 여기 있는 거야?"

"어? 아지트에 도착했는데, 분위기가 좋더라고── 엿볼 수밖에 없잖아?"

주눅 드는 기색도 없이, 그 외에 선택의 여지가 있었냐는 얼굴로 코론이 말했다.

──이 자칭 누나가…… 어디까지──.

라고 생각했지만 리쿠는 머리를 긁으면서 물었다.

"어─ 그럼, 코론에게 계속 감추는 것도 거시기하니까──."

"아, 슈비가 인간이 아니란 얘기면 이미 알고 있는데 그거 말고 다른 거?"

…………

───────────네?

"잠까, 저기…… 어, 언제부터 알고……."

"부락에 처음 데려왔을 때. 안았을 때 감촉이 절대 인간이 아니었는걸."

오히려 왜 몰랐을 거라 생각하느냐는 태도를 보이는 코론.

——문득, 슈비는 어떤 생각이 떠올라 이해했다.

—— '리쿠의 어떤 점에 끌렸느냐' 고 질문을 받았던 그날의 감각.

이 사람은…… 코론은, 사실은 이렇게 묻고 싶었을 것이다.

——『어쩔 작정으로 리쿠한테 접근했어?』——라고.

그렇기에——그 이상한 긴장감이 들었던 것이다.

"……알았으면, 왜, 아무 말도 안 했는데."

인간이 아니란 걸 초면에 알아차렸다면, 로리콘이라고 소란을 떨어댔던 이유를 알 수 없다.

부락에 다른 종족을 데려왔단 말이다——경계를 하든 경고를 하든 해야 할 일이——

리쿠는 그렇게 어이없어했시만, 코론은 대수롭지도 않다는 듯—— 친누나처럼 웃으며 말했다.

"그치만 리쿠가 선택한 애잖아?"

"————."

"처음엔 사정이 있었겠지? 네가 슈비를 처음 데려왔을 때, 당장이라도 폭발할 것처럼 분위기가 살벌해서—— 그래서 나도, 맞춰줬던 건데……."

——그렇구나.

이쪽의 사정을 파악하고서, 과도하게 눈치 못 챈 척을 하려면
── 그럴 수밖에 없었다.

하지만 그것은── 다름 아닌 리쿠를 믿기 때문에…….

"그래도 뭐, 금방 터놓고 지내는 것 같았고?! 이렇~~게 귀여
운 여동생이 생겼는걸?! 그럼 인간인지 아닌지는 별로 상관없
잖아!! 있지, 슈비. 인간에게는 결혼하면 가족이랑 뽀뽀를 해야
한다는 관습이 태고적부터──"

"없거든! 슈비도 진지하게 받아들이지마떨어졋!"

"아, 저기저기 리쿠! 기왕 가족이 생겼으니까── 결혼식 올
려라?!"

"──코론, 마음은 고맙지만 우리는 이미 존재하지 않──"

그렇게 말하려다── 코론의 진지한 얼굴을 알아차리고, 말
을 끊었다.

──리쿠에게도 코론에게도, 가족이라 부를 만한 것이 없다.

이제는…… 없는 것이다.

하물며 겉으로는 리쿠도 슈비도, 이제는 죽은 몸이다── 그
건…….

"내가 증인이 돼줄 테니까 '정식 부부' 로서, 응? 셋끼리만 결
혼식, 어때?"

그러나 의외로, 슈비가 대답했다.

"……하고 싶어……."

리쿠를 올려다보며, 나직하게.

"……정식, 부부…… 되고 싶어……."

─────··········.

──별것도 아닌, 간단한 의식이었다.

맹세의 말을 나누고 세 사람의 이름을 서류에 적으면 끝.

원래는 부락 사람들을 모아놓고 해야겠지만── 리쿠와 슈비
는 죽은 것으로 되어 있다.

그렇다면 이렇게 하자고, 코론이 그 자리에서 식을 진행했다.

"남편 리쿠는 슈비를 아내로 맞아 함께 걷고, 받들어주고, 사
랑하며, 살아남을 것을 맹세합니까?"

코론의 말에── 참으로 이 시대의, 그 부락다운 맹세라고 쓴
웃음을 지었다.

부락 내에서 결혼식이 치러질 때마다 눈을 내리깔 수밖에 없
었던 그 문언. 그러나 지금은──.

"그래, 맹세해."

"아우 참, 리쿠! 이럴 때는『유지에 맹세코』라고──."

"미안, 그거 아까 폐지했어. 그러니까──『동의에 맹세코』야."

그 말에 볼을 부풀리며 코론이 투덜거렸다.

"······내가 모르는 사이에 이것저것 많이도 했네. 어~쩐지 마
음에 안 드는걸······."

"이보쇼, 증인? 사담이 많은데~?"

외야에서 야유하는 리쿠를 노려보고 헛기침을 한 번.

이번에는 슈비를 향해, 코론은 맹세의 말을 물었다.

"아내 슈비는 리쿠를 남편으로 맞아 함께 걷고, 받들어주고,

사랑하며, 살아남——"

"……맹세, 해……."

말을 중간에서 끊다시피 한 즉답. 형식파괴의 연속에 코론이
어깨를 늘어뜨렸지만—— 슈비는 말을 이었다.

"……슈비의 존재, 태어난, 의미…… 마음을 준 리쿠, 에게,
맹세코…… 절대, 리쿠, 죽게 하지 않아…… 살아남아서, 마지
막까지……함께, 있을 거야……『동의에 맹세코』……."

———.

'호오~?'

리쿠에게 시선을 돌린 코론은 귀중한 것을 보았다.

설마—— 얼굴을 붉게 물들인 이 동생을 보는 날이 올 줄이야.

"그럼 이어서 슈비. 남편 리쿠의—— '훌륭한 아내' 가 되겠
다고 맹세합니까?"

"……훌륭, 한…… 아내……?"

또 장난기가 발동했구만.

리쿠는 한숨을 쉬고, 슈비는 정의가 불분명한 말에 고개를 갸
웃했지만——

"리쿠를 슬프게 하지 않을 것. 웃음을 잃은 이 아이에게
서……이제는 웃음을 빼앗지 말아줘……."

진지한 표정으로 묻는 코론에게, 슈비는 묵묵히 생각에 잠겼다.

"……할 수 있어?"

———.

솔직히, 자신이 없다. 어떻게 하면 그럴 수 있을지 모르겠지만
—— 슈비는 대답했다.

"……맹세해……. '훌륭한 아내'……가…… 될래."

"……음."

코론은 안심한 듯 한 차례 크게 고개를 주억거렸다. 그리고——

"아, 그리고 착실한 밤 생활도 훌륭한 아내의 필수조건이거든?
자고로 잠자리 테크닉이 좋으면——"

장난기를 가속시키는 코론. 하지만.

"아~ 코론. 슈비는, 그런 거 못해. 그 왜, 종족이——."

리쿠의 말에 이내 얼굴을 딱딱하게 굳히며 반성했다. 분위기
를 좋게 하려다 말을 실수했다고.

그러나 문득 슈비가 손을 들더니.

"……슈비, 구조, 이해하면…… 자기구축————『구멍』
만들 수, 있어."

"뭐——라고?!"

"어머나 ♪ 잘 됐네, 리쿠! 동정남 졸업 축하——"

"……그러니까, 코론…… 슈비에게, 코론의 생식기, 보여——"

————————세계는 부조리하다.

뺨에 꽂힌 주먹에 뇌가 흔들리는 감각을 맛보며 리쿠는 생각
했다.

"——근데 왜 내가 맞아야 해!"

"네가 평생 동정남이면 끝날 얘기니까 그렇지! ——각설하고."

그렇게 말하고, 코론이 늘 허리에 달고 다니던 장식돌을 꺼내며 말했다.

"그럼 여기에 세 사람의 이름을 새기면 정식 부부가 되는 거야."

리쿠가 아무것도 설명하지 않았음에도, 코론은 그 의도를 파악하고 이야기를 착착 진행해나갔다.

"……너희가 표면상으로는 존재하지 않는다면 서류는 남길 수 없겠지? 이 보석은 우리 할아버지에게서 물려받은 거야. 세 사람의 이름을 새긴 면에 장식을 해버리면—— 그치?"

——과연. 아무에게도 보이지 않을 수 있다는 말이군.

역시 대단하다며 리쿠는 내심 감탄했다. 역시 코론이라면——모두를 맡길 수 있다.

왜냐하면, 돌에는 이미—— 코론의 풀네임이 새겨져 있었으니까.

리쿠도, 슈비도 성이 없다. 다시 말해 코론의 진짜 의도는——.

"……이로써 두 사람은 부부. 그리고 내 정식 동생들이야."

기뻐하면서, 그러나 한편으로는 쓸쓸해하며 그렇게 말했다.

쓴웃음을 한 번 짓고—— 리쿠와 슈비는 서로 칼을 꺼내들었다.

코론의 성을, 자신들의 이름 뒤에 붙인다. 어쩐지 혀에서 잘 굴러가지 않는 것 같기도 하지만——.

각인을 마친 그 돌을, 누구보다도 코론이 눈부신 듯 바라보더니, 소중히 갈무리했다.

그리고—— 진짜 누나보다도 누나다운 얼굴로.

"……애들아. 리쿠, 슈비."

 말리고 싶지만, 그러나 그럴 수 없다. 그것을 이해하고, 그래도 억지로 만든—— 그런 웃음으로.

"너희가—— 모두가 뭘 하는지 난 몰라—— 너희는 이 세상에 없는 거야. 하지만."

 말하며—— 동생들을 끌어안고 코론이 말했다.

"나는 알아—— 소중한 남동생과 귀여운 여동생이 있는걸. 그러니까…… 부탁해."

"——두 번 다시 가족을 잃고 싶지 않아. 무모한 짓은, 하지 말아줘……."

 ——얼굴은 보이지 않는다. 그러나 떨리는 목소리로 속삭이는 코론에게, 두 동생은 고개를 끄덕였다.

"그래. 아무도 죽지 않을 거고 죽게 하지도 않아. 이『게임』만큼은—— 반드시 승리할 거니까."

"ׁׁׁ 민지, 줘ׁׁׁׁ 인, 니……."

■ ■ ■

————…………

 ——『유령』들이 에워싼 원탁에서, 유령의 우두머리는『보드』위에 손을 펼쳤다.

"우리는 존재하지 않는다."

"아무도 죽이지 않고, 아무도 죽게 하지 않고. 온갖 수단을 이용해, 정보와 책모와 야바위만으로 전황을 유도한다── 규칙이 있고 승리조건이 있다면 이것은 명백히 『게임』이며──"

"모든 것은 이 지도── 다시 말해 보드 위에서 결정한다. 그렇다면──『피스』를 정하자."

유령들의 시선을 한 몸에 받으며 유령의 우두머리는── 하얀 피스를 꺼냈다.

"이것이 우리다."

──하얀, 킹.

"제일 약한 피스. 그 누구로도 승격할 수 없는 피스. 그러나 가장 중요한 피스. 잡히면 끝나는 피스."

그것을 지도── 아니, 『보드』밖에── 테이블 끄트머리에 배치하고, 말을 잇는다.

"우리는 킹. 그러나 동시에──『유령』이기도 하다."

존재하지 않는 존재. 존재해서는 안 되는 존재. 따라서 감지되어서는 안 된다.

"우리는 어디에도 없으며, 어디에나 있다. 이 보드 밖에서 모든 실을 조종하는 존재다."

그리고 이어서 여러 개의 피스── 흰색 피스만을 꺼내,

"하나도 피스를 잡지 않고 게임에 승리한다. 따라서 모든 종족은──『흰색』이다."

그렇게 말하며──『하얀 폰』을 꺼내──

"이것이── 워비스트다."

하얀 폰을── 『보드』에── 워비스트의 서식지대에 두었다.

──────…………

■ ■ ■

──세 마리의 워비스트가 기척을 죽인 채 먹이를 찾아 숲 속을 방황하고 있었다.

이런 세계, 이런 시대에, 아무리 워비스트라 해도 식량 확보는 쉽지 않다. 애초에 멀쩡하게 살아있는 동물이 적다. 게다가 위험을 무릅쓰지 않고 '사냥할수 있는' 다른 종족은 얼마 안 된다.

오감을 날카롭게 가다듬어 냄새를 따라── 겨우 사냥감 한 마리를 발견했다.

──인간이다. 맛은 별로 없는 동물이지만 배는 채울 수 있다.

워비스트만이 들을 수 있는 목소리로 연대행동을 취한다. 상대가 인간이라 해서 방심하지는 않는다.

포위해 일제히 덤벼들어── 이를 박으──

"──────윽?!"

──려고 했을 때, 일제히 튀어오르듯 뒤로 물러났다.

"역시 워비스트야. 날 먹고 싶다면 먹어도 좋은데── 맛은 지독하게 없을 거라고 보장해주지."

"……누구냐, 너."

수인어로 말한 인간과도 비슷한 무언가에, 세 마리의 워비스트는 경계심을 감추지도 않고 물었다.

지독한 냄새가 나는── '대량의 독'을 복용한, 수인어를 사용하는 '무언가'가 대답했다.

"너희 워비스트가 거점으로 삼은 서쪽 만안지대 숲에서……
드워프가 폭탄 기폭실험을 하려는 모양이던데."

"──무슨 소릴, 하는 거야."

세 마리가 일제히, 심장 박동은 물론 혈류가 흐르는 소리까지 들을 수 있는 오감으로 상대를 '관찰'했다.

──체온 이상, 심박수도 이상. 그러나 그것은 독 때문이다.
동공은──.

"의심스러우면 이 지도에 실린 장소로 가봐. 넌 혈괴 개체 맞지? 드워프의 시설 정도면 어떻게든 잠입해서 놈들이 저지르는 일을 밝혀낼 수 있을걸. 힌트만 말해줄게."

──거짓말의 반응은── 없다. 세 마리가 결론을 내린 것과 동시에.

그 인간은 말했다.

"──올드데우스조차 죽일 수 있는──『수폭(髓爆)』이란 대규모 파괴병기다."

"""──뭐?!"""

다시 심박 반응, 동공, 모세혈관의 혈류 소리까지 듣는다──
거짓말이── 아니다?!

"찾아보라고. 그리고 어디로 가져가든가, 놈들의 자료랑 기재를 부숴버려. 실수로라도 무기는 부수려 하지 말고. 그 순간 깡그리 날아가버릴 가능성도 있으니까. 루시아 대륙 서쪽이 통째로."

그리고 그 수수께끼의 '무언가' 는 할 말만 하고는 그대로 유유히 떠나가버렸다.

—————…………

"——슈비, 반응은?"

"……없어……. 괜찮, 아……."

리쿠의 물음에 영침반을 사용하는—— 척하면서 슈비가 생체반응을 찾았다.

아무도 없다. 그렇게 확인한 후에야 『유령』들은 일제히 드워프의 시설로 잠입했다.

"근데…… 이런 짓을 저지르는 놈들하고 '대화' 는 두 번 다시 하고 싶지 않은걸, 대장."

——한때 어레이라는 이름이 있었던 『유령』이 주위를 둘러보고 숨을 멈추었다.

드워프의 시설이었던 강철 건축물은 거대한 발톱자국이 새겨진 채 원형조차 알아볼 수가 없었다.

땅에는 몸길이 정도 깊이에 이르는 발톱자국까지 새겨져 있다—— 그러나.

"필요하다면 몇 번이고 저질러야지. 수인어를 완벽하게 구사할 수 있는 건 너뿐이야. 혈청도 잘 들었잖아?"

담담히 반문하는 리쿠에게 『유령』이 쓴웃음으로 대답한다.

"그래, 아주 잘. 겨우 이틀 정도 경련하고 끝났어."

──별것 아니다. 이반이 남겨준 전략도를 '조금 응용' 하고, 부락을 날려버렸던 드워프의 추락전함에 잠입해 통신을 연결해서, 약간의 정보를 '주고받았을' 뿐이다.

그 후에는 사실을 있는 그대로 워비스트에게 전하면 그만이다 ── 워비스트의 주거치가 기폭실험 예정치라고.

"하지만 『혈괴』를 몇 마리나 보낸 거람? 이렇게까지 부쉈는데 정말 사망자가 안 나온 거야, 대장?"

"그래, 안 나왔어. 혈흔도 없고── 과연 워비스트야. 감은 훌륭하다니깐."

워비스트의 오감이라면 멀리서 시설 내의 인원 규모까지 말마따나 초인적인 감각으로 알아낼 수 있다.

──그리고 적절한 숫자의 혈괴 개체를 보내면 그만이다.

드워프는 바보가 아니다. 모든 것을 날려버릴 폭탄 옆에서 함부로 마법을 쓰진 못한다.

그런 곳에 혈괴 워비스트가 여러 마리 출현한다면? 도망치는 것 말고 선택지가 있을까?

그리고 워비스트도 바보가 아니다. 도망치는 드워프보다도 우선시해야 할 것은──.

"──소문의 『수폭』은 이미 반출된 모양이야, 대장. 워비스트일까, 아니면 드워프일까?"

"워비스트지. 강철 바닥과 벽에 '발자국' 을 낼 수 있는 것들이 또 있겠어?"

──어거지로 옮겼을 테지.

그러나 그 폭탄의 위험성은 『워비스트의 감』이 가장 잘 알고 있을 것이다.

따라서 놈들이 할 수 있는 일은 폭탄의 파기, 그리고── 도망이다.

"그러니까 뭐랬어. 이건 『게임』이야."

조건이 갖춰지면 특정 종족은 특정 종족에게 완전히 무력해진다. 그렇기에 싸움은 계속되고 있다.

"하지만 드워프는 여길 방치하지 않아. 제한시간 15분. 정보를 모으고 사라지자. 『유령』은──"

"어디에도 존재하지 않는다── 『동의에 맹세코^{아 센 트}』."

유령들이 일제히 흩어져 정보를 긁어모으는 가운데 슈비가 물었다.

"……이게…… 피스를…… '승격시킨다'는……거야?"

"거기까지는 하지 않아. 아직은── 다만."

워비스트를 폰으로 삼은 이유── 그것은.

적진 깊은 곳까지 가면 퀸으로도 승격할 수 있기 때문이다.

하지만── 리쿠는 쓴웃음을 지었다.

"폰으로도 비숍을 잡을 수 있어…… 그냥 그것뿐이야."

■　■　■

────………….

다시 『유령』들이 에워싼 원탁에서, 유령의 우두머리는 『보드』위에 손을 펼쳤다.

그리고—— 『하얀 룩』을 들더니——

"이것이—— 엘프다."

그렇게 말하고 하얀 룩을—— 『보드』에 두었다.

엘프들의—— 수도 좌표에.

————————·············.

■ ■ ■

엘프의 수도—— 교외에 위치한 한 저택에서.

귀가한 엘프—— 니나 클라이브라 불리는 자는,

"——읏?! ……누구지요?"

순식간에 침입자의 기척을 감지하고 탐지마법과 조명마법을 펼쳐 경계했다.

그렇게 비춰진 어둠 안쪽에는, 어둠에 녹아드는 것처럼 테이블에 앉은 로브 차림의 누군가.

온몸을 누더기와 짐승 가죽으로 뒤덮고 모피 로브를 입었으며 눈가 깊숙이 후드를 뒤집어쓴 그림자가 말한다.

"……안녕하신지. 멋대로 실례하고 있어."

유창한 엘프어로 싹싹하게 말을 건 그림자에 엘프는 창졸간에 공격마법을 편찬하고——

그러나 쏘지는 않았다. 동시에 전개했던 두 번째 술식—— 해석마법이 이렇게 말했기 때문이다.

　──『식별 불능, 정체불명』이라고……. 참으로 놀랐을 테지. 그림자는 내심 비웃었다.

　모습을 위장한들── 설마 마법을 써도 윤곽마저 알아낼 수 없으리라고는 생각도 못했을 것이다.

　그렇기에 그녀는 물을 수밖에 없다.

　"──누구신지 여쭈어도 될는지요?"

　정체를 모르는 자에게 함부로 손을 쓸 수는 없다── 그림자는 웃었다.

　"그저 『유령』이라고만 해 두겠어. 당신의 적은 아니지만 아군도 아니라고 해 두지."

　당연히 엘프는 마법으로 이 말의 진위를 캘 것이다── 그러나 『유령』은 그 결과를 알고 있다.

　──『유령』은 '거짓'이며 그 이외에는 '참'. 마법은 그렇게 대답하리라..

　적도 아군도 아니라는 말은 진실이니까. 유령은 희미하게 웃었다.

　"──남의 집에 멋대로 들어온 이상 상응하는 용건이 있을 텐데요?"

　그러나 그 의미를 이해하지 못하는 엘프는 묻는다. 당연하지.

　이유도 없이 엘프의 도시에── 평범한 인간이 잠입하겠어?

　"──간단한 게임을 해볼까 하고."

　"……예?"

"피차 걸 칩은 『정보』…… 내게 이기면 제공하고, 진다면 받아가겠어."

여전히 경계하는 니나. 그러나 『유령』은 그렇게만 하라고 내심 조소했다.

니나 클라이브라 불리는 엘프는 뛰어난 수완가이며 당대 최고의 술사이기도 하다.

──그렇기에 접촉상대로 고른 거라고, 리쿠는 그녀의 생각을 앞질러 읽었다.

"피차 정보가 사실인지 어떤지 담보가 없는 칩은 내기가 안 된다── 안 그래?"

"────────예, 그렇겠지요."

니나는 생각을 읽혔을 가능성을 우려하여 신중하게 응대한다 ── 당연하다.

수완가가 『정체불명』과 상대한다면 우선 최악의 가능성을 고려하는 법이다.

다시 말해── 자신보다 상위의 종족일 가능성을.

그러나 바로 그 현명함 때문에 고분고분 물러나려고도 하지 않는다.

상위종족, 하위종족, 동족. 세 가지 가능성이 아직 겹쳐져 있으니까.

그렇기에 『유령』은 비웃으며 생각했다. ──이 여자는 반드시 게임에 응한다.

"그러면 한 가지 선물. 진위에 상관없이 무시 못 할 정보가 있으면 게임이 성립됨을 증명해주지.”

　이를테면, 그렇다. 이 말을 입에 담으면——반드시 넘어오게
돼 있다.

　“‘『아카 시 앙세』의 존재가 드워프들게 새나가고 있다’——
는 건 어떨까?”

　“————?!”

　『유령』은 감지할 수 없지만, 다시 마법으로 거짓인지 알아봤
겠지——그러나 소용없다.

　“……이해하셨으려나? 정보의 진위는 문제가 아니야. 『아카
시 앙세』의 이론제창자이자 술식편찬자인 당신이라면 진위 정
도는 당신 연줄로 정밀조사가 가능해——내 말이 틀렸나?”

　엘프가 태연함을 가장하며 조바심과 함께 생각한다. 『유령』
은 이를 손에 잡힐 듯이 알 수 있었다.

　——『아카 시 앙세』는 이론제창자조차 비밀리에 숨겨진 초중
요기밀이다.

　심지어 개발에 관여한 사람들의 이름은 기밀서류에조차 ‘암
호로’ 기록되어있었다.

　엘프의 폐도, 슈비가 발견한 지하실에 남아 있던——얼마 안
되는 서류에.

　그것을 모르는 그녀의 눈에는——『유령』이 모든 것을 아는
존재로 비쳤다.

　그렇다, 상대의 정체가 무엇이든 간에——함부로 손을 쓸 수

없는 존재로서.

"…………————."

여전히 감지할 수는 없지만, 엘프는 『유령』의 말에 다중으로
마법을 펼쳐 탐색하고 있을 것이다.

그러나—— 소용없다. 거짓말이 아니다.

정보는 분명히 새나가고 있다. 흘린 사람은 다름 아닌 『유령』
자신이니까——.

"……좋아요. 당신이 누구라 한들 방치할 수는 없겠는걸요."

그렇게 말하더니 『유령』의 맞은편 자리에 앉아 손을 깍지 끼
며 물었다.

"그래서 게임은—— 칩이라고 했으니, 카드게임인가요?"

"아니, 『속투 체스』야——. 피차 부정이 없는지 알기 쉽겠
지?"

그렇게 말하며 테이블 위에 있던 체스보드에 시선을 떨구고,
엘프가 말했다.

"——좋아요. 그러면 시작하지요."

"그래. 그런데 그 전에……."

『유령』이 마치 놀리는 듯한 목소리로 말했다.

"피스를 내려놔주지 않겠어? 선수는 백을 잡은 이쪽이니까.
미안해."

"————————아, 죄송해요. 체스는 잘 모르다보니."

——그렇게 시치미를 딱 떼며 '간파당한' 데에 내심 혀를 차

고, 표정을 살짝 일그러뜨린다.

아마도 '전력'——팔중술식(옥타 캐스트)으로 위장했을 야바위를 간파당했다고 생각했으리라.

니나라 불린 엘프는 생각할 것이다——역시 정체불명의 상대를 시험해보는 건 위험할까?

그리고 피스를 내려놓고, 동시에 이렇게도 생각하겠지——.

"그러면 이쪽의 칩은……『아카 시 앙세』의 이론제창자가 사실은——."

"당신이 아니라는 정보라면 이미 가지고 있어."

다른 수단으로 시험해보자고——그렇게 속으로 비웃던 엘프(블러프)가, 이어지는 말에——

"라는 것이 거짓말이라는 정보, 내가 그 거짓말을 믿게 만들 마법을 쓴다는 정보도."

——얼굴에서 빛기가 가시는 것을 똑똑히 알아볼 수 있었다.

"자, 나에게 거짓말이 통할지 확인은 다 끝나셨나? 슬슬 게임을 시작해도 될지?"

자못 즐겁게 묻는 『유령』은 마법을 쓰지 않아도 상대의 심경을 손에 잡힐 듯이 알 수 있었다.

누구냐, 대체 뭐냐, 이놈은——. 상대가 그런 표정을 하고 있기 때문이다.

그 모습에 『유령』은——리쿠는 쓴웃음을 지었다.

——트릭을 밝히자면 별것 아니다.

리쿠는 인간. 마법을 감지할 수 없다── 피스를 움직였다는 인식 따위가 가능할 리 없다.

그러나 당대 최고의 수완가이자 술사인 엘프가, 이미 배치를 마친 체스보드를.

정체불명의 누군가가 내밀었다면 어떻게 할지 예상은 간다 ── 그렇기에.

'어느 피스'를 움직였는지는 언급하지 않았고, 거짓말을 믿게 만드는 마법도 '쓰게 내버려두지 않았다'.

──단순한 블러프. 그러나 그녀의 눈에는 그렇게 비치지 않을 것이다── 블러프로 비칠 리가 없다.

이러한 블러프는── 하나라도 잘못 읽으면 끝장이다.

이렇게까지 외줄타기를 해야 할 필요성을 그녀는 결코…… 상상하지 못한다.

이렇게까지 해야만 하는, 인간이라는 최약체를…… 계산하지 못한다.

그렇기에 이 정보를 정밀조사한다──.

──『유령』은 위장마법 같은 것을 감지할 수 없으며, 또한 거짓말도 검출할 수 없다.

당대 최고── 역대 통틀어 전설의 영역인 『옥타캐스터』인 그녀가 간파할 수 없는 마법.

만일 그런 것이 쓰이고 있다면, 어쨌거나 대항할 수단은 없다.

심리전에서도 주도권을 빼앗겼다── 그러나 무시할 수 없는 정보를 언뜻 내비쳤다.

적도 아군도 아니다── 지금은 그 말을 믿고 정보를 이끌어 낼 수밖에 없다.

이 『유령』의 말대로, 진위는 스스로 확인하면 된다──.

그러나 여기까지 생각을 정리했을 때, 이번에는──.

"내기로 걸 정보는 스스로 설정한다. 정보에 가치가 없다고 판단할 경우 변경을 요구할 수 있다면 어떨까?"

──지나치게 불리한 정보를 빼앗길 수도 있다는 의구심.

그 생각에 도달하기를 기다렸다는 듯 말을 꺼낸 리쿠에게, 엘 프는 혀를 찼다.

──왜 리쿠가 그녀를 접촉상대로 골랐는가.

그녀는 엘프의 결전병기라 여겨지는 『아카 시 앙세』의 편찬 자이며 막대한 정보를 가진 자다.

그리고 매우 뛰어난 술사이며 수완가── 뛰어난 '지성'의 소유자이기도 하다.

그렇기에 그녀를 골랐다── '그게 전부니까'.

그래봤자 마법의 기량, 여차하면 모든 것을 파괴할 수 있다는 담보가 존재하는── '지성'으로.

어리석고 약하기에 살아남는. 삶 그 자체가 외줄타기인 인간 의── '지성'과.

인간을── 최약을 상대하며 지성으로 맞붙겠다니 쓸데없는 발버둥이다.

따라서—— 이 여자는 분명 이렇게 생각하리라.

"다시 말해——『당신의 정체』를 요구할 때는……."

"그쪽에게 지극히 불리한 정보를 대가로 걸어달라고 요구하겠어."

——그렇다. 그것이야말로 목적일 것이라고—— 엘프는 생각할 것이다.

낙관적 사고는 버리고, 『적』이 이쪽의 거짓말을 '모두 밝혀낼 수 있다'고 가정해라.

그러고 이끌어낼 수 있는 정보를 모두 이끌어내면 된다. 자칭 『유령』의 의도와 정체는 얻은 정보에서 판가름하고 추적할 수도 있을 테니까——라고.

"좋아요. 게임을 시작하지요. 적도 아군도 아니라면—— 해칠 뜻은 없다고 가정하겠어요."

그 말에 리쿠는 내심 비웃었다—— 그래, 분명 그렇게 나올 테지.

뛰어난 지성이 있기 때문이다. 강하기 때문이다. 그 사실에 긍지가 있기 때문이다.

——그렇기에—— 쉽게 읽을 수 있다. 쉽게 유도할 수 있다.

그리고 이번에도, 모든 것을 꿰뚫어보는 듯한 웃음을 지으며 리쿠는 손을 내밀었다.

"그러면——『유령』의 방식으로 선언하고 게임을 시작하자고. 복창해주겠어?"

그 말은 곧.

"——『동의에 맹세코』라고……."

"——……………."

"……그러면 우선 이쪽이 줄 정보는——."

"드워프에게 『아카 시 앙세』의 정보가 새어나간 경위와 가능하다면 증거 제시를 요구하겠어요."

"그건 이미 준 칩인데……. 굳이 내기로 걸 필요도 없이 제공해주지."

그렇게 말하며 리쿠는 추락한 드워프 전함에서 보냈던 통신이 기록된 녹음석(錄音石)을 내밀었다.

누설한 자가 들통이 날 정보는 걸 수 없다. 그렇기에—— 선물로 삼은 것이니까…….

"그보다도—— 이쪽이 제공할 정보는——."

그리고—— 그 이상의 낚싯바늘과 미끼를 내비친다.

"『아카 시 앙세』를 알고서도 드워프가 문제없다고 판단했던 근거를 걸지."

"————뭐, 라고요?"

——『아카 시 앙세』를 '문제없다고 판단했다'.

그 의미는 세 가지밖에 없다.

과소평가했거나, 막을 방법이 있거나—— 아니면, 설마——

"——바로 그 '설마' 야."

니나라 불린 엘프가 그렇게 생각하기를 기다렸다가 리쿠가 말했다.

상대가 생각을 읽고 있다는―― 그 착각을 더욱 깊이 다져주기 위해.

그러므로―― 그녀 또한 응수했다.

"……당신은 알고 있나요? 그 정보를."

―― '설마' 의 구체성을 피해 블러프로 대응한 것이다――

그러나 리쿠는 웃었다.

"알다마다. 『아카 시 앙세』와 동등하거나 그 이상이라고 드워프가 판단한 『병기』를."

――그렇다. 리쿠는 대답할 수 있었던 것이다.

'설마' 라고 생각했던 대답 그 자체가 리쿠의 입에서 튀어나오자, 엘프는 이를 갈았다.

그러나……

'또 치졸한 유도에 걸려들어줬군.'

리쿠는 내심 쓴웃음을 지었다.

절대병기를 『문제없다』고 평가했다는데―― 그 말을 들은 사람에게서 예상할 수 있는 가능성은 몇 안 된다.

그러나 그녀는 깨닫지 못했다―― '그 정보' 라고 입에 담았던 그 의미의 중요성을.

막을 방법 따위 있을 리 없다고 자신감을 가진 그녀가, 구체적 정보의 유무를 묻는다면.

――소거법으로 '설마' 는―― 『그보다도 뛰어난 병기의 존

재」가 된다.

 그녀는 분개하고 있다. 어떤 방법인지는 모르겠지만 자신의 생각을 읽히고 있다는 데에.

 당대 최고의 술자이자 수완가라 평가를 받는 자신이 일방적으로 지능 대결에서 희롱당하고 있다.

 그 사실이 긍지에 상처를 입히고—— 냉정한 사고력을 빼앗아간다…….

 그것을 리쿠는 생각한다—— 어정쩡하기는, 이라고.

 절대강자라면 자신과 조우한 순간 가차 없이 죽여버리면 그만이다.

 그것이 가능할지 불가능할지 간교하게 적을 가늠해야 하는 어정쩡한 힘이라면—— 지성을 과시하지 마라.

 어리석음, 나약함을 과시할 수 없다면 그 『어정쩡한 힘』이 쓸모가 없을 때——

 —— '지성' 만으로 인간과 맞버티겠다는 것은—— 농담거리도 되지 못한다.

 "플뤼겔 때문에 잃어버렸던 마법체계—— 여기서 새로운 체계를 만들어내고, 나아가서는 넘어섰다고 자부하는 당신의 긍지는 존중하지만, 내게 이기면 자세한 내용을 말해주지. 그쪽은 무엇을 걸겠어?"

 한숨을 한 번 쉬며, 『유령』들과 슈비가 모았던 정보를 이야기해주고도 여전히 우위에 선 리쿠에게.

니나라 불렸던 엘프는 손톱을 깨물며 생각을 쥐어짰다.

"──현재 운용 가능한 『아카 시 앙세』의 숫자와 탑재 가능한 기체의 정보라면, 어떨까요."

"이해가 빨라 다행이야. 역시 엘프 최고의 수완가답군."

『아카 시 앙세』를 웃도는 병기. 그 자체가 어마어마한 정보다.

『아카 시 앙세』의 상세한 내용을 밝힌다는── 상응하는 대가 이외에는 고개를 끄덕이지 않으리라 이해한 것이다.

──그것이 얼마나 위험한 도박인지 리쿠도 상상은 간다. 그러나──.

이제까지 얻은 우위성을 살려──일부러 동요도 시킬 겸, 묻는다.

"참고로 그 정보누설이 들통 나면 당신이 어떻게 될지 물어볼 수 있을까?"

"……최고 기밀 누설, 반역죄로 약식재판조차 없이 사형을 당하겠지요."

게임의 집중력을 빼앗기 위한 뻔하디 뻔한 질문이라 해석하고 리쿠를 노려보는 엘프.

그러나 리쿠는.

'우와아…….'

상상 이상의 발언에 내심 놀랐다.

그도 그럴 것이 사실 『아카 시 앙세』의 자세한 내용 따위── 하나도 파악하지 못했으니까.

이름과 개발자······ 드워프에게 적당히 떠벌여놓은 『초규모 파괴병기』라는 허풍에 대한 반응.

　그리고── 이 여자의 반응을 보고 겨우 전체상이 떠오르고 시작했다.

　그러나 엘프는 그러고도 결연히── 고마운 정보를 주었다.

　"그래도 『아카 시 앙세』는 엘프의── 나의 전심전력을 걸었던 최강의 영괴술식(靈壞術式)── 이를 넘어서는 것을 드워프 따위가 만들었다면, 목숨을 걸고서라도 그 정보를 받아내겠어요······."

　──아항~. 『아카 시 앙세』는 영괴술식인지 하는 거구나.

　내심 씨익 웃으며 리쿠는 말했다.

　"그러면── 게임을 시작해볼까?"

■ ■ ■

　──체스는 12회 승부. 엘프의 5승 4패 3무.

　결과적으로는 그녀의 역전승. 그녀가 요구한 정보── 아니.

　리쿠가 엘프에게 넘겨주고 싶었던 정보는 모두 넘겨주었으며── 원했던 정보는 대부분 얻었다.

　그러나 엘프는── 책상에 턱을 괴고 머리를 끌어안으며 끙끙거리고 있었다.

　"비활성화 상태인 올드데우스의 『신수』를 기폭시켜······? 미쳤어, 그 두더지들······."

반면 리쿠는 얼굴을 가린 채 이렇게 생각하지 않을 수 없었다.

'어느 입으로 그딴 소리를 지껄여.'

──『아카 시 앙세』의 정체를 끝까지 아는 척해 정보를 끼워맞추고 원리를 파악했기 때문에 그렇게 느낀 것이다.

'판타즈마를 자폭병기로 삼는다고 말을 꺼냈던 작자가 남을 미친놈 취급하다니── 웃기지도 않아.'

이미 이 세계는── 모두가 미쳐버린 걸까.

그렇게 속으로 중얼거리고, 여전히 머리를 싸쥔 엘프의 옆을 지나 떠나가려다──

"기다려요."

그 목소리에 발을 멈추었다.

"──당신의 정체나, 어떻게 이만한 정보를 모았는지는 이제 와서 캐묻지 않겠어요. 게다가 이러한 정보도 진위를 확인할 때까지 지금 시점에서는 단순한 의혹으로 받아들일 수밖에 없으니까요."

"그래야겠지. 현명한 판단이야."

그녀의 날카로운 눈빛에는── '어떤 이유'가 있지 않았다면 아무리 리쿠라 해도 얼굴이 굳어버렸을 것이다.

"당신, 일부러 치기 위해 움직일 때가 있었는데── 한 가지만 더 묻겠어요."

대답에 따라서는 누구든지 간에 무조건, 자신이 알고 있는 모든 살상법으로 공격하겠다고.

그 결과 도리어 자신이 당하는 한이 있더라도 그럴 각오는 됐다고 말하는 그 눈빛에 말이다.

"——당신은 적인가요? 아니면 아군?"

——그러나 유감스럽게도.

"적도 아군도 아니야. 두 번째로 대답하는 거지만, 어디 보자……."

그렇게 웃으며 대답하는 『유령』에게 있어서, 그 정도 살의는 산들바람만도 못했다.

죽음과 손을 잡고 살아온 자에게 살의 따위—— 의지가 있는 만큼 귀엽기까지 했다.

"내 대답이 만족스럽지 못했다면 이렇게 보충해두지."

그리고 그런 세계를 살아왔던 리쿠가—— 『마음』에서 우러난 말을 입에 담았다.

"가능한 한 당신들이 죽지 않기를 바라고 있어."

————.

"……좋아요, 『유령』 씨. 그 정보를 가지고 어떻게 할지, 다른 사람도 아닌 나에게 묻겠단 말이군요."

다시 한 번, 그야말로 8중 마법으로 이쪽의 진의를 캤던 것이리라.

——허위가 있을 리 만무하다. 그것은 리쿠의 본심이니까.

그렇다면 의도를 파악할 수 없으며, 적도 아군도 아니라 해도.

"——우리에게 해를 끼칠 의도는 없는 존재라고만 이해해두지요. 바라시는 대로 말이에요."

그렇게 쓴웃음을 지으며, 니나라 불린 엘프—— 아니…….

"——참고로오."

갑자기 어조를—— 아니, 성격까지도——

"『유령 씨』도오……역시 모르시는 게 있었거든요오~ ♪"

완전히 다른 사람으로 바뀐 듯, 엘프는.

"니나 클라이브는 가명이고, 제 본명은요오——"

난로 같은 온기를 연상케 하는 부드러운 미소로, 말한다.

"신쿠 닐바렌——이랍니다아~ ♪"

그리고 후후 웃었다.

"이쪽이 제 본모습인데요오—— 이 연기, 간파하셨나요오?"

한순간, 마치 다른 사람인 것처럼, 놀리는 듯한 웃음으로 너스레를 떠는 니나—— 아니, 신쿠 닐바렌.

그러나 리쿠는 고개를 숙인 채 쓴웃음으로 대답했다.

"그래, 간파했다마다."

"…………."

"내가 한 번이라도 당신을——『니나』라고 불렀나?"

——개발자, 이론제창자조차 암호로 기록되어 있었던 서류.

그 철저함으로 짐작컨대, 본명인지 어떤지를 의심하는 것도——

당연하리라.

그러나 『아카 시 앙세』의 원리를 알아낸 지금이라면 좀 더 솔직하게 수긍이 갔다.

——이딴 미친 이론을 본명으로 발표할 만큼 신쿠 닐바렌은 바

보가 아니다.

"후후, 솔직히 말씀드리면요오, 저 지그음, 속이 부글부글 끓고 있거든요오~."

엘프 최고의 술사―― 연기자이기도 하다고 자부했던 신쿠는 불만스러운 듯 웃었다.

결국―― 단 한 번도 앞지르지 못했다며 씨근덕거리지만, 리쿠 는――.

"미안하지만 연기는 『유령』의 주특기라 말이지……. 동족을 보는 데에는 자신이 있거든."

――그렇다.

"그렇기 때문에―― 당신과 접촉했던 거야."

――왜 신쿠를 골랐을까. 마지막 이유가 이것이었다.

『유령』과 십속했단 사실을 완전히 감춘 채 정보만을 검증해, 최적의 방향으로 엘프를 이끌어줄 테니까――.

등을 돌린 리쿠를 쳐다보지 않은 채 신쿠가 말을 이었다.

"그런데 유령 씨? 엘프는 끈덕지다는 소문은~ 들어보셨나요 오?"

"그래, 아주 자알 알고 있어. 원한은 수십 세대에 걸쳐서라도 갚 는다지?"

마치 꽃이 피듯 쿡쿡 웃더니 신쿠가 말했다.

"정보하고오, 죽지 않기를 바란다는 뜻은, 솔직하게 받아들일 게요오……. 그건 그거고오~."

웃으며—— 그러나 귀신같은 눈으로 리쿠의 등을 노려보며, 신쿠 닐바렌이 말했다.

"유령 씨의 정체—— 꼬옥 밝혀내서어—— '반드시 죽여버릴' 거예요오. 하필이면 다른 사람도 아닌 바로 쳐를, 손바닥 위에서 가지고 놀았던 거, 후회하게 만들어 줄 거예요오—— 엘프가 끈덕지다는 소문의 유래는~ 다름 아닌—— 닐바렌 가문 때문이거든요오 ♪"

————흐음.

"그건 솔직하게 금시초문이라고 인정할게. 성가신 상대의 반감을 샀다고 이미 후회하고 있다는 것도 말이지."

그렇게 말하고 떠나가는 리쿠를, 신쿠는 살의 어린 미소와 함께 언제까지고 지켜보고 있었다…….

■ ■ ■

"……리쿠—— 빨, 리. 이거…… 마셔……!"

신쿠의 저택으로부터 멀리 떨어진 오두막에서—— 슈비는 필사적으로 리쿠의 '오염 제거'를 서두르고 있었다.

당장이라도 목숨과 함께 의식을 잃어버릴 것 같은 격통에 리쿠가 발버둥을 치며 견디고 있다.

모든 혈관에 녹은 쇳물을 들이붓는 것 같은 착각에 목소리조차 나오지 않았다.

아니, 그것이 과연 착각일까. 리쿠는 쓴웃음을 지었다.

모든 종족 중 최고의 마법적성을 가진 엘프—— 그 중에서도 최고의 술사를 상대로 『유령』을 연기하려 했던 것이다.

보통은 접촉한 순간 체내 정령을 식별당해, 알몸뚱이나 마찬가지로 정체가 탄로 난다.

그렇다면 어떻게 할까? 간단하다.

식별이 불가능하게 만들면 된다.

"……얼른, 영해, 배출해야 해……. 안 그러면…… 리쿠, 죽어……!"

리쿠에게 자신의 피라 불리는 오염제거액을 먹이며, 슈비는
비통하게 외쳤다.

——그렇다. 흑회를 섭취해 일부러 『영해오염』당하면 된다.

망가진 정령—— 『영해』는 몸 안팎에서 모든 정령을 흐트러뜨리고 침식하며 파괴한다.

아무리 뛰어난 술사라 해도 영해오염 때문에 흐트러진 몸은
식별이 불가능하다.

하물며 뛰어난 지성까지 있다면 도저히 상상도 못 할 것이다
—— 이런 자살행위는.

"……리쿠…… 거짓말쟁이……! 한 시간……이라고, 해놓
고…… 두 시간도 넘게……!"

리쿠는 슈비가 계산했던 치사량 직전의 흑회를 삼키고, 피부
에도 발랐다.

다만 그 치사량은—— 어디까지나 한 시간으로 계산했던 양

이다.

두 시간도 넘게 『영해』에 침식된 리쿠의 몸은 가차 없이 좀 먹히고, 파괴되고 있다.

서둘러 오염원을 제거하지 않으면 슈비의 말대로 죽음에 이른다. 그러나——.

"어쩔 수, 없잖아……. 그 자식, 생각보다도, 강했는걸……."

쥐어짜내는 듯한 목소리로 리쿠가 대답했다.

신쿠 닐바렌이라면 슈비에게 이기지는 못하더라도 승부가 가능할 것 같았다.

쓴웃음과 함께 기억을 떠올렸다……. 『일부러 졌다』고?

그거야말로 말도 안 된다—— 과대평가도 유분수지.

필요한 정보는 얻었지만 그 외에는 진심으로 도전해 졌을 뿐인데.

모든 것은 블러프가 통한 덕. 한 발짝만 잘못 디디면 즉시 목숨이 달아났을 판이었는데——.

"……리쿠우……! 이제, 얼마…… 안 남았으니까—— 힘, 내……!"

슈비가 실시 중인 오염 제거가 성공하지 못한다면—— 어차피 오래는 버틸 수 없다.

——적어도 피부는 이제 원래대로 돌아오지 못한다.

흑회에 직접 노출됐던 자의 말로는 몇 번이고 보았다.

불타고 침식당한 그 흉터는—— 평생 지워지지 않는다.

앞으로 몇 년을 살든—— 리쿠는 평생 붕대를 감고 살아가게 되었다.

피부만이 아니라 몸 안쪽도 비슷한 상태일 것이다.

흑회를 입으로 대량 섭취한 바보는 리쿠가 아는 한 『리쿠』라는 바보가 사상 최초였지만.

피부만으로도 이 정도면 내장도 타서 괴사했을 것이 분명하다.

아마도 앞으론 제대로 된 식사를 섭취할 수 없을 테지.

다행히 코로 들이마시진 않았으니 심폐기능은 무사할 것이다.

──『영해』가 피에 침투했다면 그것도 애매하지만──.

"……리쿠……. 아무도 죽지 않고, 죽게 하지 않겠다고…… 해놓곤……!"

필사적으로 리쿠의 오염원을 제거하기 위해 분투하는 슈비. 그러나──리구는 생각했다.

──그만한 가치는 있었다고.

『아카 시 앙세』의 상세한 내용과, 신쿠가 언뜻 흘린 「탑재 가능 기체」라는 말에서 운용방식은 밝혀냈다. 드워프의 『수폭』도 이반이 목숨을 걸었던 전략도에서 읽어냈으니── 이로써 겨우 각지에 잠입한 『유령』과 힘을 합쳐 첫 번째 목표를 달성할 수 있다.

전선을 유도하여── '인간의 생존권에서 배제하는 것'.

그리고…….

리쿠는 내심 웃었다.

'마지막 수'도 현실감을 띠기 시작했다고. 그러나——.

"야, 슈비⋯⋯. 나⋯⋯ 앞으로, 얼마나, 살 수 있을까?"

과연 '마지막 수'까지 버틸 수 있을까 하는 질문. 하지만.

슈비는 보기 드물게—— 명확한 『분노』를 담은 표정으로 리쿠를 노려보았다.

"⋯⋯죽게, 안 놔둬⋯⋯. 리쿠는⋯⋯ 슈비가, 죽을 때까지⋯⋯ 살 거야⋯⋯!"

"——호오. ⋯⋯저기, 엑스마키나의 수명이란 건⋯⋯ 몇 년쯤 돼?"

"⋯⋯슈비, 가용연수⋯⋯ 앞으로 약892년⋯⋯."

그 대답에 온몸이 부서질 것 같은 아픔이 밀려오는데도 리쿠는 웃었다.

"하하—— 그거 정신 바짝 차리고 살아야겠네⋯⋯."

그야말로 이런 일로는 죽을 수도 없겠어⋯⋯.

■ ■ ■

————⋯⋯⋯⋯⋯.

다시 『유령』들이 에워싼 원탁에서, 유령의 우두머리는 『보드』위에 손을 펼쳤다.

종족의 피스를 거의 다 배치한 『보드』에는 십여 종의 피스가 늘어서 있었다.

그리고—— 이번에는 『하얀 퀸』을 꺼내——

"——이게, 플뤼겔이다."

그렇게 말하며 하얀 퀸을——『보드』에 놓는다.

플뤼겔이 거점으로 삼은 판타즈마의 등—— 아반트헤임의 좌표에.

——퀸. 최강의 피스.

판타즈마도 올드데우스도 아닌 플뤼겔에게 배정한 데에서 『유령』들은 의문을 품었다.

"……강하기 때문에?"

그러나 유령의 우두머리는 쓴웃음으로 대답했다.

"그것도 있지만—— '성장하지 않기 때문' 이지."

그 진의는 아무도 알 수 없었으나—— 문득, 하얀 피스밖에 없는 보드를 보며 한 『유령』이 말했다.

"근데 말야, 이래선 전부 하얀 피스인데—— 아군이란 소리야?"

"맞아. 우리는—— 단 하나의 피스도 잡지 않고 승리해야 해. 『적』은 없어."

"아니 근데, 그럼, 어떻게 해야 승리한다는 건데?"

그 말에 유령의 우두머리는 대담하게——『까만 킹』을 꺼냈다.

"——이놈을 잡으면—— 우리의 승리다."

"……피스를 하나도 잡지 않고 이긴다—— 하지만 누군가는 죽여야만 한다 이건가?"

그 말에 유령의 우두머리를 일제히 주목하는 일동의 시선.

그러나 우두머리는 의미심장한 웃음을 지으며 까만 킹을 내밀더니,

　"아닌데? 규칙은 절대적이야. 아무도 죽지 않아. 왜냐하면 『까만 킹』은——"

　그리고 이를 힘차게——『보드』 위에 내리치며 말했다.

　"——『이놈』이거든."

　눈을 휘둥그렇게 뜨는 『유령』들. 그러나 우두머리만은.

　확신을 품고 웃었다.

　————…………．

⏻ 제4장 무방(無傍) $1 \div 2 =$

——세계 각지에 흩어진 『유령』들의 암약은 이미 1년 가까이 이어지고 있었다.

리쿠는 오늘도 책상을 끼고, 아지트의 전략도(게임보드)를 노려보며 슈비와 체스를 두었다…….

예정대로, 엘프는 요정종(妖精種)(페어리)을 같은 편으로 포섭했다. 드워프의 항공함대에 대항할 수 있는 드라고니아의 계약수도 늘어나, 느워프글긍통딘기상이 저ㅇ로 삼은 『엘프 동맹』은 반석이 되었다.

한편 드워프는 관계가 양호하던 기간트 외에도 다수의 판타즈마까지 아군으로 끌어들였다. 엘프가 '판타즈마 살해 병기'를 만들었다는 유령의 정보(소문)가 퍼진 결과, 지극히 강건한 『드워프 동맹』이 탄생했다.

그러나 잊어서는 안 될 최강의 세력, 그것은 이웃 대륙의, 플뤼겔을 옹위한 아르토슈 진영이었다.

피차 필살병기를 감춘 두 동맹은 현재의 최대위협(아르토슈)을 상대하기 위해 몰래 손을 내밀어 굳게 악수를 나누고 『연합』을 결성했다.

여기에는 아무리 최강신^{아르토슈}이라 해도 쉽게 손을 댈 수 없었으며, 전황은 고착상태에 들어갔다.

데모니아는 어부지리를 노리고 이동했으며, 워비스트는 『수폭』을 경계해 서쪽 군도로 이주했다.

세계는 일촉즉발, 최종전쟁^{하르마게돈}을 경계해 서로 노려볼 수밖에 없게 된 것이다──!!

──이상이 잔머리 굴리는 강자^{멍청이}들이 열심히 만들어준 보드의 현재 상황이었으며.

루시아 대륙은 우스꽝스럽게도 인간들만의 '첫 집보기'가 이루어진 상태였으니.

판은 잘 짜였으며 공작은 원활, 일생일대의 대승부도── 남은 것은 이제 마지막 한 수뿐.

───············.

"저기, 슈비. 전에 내가 게임의 신은 없냐고 물어봤잖아."

"⋯⋯응⋯⋯."

"개념이 '활성조건'을 만족하면 올드데우스가 된다⋯⋯. 활성조건이란 게 뭐야?"

"⋯⋯『신수』 획득⋯⋯. 생각과, 기도의, 강함⋯⋯. 엄밀한 정의는, 불가능⋯⋯. 흐름⋯⋯?"

전에 질문했을 때는 『신수』가 없으니 없는 거라고 대답했는데──.

"사실은 내가 말야, 게임의 신을 본 척이 있다──고 하면 믿을래?"

"……리쿠가, 믿는다면…… 슈비, 믿어……."

진지한 표정으로 피스를 놓으며 슈비가 말을 이었다.

"……리쿠, 슈비 예측…… 전부, 뒤집어……. 리쿠가, 있다고, 하면, 있어……. 리쿠가 하늘, 안 붉다고, 하면, 안 붉어……. 의심, 안 해……."

────.

────아아아아우우우우빌어먹을!

"우아~ 지금 그 말 다른 사람한테 들려줘서 우리 마누라 막 자랑하고 싶어어어어!!"

"……그건…… 그렇고……."

약간 얼굴을 붉힌 것은 기분 탓이 아니리라. 슈비가 망설이며 말했다.

"……체크메이트."

"──이봐요~ 게임의 신~……. 한 번쯤은 나도 이기게 좀 해 주면 안 되나요……?"

쓴웃음을 지으며 머리를 싸쥐는 리쿠에게 슈비가 살짝 웃었다.

"어~ 저기요오~? 듣고 있는 쪽이 부끄러워지는 대화 도중에 실례지만 누나 좀 끼어들어도 될까?"

──그리고 조심스럽게 나타난 코론에게 리쿠는.

"오, 마침 잘 됐다. 코론, 저기저기 지금 말야──."

"응응, 염장질은 됐어. 그보다 날 불렀던 건 리쿠잖아……. 보고해도 돼?"

코론이 현재의 부락—— 아니, 『인간』의 상황을 정리한 자료를 넘기며 보고를 해나갔다.

"믿을 수 없겠지만——리쿠의 말대로 다른 종족의 목격 보고가 사라졌어."

이유까지는 모르는 코론은 당연히 그럴 거라며 웃는 리쿠에게 눈살을 찡그렸다가 다시 말을 이었다.

"……그리고 있지, 봉화나 척후로 루시아 대륙 북부를 탐색해서 다수의 부락을 발견했어. 하지만 합류하려 해도 합치면 8천 명이 넘는 인원이 돼서, 지금의 부락으로는 수용을 할 수가——."

"안심해, 코론. 조금만 더 있으면 죽을까봐 두려워하지 않고 어디서도 살 수 있게 될 테니까."

"…………"

슈비와의 체스에 집중하며 그렇게 대답하는 리쿠에게 코론은 주먹을 부르르 떨었다.

"전부 잘되고 있어. 나랑 슈비가 마지막 한 수를 두면——우리가 이기는 거야."

"……저기, 농담은 관둬, 리쿠……. 너, 네 상태를 알고는 있는 거야……?"

최대한 태도로 드러내지 않고 참았던 코론.

그러나 리쿠의 모습에, 이제는 참을 수가 없었다.

"살아 있는 게 믿겨지지 않을 상태라고!! 그 몸으로 멀리 나갔다간 죽어!!"

눈물을 글썽이며 외치는 코론. 그러나 리쿠는 쓴웃음으로 대답했다.

"안 죽어. 앞으로 891년 더 살아야 해."

"——리쿠, 제발. 장난치지 말고 네 몸을 진지하게 생각해——!"

애원하는 코론의 목소리에 어쩔 수 없이 리쿠는 다시 몸의 상태를 정리해보았다.

우선—— 온몸에는 붕대.

영해에 입은 피부의 화상은 역시 낫지 않아 온몸의 피부가 오염되었지만, 그뿐이다.

다음으로는 내장…… 슈비 덕에 괴사만은 간신히 면했다——딱히 문제는 없다.

그 후로 식사다운 식사는 못 하고 있지만, 수프 정도는 마실 수 있다.

역시 영해가 피에 다소 침투했는지 뼈나 호흡기도 좀 상했지만 경상이다.

"그 외에는…… 팔이 하나 줄어들고 시력저하—— 아, 한쪽 눈은 실명인가? 별거 아니네."

"——별거가 아니긴 왜 아니야! 너——!"

"다른 『유령』들도 비슷한 상태거나 이것보다 더 심해."

코론이 반론하려 했지만 리쿠는 얼음 같은 목소리로 끊어버렸다.

"……지금까지 한 사람도 죽지 않은 게 기적이야. 하지만 모두 이미 만신창이지."

만신창이. 말 그대로, 글자 한 자 틀리지 않고, 만신창이다.

전체 179명인 유령선단은 분명, 아직 아무도 죽지 않았다.

──아직. 어디까지나 아직이다.

잇따른 음독, 영해오염, 팔다리 상실──『유령』들은 다른 종족을 기만하기 위해 온갖 수단을 강구했다.

고작해야 한 번의 유도를 위해 왼팔을 버리고, 데모니아를 속이기 위해 시체를 먹은 자도 있거니와, 일부러 담피르에게 물려 유도한 자까지── 이용할 수 있는 수단은 모두 이용했다.

── '목숨 이외' 의 모든 것을──.

그러므로 리쿠는 애원하듯 말했다.

"앞으로 한 수야, 코론. 제발 눈감아줘. 그거면 대전은 끝나. 그러면 나는──."

──겨우 자신을 용서할 수 있다── 그렇게 말하려다, 꾹 참았다.

"그럼 하다못해, 가르쳐줘…….."

그렇게, 고개를 숙인 코론이 어깨를 떨며 말했다.

"다른 종족을── 올드데우스마저 유도해 루시아 대륙에서 치운 건, 지금도 믿을 수가 없어. 정말로 대단하다고 생각해── 하지만 대전을 끝낸다고? 아무리 그래도 그건 못 믿겠어!!"

"…………."

"눈감아달라고 할 거면 가르쳐줘! 아니면 나도── 가족도 그렇게 못 믿는 거야?!"

———………….

리쿠와 슈비가 시선을 나누는 가운데, 고개를 숙인 코론의 눈물이 뚝뚝 바닥에 떨어졌다.

"……코론, 믿지 않으면—— 네가 아니면, 사람들을 맡길 수 없어."

"그렇다면——!"

"신들이 뭘 두고 싸우는지는 알지?"

느닷없이 말을 꺼낸 리쿠에게 한순간 반응이 늦었지만, 코론은 대답했다.

"……유일신의 자리라며. 그러니까……."

"응. 그 유일신의 자리—— 구체적으로는 『성배^{수니아스타}』라는 거래."

리쿠는 엘프의 폐도에서 슈비에게 들은 내용을 들려주며 자리에서 일어났다.

"올드데우스는—— 별에서 태어나."

——바람과 기도에서 『신수』를 얻어 태어난다고—— 슈비는 그렇게 말했다.

"하지만 너무 많이 태어났어. 『수니아스타』는 올드데우스들이 신—— 다시 말해 종(種)을 창조할 만한 마법을 구사할 수 있는 존재를 단 하나로 한정하기 위해 설정한 『개념장치』야."

"…………."

"하지만 모든 올드데우스의 힘을 장악할 『장치』를 올드데우스가 만들기란 불가능해—— 그치?"

"─────그야, 그렇겠지. 왜냐면 그건─────."

지금 막 들은 정보지만 한순간에 이해하고 코론은 단적으로 말했다.

"─────『10』의 힘으로 『11』 이상의 힘을 만든다는 소리……잖아?"

"역시 코론, 정☆답. 그래, 어이없을 정도로 바보스러운 얘기지."

당연한 이야기다───── 유일신이란 곧 올드데우스를 포함한 모든 것을 지배하는 힘이다.

올드데우스가 10위(位) 있다 치고, 이들 모두의 힘을 합쳐도 10위분 힘밖에 나오지 않을 것이다.

그러나 『수니아스타』는───── 10위의 힘을 모조리 지배할 힘을 만든다는 뜻이다.

근본적으로 힘이 부족하다. 불가능하다.

"그러니까───── 이렇게 하면 돼."

진심으로 시시한 이야기를 한다는 눈으로 리쿠가 내뱉듯, 말했다.

"─────신이 열 마리 있다면, 아홉을 죽여버리면 내가 유일신───── 그치?"

그렇다. 그날, 슈비가 들려준 이야기를 요약하자면 이러한 것이었다.

다른 올드데우스의 『신수』를 파괴하여, 그때 발생한 힘을 흡수한다.

그렇게 하여 자신의 힘을 증폭시키고――『수니아스타』를 현현시킬 만한 힘을 얻는다.

　그러나 사실 올드데우스란 바라면 바라는 만큼 태어나는 존재다.

　주요한 올드데우스를 모두 죽인다 해도, 또 새로이 태어나 자신을 웃도는 힘을 가져선 안 된다.

　그러니 유일신의 자리――『수니아스타』로 지배해버리면 『유일한 신』 완성.

　"이게 이 같잖은 『대전』의 정체야."

　…………．

　"바……바보 아냐――? 그런 이유로, 이딴 전쟁을 시작했다는 거야――?!"

　분노로 어깨를 떨며 코론이 내뱉듯 외치거나 말거나.

　"코론……. 말조심해. 바보한테 실례잖아. 생각 좀 해봐――."

　께느른하게 말한 리쿠는 지도―― 보드를 건드렸다. 그리고 진심으로 기가 막힌다는 표정으로 말한다.

　"그딴 짓 안 해도 『수니아스타』는 현현시킬 수 있는걸."

　"――――에?"

　어리둥절한 코론을 내버려둔 채, 리쿠는 『까만 킹』을 손바닥 위에서 굴렸다.

　"이봐, 코론. 올드데우스는 뭐에서 태어난다고 그랬지?"

"──별, 이라며?"

"그래. 정령회랑. 만물의 원류. 만상의 조류. 다시 말해 별에서 태어나."

리쿠의 말을 보충하듯 슈비가 말을 이었다.

"……그 피조물…… 종족도…… 올드데우스의 『신수』……정령회랑을 통해, 만들어져."

"그래……. 결국 말이지?"

한숨을 한 번 쉬고, 리쿠는 이를 떠올렸던 날── 엘프의 폐도에서 들었던 날을 되새겨보았다.

슈비에게서 대전의 원흉과 『수니아스타』의 이야기를 들었을 때 제일 먼저 떠올랐던 것.

너무나도 당연해서, 왜 아무도 못 알아차리는지.

슈비조차도 놀랐던, 너무나도 자명한 결론을 말했다.

"이 별의 모든 올드데우스보다도── '별 자체'의 『힘』이 더 강할 거 아냐. 평범하게 생각해서."

눈을 크게 뜨는 코론에게 '그러니까' 라고 덧붙이고.

리쿠는 『까만 킹』을 손에 들고 지도── 게임보드로 향해.

그 한복판에 배치하고. 자신들의, 『유령』의── 승리조건.

다시 말해── 『마지막 한 수』를 단적으로 말했다.

"──게임보드를 부숴버리면 『수니아스타』가 현현하는 거야."

——……,

넋이 나가버린 코론을 내버려둔 채, 리쿠와 슈비는 바닥을 가리키며 말을 이었다.

"이 별의 핵—— 정령회랑의 원초류(源潮流)를 뚫어버리면, 거기서 방출될 힘은 모든 올드데우스의 힘을 능가하지."

"……현현, 은, 10의 마이너스 46승초……. 파괴, 힘 방출, 현현, 곧바로……."

"즉시——『수니아스타』를 손에 넣어 별을 재구축해버리면……."

여전히 아연실색한 코론에게 리쿠와 슈비가 입을 모아 말했다.

""……체크메이트.""

"그——그래도, 그런—— 별을 꿰뚫을 만한 힘을 어디서——."

그제야 망연자실에서 풀려나 그렇게 말하고.

코론은 시야에 들어온—— 벽에 걸려 있던 세력도를 알아차렸다.

——설마, 설마, 설마, 설마!!

"그들 자신에게 시키려고?! 고착상태가 아니라—— 전 세력의 전면충돌이 목적이었어?!"

코론의 절규. 그러나 리쿠는 즐거이, 희미한 웃음을 지었다.

"아르토슈 진영과『연합』이 되겠지만—— 놈들은 고착상태에 빠지지 않아."

"——에?"

상호 확정 파괴—— 한 쪽이 손을 대면 쌍방이 궤멸하리라는 확증에 따른 고착상태.

그런 것은 손을 대치 않는다는 선택지가 있어야 비로소 돌아간다.

"목적이 『수니아스타』—— 서로 죽고 죽이는 데 있는 그놈들은, 반드시 조만간 전쟁을 시작할걸."

——그것은 영원한 대전에서 전에 없었던 규모의 전투——

——『결전_{하르마게돈}』을 뜻한다——.

그 상상에 핏기가 가셔버린 코론에게, 리쿠가 말했다.

"하지만 그 화력은—— 어느 쪽으로도 가지 않아."

코론은 다시 넋이 나갔다.

"우리가 마련한 『결전의 무대』에, 나와 슈비가 설치한 『통행규제_{아 인 비 크}』—— 힘의 지향성을 왜곡시키는 장치 때문에 모든 힘이 '아래'로 향할 거야—— 그래, 망원경의 렌즈처럼."

——『유령』들이 목숨 이외의 모든 것을 걸어 모은, 그 자리에서 쓰일 병기의 정보.

모든 것을 수치화하여 계산한 슈비의 말에 따르면, 화력의 수렴에 필요한 『아인 비크』는—— 32개.

"놈들은 놈들 스스로 별을 꿰뚫고, 정령회랑을 파괴해 현현한 『수니아스타』를 우리가 가로채면 이로써—— 『승리』. 아무도 죽지 않을 테니, 끝나면 신들에게 좀 묻고 싶은걸."

그리고 한껏 비아냥거리는 미소를—— 흉포하게도 보일 만한 미소를 지으며 리쿠가 말했다.

"『저기저기, 지금 어떤 기분?』——이라고."

——정말로. 정말로, 영원한 대전이, 끝나려 한다.

리쿠와 슈비—— 자랑스러운 동생들—— 그리고 겨우 200
명도 안 되는 인간의 손으로.

심지어—— 아무도 죽이지 않고. 그러기 위해. 이 상황을 만
들어내기 위해.

신들이나 그들의 피조물들을 죽이고 싶다는 생각이 들어도
—— 아니, 오히려 그것이 보통일 텐데도 피부를, 내장을, 눈
을, 팔을 잃고, 그러고도 불손하게 웃는 동생의 모습에 코론은
어깨를 떨었다.

아무도 죽이지 않고 전쟁을 끝내기 위해—— 이렇게 되면서
까지——.

"……그러니까 코론, 앞으로 조금만 더 눈감아줘. 그리고 인간
을 부탁해."

하지만 그렇게 대담하게 웃는 리쿠가.

이제는 호흡조차 가쁘다는 사실을—— 슈비만은 알아차리고
있었다.

■ ■ ■

"……리쿠…… 그만, 자…….."

"……안, 돼……. 지금 당장이라도 『아인 비크』를 배치하러, 가야 하는데……."

침대 위에서 신음하며 드러누워 있는 리쿠를 슈비가 간병하고 있었다.

코론 앞에서는 허세를 부렸지만 실제로는 모두 코론이 지적한 대로였다.

──애초에 영해를 피부에 발라 입은 오염화상만으로도 상당한 후유증을 초래한다.

심지어 내장에까지 도달했던 리쿠는 식사를 해도 영양을 만족스럽게 섭취하지 못한다.

인간이라면 일어나지 못하는 것이 당연하다── 아니, 원래는 일어나는 것 자체가 이상하다.

"……괜찮, 아……. 리쿠의 예상, 빗나가지, 않았어. 당장은, 공격 시작하지 않아……."

"…………하지만……."

"……잠깐, 쉬면…… 괜찮아……. 리쿠라면…… 하루, 만에."

──우리 마누라는 여전히 은근슬쩍 무지막지한 소리를 하네.

리쿠는 그렇게 생각하며 쓴웃음을 지었지만──.

"……그렇, 겠지……. 그럼 배치하러 가는 건 내일 하고, 오늘은 회복에 전념할게."

"……응."

"슈비…… 발목 잡아서 미안해."

"……리쿠, 지금, 누워 있어……. 못, 잡아끌어."

──쓴웃음을 짓기만 해도 리쿠는 온몸에 격통을 느꼈다.

"그럼 한 가지 더 부탁하자. 오늘은 자고 회복에 전념할 테니까── 손 좀 잡아주지 않겠어?"

그것이 아픔에 견디기 위해서라는 의미임은 잘 안다.

동시에── 혼자 보내지 않겠다는 견제라는 것도── 지금의 슈비는 알 수 있다.

"……응. 계속, 잡고 있을게. 안심, 하고…… 쉬어…… 리쿠."

──────.

"저기, 슈비."

아직 잠들지는 않았는지 리쿠가 물었다.

"……응."

"……고마워. 슈비가 없었으면, 이런 일은 못 했을 거야."

"……아직, 안…… 끝났어."

"그러게……. 하지만, 여기까지도, 슈비가 없었으면 못 왔어."

──그러니까.

리쿠는 눈을 감으며 말했다.

"날 만나러 와줘서, 고마워……. 그리고…………."

잠이 오기 시작했는지 완만한 호흡을 되찾으며 리쿠가 중얼거렸다.

"정말로, 사랑해…… 앞으로……도……."

……영해침식 때문에 얼마나 큰 격통이 리쿠를 잠식하고 있었을까.

하지만 슈비가 손을 잡아준 것만으로도 리쿠는 편안한 숨소리
를 내며 자기 시작했다.

　──슈비는 생각했다. 슈비는── 리쿠를 『좋아한다』.

　그래도 『사랑한다』는 감정의 정의는 아직── 이루어지지 않
았다.

　『사랑한다』는 말에 호응할 수 없는 것이 얼마나 답답한지.

　그래도 해야 할 일은── 알고 있다. 리쿠를 죽게 할 수는 없다.

　리쿠는 앞으로 891년 살 수 있다. 『수니아스타』를 손에 넣으
면 단순한 사실이 된다.

　────그러니까.

　"…………미안, 해…… 리쿠……. 금방, 돌아…… 올게."

　지금은── 이 손을, 놓는다.

■　■　■

　──24개 설치 완료. 나머지 8개의 『아인 비크』를 설치하면
끝난다.

　슈비는 새삼 단정했다── 리쿠를 데리고 오지 않아 다행이
었다고.

　현재 잠입한 이곳은 지금 시점에서 세계 최대의 힘을 가진 세
력이 들끓는, 그야말로 『결전의 땅』.

　이미 몇 번인가, 발견되었다간 '패배하는' 상대를 감지하고,
그때마다 철저히 숨었다.

그래도 만에 하나 발견되었을 때, 리쿠가 있었다면 그 자리에서 목숨을 잃을 확률이 더 높다.

'······괜찮, 아······. 앞으로 여덟 개······ 배치. 금방, 돌아갈, 테니까······ 리쿠, 기다려, 줘······.'

그 후라면 얼마든지 리쿠에게 야단을 맞을 각오가 돼 있다.

결코 리쿠를 죽게 할 수는 없다. 앞으로 여덟 개——— 다음 좌표를 검색———

"어머어? 어슬렁어슬렁 떠다니고 있었더니——— 생각지도 못한 수확이 굴러들어왔군요 ♪"

———갑자기 머리 위에서 들린 목소리에 슈비는 돌아보았다.

프리즘 같은 머리카락과 호박색 눈동자. 빛을 짜 만든 것 같은 날개와 플뤼겔의 증거——— 기하학적인 광륜.

데이터 조합——— 최악이라고 경고하는 내심을 억누른 슈비는 태연한 표정으로 그것을 보았다.

"———안녕하신지요, 고철. 혼자서 산책이라도 나오셨나이까?"

플뤼겔——— 최종번호개체 ˹지브릴˼······.

■ ■ ■

엑스마키나인 자신에게 이렇게 명령하는 날이 올 줄은 생각도 못 했다——— 침착하라고.

엑스마키나에 대한 공격은 일종의 금기다. 단순한 기계, 단순한 반격자로 처신하라——.

"【의문】: ——플뤼겔이 엑스마키나에게 무슨 용건인가?"

——오랫동안 쓰지 않았던 언어회로를 간신히 연기하여 그렇게 입에 담았다.

그러나 신경 쓰는 기색도 없이 지브릴은 말을 이었다.

"네에 ♪ 엑스마키나의 머리는 무무무려!! 이제는 드라고니아와 같은 【레어 5】이온지라 ♪"

난처한 듯 몸을 배배 꼬는 지브릴은 말을 멈추지 않았다.

"그도 그럴 것이 『언룡』 알란레이브 격파 이후 엑스마키나에게 손을 대는 것은 금기라고 아반트헤임 내부에서조차 통일된 견해를 보인지라, 레어도가 폭등할 대로 폭등하여 지금은 플래티넘 모가지랍니다!"

"【경고】: 정당한 인식이라 단정. 본 기체와 적대하겠다면 상응하는 대응을 실행하겠다."

그러나 그 말에 지브릴이 입가를 틀어올리며 대답했다.

"——『해석체』1기로—— 말씀이시온지요오? ♪"

——————조바심을 표정에 드러내지 않을 수 있었을까.

그것만을 걱정하는 슈비에게, 지브릴은 다시 말을 이었다.

"반경 100km 내에 엑스마키나의 반응이 없다는 것은 확인했나이다 ♪ 그렇다면 어허, 클러스터로 행동하는 엑스마키나가 어찌

단독으로 계시온지, 흥미가 동하지 않겠나이까 ♪ 그리고──."

그리고── 악마 같은 웃음을 지으며 지브릴이 말했다.

"'단독'이라면 주특기인 『모방대처』도 불가능해 레어도가
천정부지인 프리~~~미엄한 넥을 테이크할 수 있는 찬스라고
저지하였습니다만, 어떠시온지요오? ♡"

슈비는 다시 조용히 생각했다── 최악, 이라고.

하필이면 모든 종족 중에서도 가장 황당무계한 종족── 그 중
에서도 제일 비상식적인 최강의 개체에게 들키다니, 이거야말로
리쿠의 말마따나 확률론 따위 같잖다고 인정할 수밖에 없다.

──처음 뽑은 카드가 하필이면 『조커』라니.

"그러면── 모가지를 숭덩하겠사오니 부디 움직이지 마시옵
소서. 저항은 소용없으니 그편이 피차 수고를 덜지 않을까 사료
하는 바 ♪ 엑스마키나에게는 어차피 『죽음』의 개념도 없──"

"…………거절, 할래……."

"……──네? 제가 잘못 들었는지요?"

──『죽음』── 그 말에 슈비는 불쑥 입을 열었다.

리쿠가 규정한【규칙 둘째】, 아무도 죽게 해서는 안 된다──
죽을 수는 없었다.

하물며 『죽음』에서 연상된── 두 번 다시 리쿠와 만날 수 없
다는 공포가── 그 요구를 기각했다.

"……죽고 싶지, 않아……. 죽을 수, 는── 없어……."

더욱더 눈을 동그랗게 뜨는 지브릴에게, 슈비는 말을 이었다.

"……본 기체, 는, 연결해제, 당한…… 폐기 기체…… 엑스

마키나로서, 가치, 없어."

——그러므로.

"……애원, 할게…… 눈감아, 줘……."

——그러나 슈비는, 최악의 선택을 했다는 것을 알아차리지 못했다.

눈앞의 '황당무계 종족 중에서도 가장 비상식적인 자'를—— 너무나도 이해하지 못했다.

"이럴 수가…… 죽음을 두려워하는 기계?! 게다가 엑스마키나가 애원?! 심지어 연결해제—— 결함품이라고 하시었나이까?! 이이이이제는【레어 5】정도가 아니옵니다만?!"

"…………————."

"으에헤, 으에헤헤헤헤헤에에~~ 다, 다들 샘을 내서 결투 예약이 밀릴 것 같사옵니다!!"

침을 질질 흘리며 치사성 살기를 뿜어내는 지브릴의 모습에 슈비는『실수』를 인정했다.

교섭—— 리쿠라면 좀 더 잘했을 텐데. 손을 놓아서는 안 됐는데—— 그러나.

"……최종, 권고……."

"네에 부디 원하시는 대로. 결과는 변함이 없을 테지만요 ♪"

빛을 짜 만든 검을 구현하며, 당장이라도 달려들 것 같은 지브릴을 노려보고.

"……죽고 싶지, 않아……. 죽을 수 없어…… 그래도, 죽이, 겠다면——."

슈비는 띄엄띄엄…… 그러나 결연한 어조로 내뱉었다.

──피아간의 전력, 고찰.

적── 플뤼겔 지브릴. 전력 미지수── 평균 플뤼겔의 두 배로 가정.

아군── 엑스마키나 『해석체(플뤼퍼)』. 전투력 특화 기체 『전투체(戰鬪體)(켐프퍼)』 출력의 32% 미만.

또한 아군에게는 엑스마키나 최대의 무기인 클러스터── 지원기체 부재.

사용 가능한 무장은 연결해제 상태이므로 전 27,451종 중 47종뿐.

산출 승률── 전무. 그러나── 리쿠의 말이 머리에 떠올랐다.

──확률론에 『0』은── 없다──.

"【적재(라덴)】: 코드 1673B743E1F255 스크립트 E 기동──【전개(레젠)】──."

동시에 전개할 수 있는 모든 무장을 전개시키며── 슈비는 선언했다.

"──전 무장…… 전력, 전술, 전략을 걸고…… 목숨 구걸, 개시."

"어머어? 엑스마키나는 격파요인을 해석하고 모방하는 종족이라 들었사온데──."

그러나 슈비의 선전 포고에 지브릴은── 신마저 조롱할 듯한 얼굴로 대답했다.

"혹시 어디에 웃겨 돌아가신 분이라도 계셨는지요? 매우 유니크하옵니다아♡"

•••

  즉단── '단기결전'. ──그 외에 승산은 없다. 슈비는 그렇게 결론을 지었다.

  전개한 모든 무장이 일제히 초고농축 정령을 입자로 바꾸어 방사했다.

  제대로 된 생물이라면──설령 엘프라 해도 닿기만 하면 즉사에 이를 고농도 정령입자를──

  "──『제속위반(制速違反)』──."

  '휘발' 시킨── 순간, 슈비는 지브릴의 시야에서 사라졌다.

  초고농축 정령에 지향성을 주어 휘발시키면서 얻은 초가속. 휘발된 정령은 파란『영해』를 대량으로 토해내 오염을 흩뿌린다── 그러나 물리적 장벽을 쉽사리 돌파할 수 있다.

  그것이 엑스마키나가 사용하는, 본래 마법을 쓸 수 없는 종족의, 기계적이며 억지스러운 '마법' 사용법.

  순간이동에 가까운 기동으로 움직이는 슈비── 그러나.

  "……설마 이 정도로 저에게서 벗어날 수 있으리라 생각하셨던 건 아닐 테지요?"

  공간전이로 거리 그 차체를 건너뛰어 앞질러온 지브릴이 조소했다.

비웃듯, 희롱하듯—— 산마저도 가르는 빛의 칼날을 내리치는 지브릴. 그러나.

슈비는 내심 그 질문에——대답했다.

——생각했을 리가 있겠느냐고.

"——『전방교차(全方交叉)』——!"

짓쳐드는, 방어가 불가능한 빛의 칼날을 조금 전의 가속을 낳았던 초고농축 정령의 휘발—— 다시 말해.

물리를 뛰어넘는 힘을 지향성 없이 휘발—— '공성방벽' 으로 삼는다.

초고농축 정령을 대량으로 죽여 영해로 바꾸고—— 푸른 구형의 입자막을 펼친다.

순간 충격과 에너지가 대지를 도려내듯 펼쳐졌다.

——그것만으로도 조그만 도시를 소멸시킬 만한 규모의 힘이지만——

"참으로 민폐로군요……. 영해를 흩뿌리는 병기, 환경에 좋지 못한 기계이옵니다……."

——『아슈트 아머』—— 충격과 고농도 영해오염으로 어지간한 생물이라면 사멸할 슈비의 방벽을, 지브릴은 그저 언짢은 듯 입만 가리면서 먼지라도 털어내듯 절단했다.

예측한 대로라고 슈비는 내심 단정했다. 아무리 플뤼겔이라 해도 아르토슈가 편찬한 마법인 플뤼겔에게는 마법을 저해하는 영해가 실체화 유지의 저해요인이 된다——!

"하지만 이 정도로 저를 어떻게 할 수 있으리라————————

── 허어?"

절단한 푸른빛 충격막 너머에 슈비의 모습이 없다는 데에 지브릴이 곤혹스러워했다.

슈비가 속으로 다시 그 질문에── 대답했다.

──생각했을 리가 없지 않느냐고.

『아슈트 아머』 기동과 동시에 다시 『오버 부스트』로 거리를 벌려 슈비는 조준을 맞추었다.

──원래부터 플뤼겔을 엑스마키나 혼자 격파하기란 거의 불가능하다.

천문학적으로 낮은 확률── 기적의 끝에서 성공해봤자 리쿠가 설정한 【규칙】에는 위반된다.

단기결전에 따른 승리. 승리조건은 단 하나── 『도망』.

"──【전개】: ──『위전: 언룡효(焉龍哮)』──!"

과거 엑스마키나가 교전했을 때── 리쿠의 고향을 빼앗아버렸던 슈비에게는 끔찍한 병기.

언룡 알란레이브의 『파 크라이』를 재현한, 슈비가 가진 최대 화력이 지브릴을 포착했다.

세계를 더럽히는 영해의 폭풍이 등 뒤로 분출되고── 포구가 빛을 뿜어냈다.

밀려드는 빛에 지브릴은 눈을 크게 뜨고, 빛에 불타──

────,

슈비는 내심 리쿠에게 사죄했다. 또 지도를 수정해야만 한다.

──『엔데아포크리펜』의 일격은 지브릴에게 직격한 것과 동시에── 지형을 바꾸었다.

푸른 폭광(爆光)은 지각을 헤집고 순간적으로 증발했다. 시뻘 겋게 기화한 대지는 소규모 지각해일을 일으켰으며 수천 도에 달 하는 초고열의 토사를 순식간에 성층권까지 피워올렸다…….

설령 드라고니아라 해도 직격을 받고 무사할 리 없는, 별의 형 태를 바꿀 만한 힘.

그러나 슈비는 그것으로 쓰러뜨릴 수 있는 상대라고는 절대 생각하지 않았다.

"──『일방통행』──!!"

착탄을 확인한 것과 완전히 동시에 슈비는 마지막 무장을 기 동했다.

플뤼겔이나 엘프가 사용하는 쉬프트의 대책으로 엑스마키나 가 디자인한 '공간파쇄기'.

이렇게 부순 공간의 구멍은 말 그대로 일방통행으로 슈비의 몸을 감싸고, 닫아나간다.

──탐지가 불가능한 거리까지 도약하면 아무리 지브릴이라 해도 쫓아올 수 없다.

그러나 『원 비크』로 도약 가능한 거리는 기껏해야 100킬로미 터── 같은 거리 내에 엑스마키나의 반응이 없었다고 말한 지 브릴의 탐지 가능 한계 거리는 예측이 불가능하다. 도약한 곳에 서 다시 공격──

"——어머어? 어디로 가시는지요?"

————슈비의 사고영역이 정지했다.

분쇄된 공간이 닫히기까지 필요한 0.000046초, —— 찰나도 못 되는 시간 사이에.

지브릴은 공간에 손을 집어넣어—— 억지로, 힘으로 비틀어 열어, 얼굴을 들이밀고 있었다.

지옥에서 울려 퍼지는 목소리, 가면 같은 웃음이 달라붙은 얼굴을——.

"저에게서 도망치시려면 장거리 도약이 아니라 빛과 분진에 뒤섞여 『시야 밖』으로 이동하신 다음에 하셨어야 하옵니다…… 아, 그게 아니라면, 설마 싶긴 하옵니다만——."

억지로 슈비가 부순 공간을 다시—— '뜯어냈다는' 사실이.

슈비에게 미지의 감징을 정의케 하고, 사격태세였던 자세에서 엉덩방아를 찧게 만들었다.

"조금 전의 공격으로 저에게 손상이라도 입힐 수 있으리라 내다보셨던 것인지요?"

——정의—— 이것은 『악몽』이다.

있을 수 없다. 있을수없어있을수없어그럴리가없어——!!

분명 『엔데아포크리펜』은 알란레이브가 썼던 『파 크라이』의 위력을 완전히 재현할 수 있는 것은 아니다. 43.7퍼센트의 재현—— 그것이 『설계체』의 보고였다.

그러나 언룡은, 드라고니아 중에서도 상위 3체에 포함된 【왕】 중 하나다.

그런 개체가, 자기붕괴를 대가로 뿜어냈던 『파 크라이』를——

—— 아무리 43퍼센트라 해도——

"……조금, 저를 지나치게 우습게보신 모양이군요…… 고철 주제에…… ♪"

'직격'을 받고도—— '멀쩡'하다니——.

——그런 일이—— 있을 리가————!

"하오나 다른 자도 아닌 저에게—— 방호마법을 전개하도록 만드셨던 것만큼은 평가해 드리지요."

——지브릴의 그 말에 슈비는 자신의 청각장치 이상을 의심했다.

플뤼겔은 신체 그 자체가 아르토슈에 의해 편찬된, 일종의 마법이다.

따라서 방호마법이라 불리는, 자신을 유지하는 술식은—— 항상 전개되고 있다.

그렇기에 『엔데아포크리펜』으로 뚫을 수 있으리라 계산했다. 그러나 이 플뤼겔—— 아니.

재정의—— 이 개체는 더 이상 『플뤼겔』로 분류해서는 안 된다.

이 『이레귤러』는. 지브릴은.

창조주 아르토슈가 형성한 방호를 '의심하고'—— 더욱 강력한 방호를 전개했다는 뜻이 된다.

플뤼겔의 행동이 아니다. 있을 수 없다. 이 개체는—— 더 이

상 예측이──

"수급을 가지고 돌아가기 위해 '한껏' 힘을 뺐으나── 마음이 바뀌는군요."

──────,

이 『이레귤러』가 지금, 뭐라고 했지? 힘을 뺐다고 그랬나?

"당신에게 뇌라고 부를 만한 것이 있는지는 모르겠지만……."

그 『이레귤러』는 눈을 동그랗게 뜬 슈비에게 스커트를 잡고 깊이 인사를 하듯.

우아하게 손끝으로 허리띠를 잡고 영롱한, 천사 같은, 그러나 악마와도 같은 얼굴로.

"지나치게 까부시는 것 같사오니, 살짝 식혀드리도록 하지요── 영원히."

──다음으로 인식할 수 있었던 것은 오른팔이 사라져버렸다는 사실이었다.

■ ■ ■

──정정. 그것도 부정확했다.

플뤼퍼── 엑스마키나 중에서도 가장 인식성능에 특화된 기체가, 전혀 인식하지 못한 채.

그저 『오른팔 소실』이라는 피해 보고만을 확인하는 것이 한계였다.

무슨 짓을 당했는지 파악조차 허용되지 않은 채 전투력을 빼앗겼다── 그러나.

"……어머나. 동체를 노렸는데── 손이 미끄러진 걸까요?"

이것이 리쿠가── 인간이 말하는 『감』이란 걸까.

논리를 무시한 창졸간의 회피행동으로 간신히 『대파』를 면했음을 뒤늦게 자각했다.

"…………어째서일까요. 기분이 묘한걸요……."

슈비는 알 리도 없었으나, 지브릴은 묘한 확신을 품고 있었다.

──단순한 엑스마키나, 그것도 『해석체』(프뤼퍼) 1기가, 자신의 공격에 버텼다.

어째서 단기로 행동하고 있는지, 무엇으로 자신의 공격을 버텨냈는지──

흥미는 동했으나── 지브릴은 슈비에게도 들릴 만큼 나직한 목소리로,

"불길한 예감이 드는군요. 슬슬 고철답게 말도 못 하도록 땅속에 묻혀보실까요."

질량조차 느껴지는 살의로 내뱉은 말에── 슈비 또한 이해했다.

확률론에 『0』은 없다. 리쿠를 믿고 열반적정의 승률에 걸어 교전과 도주를 꾀했다.

그러나 사태가 이 지경에 이르면 이제는 확률론이 어쩌고 하는 이야기조차 사라지는 것이다.

이 『예외』(괴물)를 상대로── 그 어떤 논리, 폭론을 구사한들 이제는 도주도, 생존조차도 불가능함을, 다른 것도 아닌 『감』이라

는 이름의 비논리적 사고까지도 단언하고 있었다.

――그러나―― 그래도.

슈비는 사고를 떨쳐냈다.

――그래도―― 『승리』해야만 한다.

하나에서 열까지 논리로 똘똘 뭉쳐 있어야 할 슈비가, 명확하게 인식했다.

'……죽고 싶지, 않아……. 죽는 거…… 무서, 워……. 리쿠…….'

두 번 다시 리쿠를 만날 수 없다.

그 사실에 사고회로가 얼어붙은 것 같은 착각을 느꼈지만―― 그 이상으로.

리쿠가―― 남편이―― 그의 동료들이, 『유령』들이.

피부를 짓이기고 내장을 태우고, 모든 것을 걸어 추구했던―― 단 하나의 승리가.

'…………슈비의, 실수, 로……『패배』……한다니――.'

용납할 수 없다. 결코―― 용납할 수 없어!

――그렇다면, 어떻게 할까.

이 상황에서―― 『승리』하려면 어떻게 해야 할까―― 시간마저 멈출 만한 속도로 생각하고,

――그리고 슈비는.

한 가지 '수'를 떠올렸다.

리쿠를 생각하면 최악의 수단이다.

자기혐오에 짓이겨질 것 같은 최악의 발상이다.

그래도—— 필패의 상황을 초래한 자신이—— 그려낼 수 있는 유일한 승산——

그렇다면——.

【여기는 개체식별번호 Üc207 Pr4 f57t9——『Ü 연결체 제1지휘관』에게, 재연결 신청.】 _{워버 클러스터 아인}

'통신'—— 과거 자신을 폐기처분했던 엑스마키나의『클러스터』에 말을 걸었다.

——대답은 없었다.

지브릴이—— 다음에는 놓치지 않겠노라는 눈으로 다시 빛을 압축해나가는 가운데.

【재신청!『마음』의 해석완료, 시간이 없다—— '동기화'——— 재연결을!】

——영원처럼 여겨지는 찰나의 간격을 두고—— 통신에 반응이 왔다.

【Üc207 Pr4 f57t9, 귀 기체는 영구 연결해제처분 상태이다. 신청을 기각한다.】

다가오는 죽음의 소리에 슈비는 여전히 울부짖듯 통신했다.

【신청기각 거부! 데이터 동기화,『전연결 지휘체』에 전송할 것을 강력히 요청!『해석체』의 아인치히에 대한 그 어떤 보고도 위버 아인, 귀 기체에 전송거부권은 없다!】 _{아인치히} _{프뤼퍼}

클러스터의『지휘체』에게 반론했을 뿐만 아니라, 심지어 논파까지 한 슈비에게—— 대답은 없었다. _베 _펠

그러나 슈비는 '조바심'에 외치듯 여전히 통신을 계속했다.

【──위버 아인…… 아니, 정정…… 이 벽창호야!】

【────.】

【……사실은! 아무에게도 넘겨주고 싶지 않아……! 이 감정은…… 슈비, 거야.】

──리쿠를 좋아한다, 리쿠와 떨어지고 싶지 않다, 리쿠에게 받은, 다 끌어안을 수 없을 만한 『마음』.

아무에게도 넘겨주지 않겠노라고 결심했다. 왜냐면── '부끄러운걸'……!

'슈비만의 짓'인걸──! 그걸──!

【……그걸…… 넘겨주겠다는, 거야! 그 의미를, 왜 몰라…… 바보야아!!】

──왜냐면, 그것 말고는, 방법이 없으니까.

그것 말고는, 슈비의 실수를 만회하고 리쿠를 『이기게 할』 방법이 떠오르질 않으니까.

통신이라는 것도 잊고.

"그러니까──."

슈비는 소리를 내 외쳤다.

"……이러쿵저러쿵, 떠들지 말고! 이 마음을── 이어줘어어어!!"

　………………────,

【Üc207 Pr4 f57t9. 역시 귀 기체는 고장을 일으켰다.】

【……알고, 있어!】

【모순되었다. 파탄을 일으켰다. 그래도 가동하고 있다. 이레귤러. 오류.】

【……그것도, 알고, 있어!】

【따라서.】

【귀중한 샘플 데이터라 판단한다.】

──순간.

해제되어 있던 연결──클러스터에 재접속되는 것을 느꼈다.

몇 년 만의── 자신을 포함한 437기와 감각을 공유하는──그 감촉이 돌아왔다.

【귀 기체를 『특례해당』이라 판단. 데이터 동기화를── 개시한다.】

본래의, 엑스마키나로서 느꼈던 감각── 클러스터. 여럿이하나를 이루는 군체. 사고.

지금은 그것이── 머릿속 전체를 대놓고 엿보는 듯한 감각이 지독히도 기분 나쁘게 느껴졌다.

그래도 지금은 필요하다고── 그렇게 결단하지 않았느냐고, 슈비는 고개를 가로저었다.

【또한 동기화 완료까지 귀 기체에 손괴를 입힐 만한 행동은──】

금한다──고 말을 이으려던 통신은 현재 상황을 파악하고──말을 끊었다.

재연결된 지금, 슈비가 속한 위버 클러스터의 전 기체가 상황을 파악했다.

──대치한 적. 플뤼겔 최강개체── 지브릴.

그것을 단기로 상대하고도 아직까지 가동 중이라는 사실에 전 기체가 에러를 토해내는 것을 느꼈다.

그 반응에 슈비는 동기화 완료가 기대된다고 웃었다.

그 에러야말로──『경악』이라는, 하나의 감정이니까.

그렇지 않아? 논리적으로 사고해서, 상대가 『예외^{지브릴}』라는 점을 빼고서라도.

플뤼겔과──『해석체^{프뤼퍼}』가 단기로 전투를 벌일 수 있다는 상황 자체가── 불가능하잖아?

──그러나 이것이 현실이다. 리쿠에게 받은 『마음』이 보여주는──

불가능을 가능케 하는, 그 엄연한 사실의 단편.

【──상황파악. Üc207 Pr4 f57t9── 엑스마키나가 소유한 모든 무장의 무체한 사용 승인.】

엑스마키나가 소유한── 27,451가지 무장의 전개 네트워크가 해제되었다.

슈비는 쓴웃음을 지으며 대답했다.

──이럴 때 인간이라면── 영혼이 있는 존재라면 이렇게 말할 것이다.

【…… '죽지 마라' ……라는 말은, 안 해줄, 거야……?】

위버 아인은 모른다. 완파와 죽음에 그 어떤 개념적 차이가 있는지── 그러나──.

【공유완료까지 '죽지 마라'. 이것은 명령이다거부는승인하
지않는다. 이상.】
_{아우스}

그 대답에서 감응을 느끼고 슈비는 생각했다── 분명 이해
해줄 거라고.

고개를 들자 시야에 비친 것은 밀려드는 죽음── 지브릴과.

"…………어?"

──《동기화 완료까지── 4분 11초》라는 문자였다.

무언가 잘못된 것 아닐까. 어떤 데이터도 동기화에 3초 이상
이 걸린 적은──

그렇게 생각했지만, 슈비는 이내 고개를 가로젓고 수긍했다.

당연하다──『마음』을 동기화하는 것이니까.

리쿠에게서 받은, 못다 품을 만한 마음, 기분, 감정, 기억.

어떤 무장, 병기, 정보보다도 훨씬── 훨씬훨씬『무거울』테
니까.

리쿠의 얼굴이 뇌리를 가로질러 슈비는 슬프게 웃었다──
이것은『게임』이다.

4분 11초, 다시 말해 251초 동안, 죽음의 화신인 지브릴에게
서, 살아남는다.

제한시간 동안 살아남으면 승리, 죽으면 패배. 리쿠가…… 가
장 싫어하는『게임』이다.

"……이 상념, 마음…… 기계로 태어나, 서…… 목숨을, 받
은, 그 전부──."

──이 251초에── 걸겠어──!!

"──【 전 체 전 개 】──!"
_{알 레 스 레 젠}

엑스마키나가 보유한 모든 무장, 모든 화력, 모든 장치를 한계까지 동시 전개한다.

살해와 파괴를 위해서만 만들어진 도구가 자아내는 어리석은 ── 거대한 강철의 날개를 펼친다.

"──어머나, 저를 따라해 보시려고요? ……좋사옵니다♡"

그렇게 말하고 지브릴 또한── 빛을 방출하듯 거대한 날개를 펼치고── 비웃었다.

플뤼겔『예외개체』지브릴. 그 전투력은 아직도 미지수.

엑스마키나의 모든 무장을 사용하고도 단독격파는 불가능하다고, 단정.

생존가능 한계시간── 추정 불능.

──그러나 문제없다고 슈비는 고개를 끄덕였다.

"──【구축】: ……대(對) 미지용 전투 알고리즘── 기동."

그렇게 말하며 구축해낸 것에 클러스터 전체가 에러에 허덕이는 반응을 느꼈다.

슈비는 생각했다── 무얼 놀라느냐고. 적이 미지라면 상정할 수 없는 모든 것을 상정할 뿐.

이해하려 들지 마라. 계산하려 들지 마라. 감각을 믿고 움직여라── 그저 그뿐이다.

눈앞의 『죽음』에게서 251초 동안 살아남는다.

논리가 묻는다── 할 수 있겠는가?

감정이 대답한다── 우문 아닌가?

인간은 이보다도 가혹한 조건에서── 영원에 가까운 시간을 살아남았다.

이제 와서, 고작해야 4분이나 5분이 뭐 그리 대수라고────!!

"…… '슈비' ……."

"예?"

"이름, 말하지…… 않았어……."

──그것이, '나' …… 리쿠가 준, 소중하고도 소중한── 이름.

한순간 의아한 표정을 짓다가, 지브릴이 슬쩍 고개를 숙이고는 대답했다.

"그러시군요. 저는 지브릴, 부디 잘 부탁드립니다── 그리고."

"이제 작별이옵니다."

■ ■ ■

천재지변이 휘몰아치는 듯한 대지에 서서.

"…………인형 주제에 이 정도까지 저를 놀리다니── 배짱 좋으시군요."

고작해야 엑스마키나, 『해석체』 1기를 파괴하지 못해 지브릴은 짙은 분노를 내비치며 중얼거렸다.

"⋯⋯⋯죽을 수, 없어── 아직⋯⋯ 죽을 수, 없단⋯⋯ 말야──!"

한계를 넘어서 슈비가 움직인다. 곳곳이 플라즈마로 변해 새하얗게 발광, 용해되고.

반응도 감지도 불가능한, 지브릴의 공격이 자아내는 폭풍 속에── 간신히 서 있었다.

엑스마키나의 모든 무장과, 인간에게 배운 모든 것을 구사하여, 죽을 각오로 발버둥 치고 있었다.

──상대의 무대에 서지 마라. 절대 주도권을 넘겨주지 마라.

──상대를 방심시켜라. 시시한 상대라고 인식시켜라.

──상대를 경계시켜라. 섣불리 공격해선 안 될 상대라고 착각시켜라.

──상대를 예측하지 마라. 그저 유도하면 결과는 보인다──.

반응할 수 없는 공격은 미리 읽으면 그만이다. 예상도 불가능하다면 유도하면 그만이다──.

그렇게 해 종이 한 장 차이로 피하고, 흘려내고, 상쇄하여── 지브릴은 경탄을 넘어서 분노에 떨었다.

클러스터의 엑스마키나는 이미 이해를 벗어나 그저 『에러』를 연호.

그러나── 만신창이의 슈비가 보고 있는 것은 시야에 표시된 숫자뿐이었다.

──《72초》

'……있지…… 리쿠……. 어째서, 일까…….'

리쿠와 손을 잡고 있을 때는 1시간조차 한순간처럼 느꼈는데
──.

지브릴의 공격을 완전히는 피하지 못해 오른쪽 복부가 날아갔다.

──《51초》

'……리쿠…… 지금은, 1초가, 영원처럼…… 느껴져…….'

다시 쏟아져나온 지브릴의 광파가 이번에는 왼손에 착탄하려
하여,

"──웃?! 【전개^{레젠}】: ──『아인 비크』!"

슈비가 믿을 수 없는 반응속도로 전개한 『아인 비크』에 비껴
나간 광파는.

왼팔이 아니라── 가슴을 꿰뚫었다.

"──드디어 실수다운 실수를……. 참으로 많은 수고를 들이
게 만드시는군요."

지브릴의 목소리도 듣는 둥 마는 둥, 슈비는 그저 물었다──.

──《24초》

"……실수……? ……무슨 소리, 일까……."

분명 이제는 움직이지 못한다. 이제 움직임은 완전히 가로막
혔다.

'그래도.'

시선을 움직인 슈비는 미소를 지었다.

왼손── 약지에서──

희미하게 빛나는 반지는, 지켰는걸⋯⋯⋯⋯.

────────.

"⋯⋯그러, 셨습니까──. 고철이라고 부른 것을 '사죄' 드
리겠습니다."

그 모습에 지브릴이 무엇을 느꼈는지── 슈비로서는 알 도
리도 없었으나.

두쿵──.

그 자체가 공격이었던 것처럼 정령의 태동이 발생했다.

속수무책으로 땅에 나뒹군 슈비의 머리 위, 하늘 높은 곳.

광륜을 수없이── 거대하게 그리며 두 팔을 펼친 지브릴이
말했다──.

"귀하는, 이 자리에서, 확실하게 배제해야 할 '위협'──
『적』이라 부르기에 합당함을 인정합니다."

엑스마키나의 병기가 사용하는 농축정령과는 비교도 되지 않
았다.

대기에서, 별에서 강제로 착취된 정령이── 압축농축응축
되어간다.

빛을 발하는 정령── 지브릴의 두 손에, 일렁이는 부정형의
『창』이 출현한다.

────『천격』──.

의심할 여지도 없는, 플뤼겔이 체내구조 전체를 정령회랑 접속신경으로 변질시켜서 정령회랑의 원조류로부터 힘을 퍼서 쏘아내는—— 문자 그대로, 플뤼겔의 최대최강일격.

엑스마키나에게도 『천격』을 모방한 병기는 있다. 슈비도 목격한 것은 처음이 아니다.

그러나 지브릴의 그것은—— 소용돌이치는 힘은.

데이터에 남은, 지식으로 알던 『천격』과는—— 너무나도 자릿수가 달라서.

슈비는 분한 마음에, 슬픔에 표정을 일그러뜨렸다.

——『이레귤러』 지브릴—— 역시, 어떻게도 안 될——

【동, 기…… 완, 료.】

머리 위에 소용돌이치던 방대한 힘의 영향인지 노이즈에 뒤섞여—— 통신이 알렸다.

어느샌가—— 정신이 들고 보니.

【Üc207 Pr4 f57t9, 아니—— 『유지체(遺志體)』 슈비…….】

시야에 표시되어 있던 숫자는——《동기화 완료》를 표시하고 있었으며.

【나머지는 『우리』에게 맡기고 쉴 것을 허가한다—— 좋은 꿈을 꾸길.】

——『천격』이 쏟아지는 가운데, 지브릴의 얼굴을 쳐다보고—— 슈비는 웃었다.

——이 『게임』—— 슈비가, 이겼어…….

"————?"

그 표정의 위화감에 낯을 찡그린 지브릴을 내버려둔 채, 슈비는 마지막 목소리를 냈다.

"——【전개〔레젠〕】: ——『진입금지〔카인 엔타크〕』————!!"

——저 『천격』을 막아내기란 불가능하다.

지브릴의 선언대로, 자신은 말 없는 고철이 되고 만다…… 그것을 뒤집을 방법은, 없다.

그러나 『카인 엔타크』의 모든 출력을 『반경 12밀리미터』로 수렴시키면—— 지킬 수 있을 것이다.

……리쿠에게서 받은, 이, 반지……만은…….

리쿠에게서 받은 『마음』이, 부당하고 부조리하다고 말하는, 절대적인 힘이 쏟아져내린다.

그 직격에—— 이 몸도, 사고도, 1초도 안 되는 시간 후에는, 이 세상에서 사라진다——.

…………그러나, 어째서일까.

짓쳐들던 지브릴의 천격이, 지독히도 느리게 느껴졌다.

사고의 이상가속을 감지—— 이것이 인간이 말하는 주마등일까.

슈비는 생각했다—— 어째서 이렇게 돼버린 걸까, 하고.

가속된 사고는 즉시 해답을 제시해주었다.

별것 아닌, 단순한 이야기였다.

'……리쿠…… 슈비, 역시…… 리쿠가 없으면…… 아무것도, 못해…….'

——그런데 혼자서라도 『아인 비크』를 설치할 수 있다고, 리쿠를 위험에 빠뜨릴 필요는 없다고.

그 자만이 이 결과를 초래했다── 역시 리쿠는 옳았다.

리쿠라면 아마── 반드시. 이 플뤼겔마저 속에서 전투를 회
피할 수 있었으리라── 확신할 수 있다.

어째서 리쿠의 손을 놓았을까. 이제는 의심하지 않겠다고 결
심했는데.

그는 계속 곁에 있으라고 말했다. 1초도 리쿠에게서 떨어져서
는 안 되는 것이었다…….

'……미안, 해…… 리쿠……. 그래도, 마지막 한 수…… 남
겨, 뒀어…….'

리쿠는 절대 이해해주지 않으리란 것도 잘 안다.

──그래도, 리쿠라면 거절할 수 없으리란 것도 잘 안다.

그것이 리쿠에게 얼마나 괴로운 일인지를 알면서.

그런데도 거부할 수 없다는 것도, 아플 만큼 잘 알면서.

──미안해, 코론── 슈비── 마지막까지──

── '훌륭한 아내' 는── 되지 못했, 어…….

──그래, 도──.

"……리쿠…… 있지, 리쿠우……."

닿을 리 없는, 남편의 이름을 부른다.

음성출력기는 이미 망가졌다. 소리조차 나오지 않는다.

닿을 리도 없다. 그래도 말해야만 한다.

"……슈비…… 이제야, 알았, 어……."

한 번도 말할 수 없었던 말이 있었음을, 떠올렸으니까.

"……슈비…… 리쿠를 만나서—— 정말로…… 행복했
어……."

지금—— 그것을 명확하게 알았으니까.

"……다음에는 꼭…… 두 번 다시, 떨어지지…… 않아."

"……정말, 로…… 사랑……해——————————…………

■ ■ ■

산에—— 그리고 분진에 뒤덮인 하늘에조차 구멍을 뚫은 『천
격』이 그쳤다.

"……하아…… 하아………… 하아——!"

힘의 과잉사용, 정령의 부족에 따라 형상유지 불능—— 어린
아이의 모습이 되어서.

지브릴은 형체조차 사라진 『적』이 있던 곳에 숨을 헐떡이며
내려섰다.

"……아아~…… 진짜아…… 이래서야 본전도 못 건지잖사
옵니까아……."

——처음에는 단독으로 행동하는 엑스마키나의 수급을 탐내
시작했던 전투였다.

특이한 언동에서 더더욱 수급에 대한 욕망이 증대했고——
결국 『천격』까지 썼다.

스스로도 뭐가 뭔지 모르겠다고 지브릴은 탄식했다── 그 기계는 멸해야 할 『적』이라고 본능이 알렸다.

그러나 냉정하게 돌이켜보면── 글쎄.

"……수급은 손에 들어오지 않고, 부품도 전부 날아가고, 심지어 이 꼬락서니……."

그렇게 말하며 어린아이 모습까지 줄어든 자신을 내려다보고 지브릴은 깊은 한숨을 쉬었다.

아무것도 얻지 못한 채, 모든 힘을 잃고, 최소 5년은 제대로 움직이지도 못한다── 그것이 결과였다.

"하아…… 아즈릴 선배에게, 이상한 엑스마키나가 있었다고, 보고만은 해두어야겠지요……. 그 근육뇌 꽃밭머리로 제가 『천격』을 써야만 했던 의미 정도는 이해해주면 좋으련만……."

그러나── 다시 어린아이처럼 줄어든 자신을 내려다보며 지브릴은 침통하게 중얼거렸다.

"이 모습으로 선배 앞에 서면…… 과연 놓아주기는 할지……."

조그만 플뤼겔이 우울한 표정으로 날개를 펼치고 하늘 저편으로 날아갔다.

──조그만. 너무나도 조그만 은색 고리의 빛은 알아차리지 못한 채──…….

■ ■ ■

게임은 끝나고, 슈비가 죽었다.

『유령』의 소식을 들은 리쿠는 꿋꿋하게 행동해 방으로 돌아온 것이 한계였다.

맞은편이 빈 테이블에서, 슈비와 몇 번이나 두었던 체스를 혼자 두었다.

먼 옛날, 어렸을 때 그러했듯. 절대 이기지 못할 게임을——

피스를 놓으며 정면의 빈자리를 보았다.

제정신을 의심받든 말든, 보이는 건 어쩔 수 없다—— 역시 그곳에는 옛날에 봤던 것처럼.

대담한 미소를 지은 소년—— 슈비가 믿는다고 말해주었던, 게임의 신이 있었다.

"이봐…… 왜, 이길 수 없는 걸까……."

결코 대답해주지 않는 소년에게, 그러나 굳이 물었다.

"이번에야말로 이길 수 있을 줄 알았는데……. 슈비랑 둘이—— 다른 사람들과 함께라면, 이길 수 있을 거라 생각했는데."

——【규칙 2】. 아무도 죽게 해서는 안 된다.

——【규칙 6】. 상기를 위반하는 그 모든 행동을 패배로 간주한다.

"왜, 못 이기는—— 걸까……."

그렇다. 위반한 시점에서 이 게임은 끝났고—— 또한, 패했다.

하물며 그것이 슈비라면——.

"뭐가…… 부족했던 거야……. 가르쳐줘——! 응? 거기 있잖아?!"

보는 사람이 있었다면 마침내 정신이 나갔다고밖에 여길 수 없는 모습으로 리쿠는 허공을.

맞은편에 앉은 소년—— 게임의 신에게 고함을 질렀다.

소년은 대답하지 않는다. 그저—— 웃음을 거두고, 고개를 숙인 것 같았다.

"이봐, 부탁이야……. 딱 한 번, 딱 한 번의 승리조차 용납이 안 되는 거야? 그럴 거면——"

"그럴 거면 왜—— 인간에게 『마음』 같은 걸 줬어어어!!"

——슈비가 동경하고, 열어주었던 『마음』.

그러나 지금은 그 마음에서 아무런 의미도 찾을 수 없어, 리쿠는 삐걱거리는 몸으로 그저 외치기만 했다.

"어느 신이 인간을 만들었는지는 모르겠지만! 이딴 세계에서 지고 지고 지고 또 지고, 오로지 죽어나가기만 하고 잃기만 할 거라면—— 뭣 때문에 마음 같은 게 있는지 대답해봐아아!!"

비틀거리는 몸으로 매달리듯 외쳤으나——

"응……? 거기 있잖아. 누구인진 몰라도, 대답 좀 해줘—— 부탁이야…………!"

——대답은, 없었다.

처음부터 기대했던 것도 아니었지만, 어차피 너덜너덜해진 몸이다.

낙담하고, 소리를 있는 대로 질러 의자 등받이에 쓰러지듯 몸을 기울이고, 전략도를 바라본다.

　──막연히 상황을 정리한다.

　모든 종족을 서로 경계하게 해, 『아르토슈 진영』 대 『그 외』라는 구도를 만드는 데는 성공했다.

　그러나 '원래의 계산대로'── 어느 한쪽이 반드시, 먼저 공격을 감행할 것이다.

　──『연합』이 선제공격을 가할 거라면, 『엘프 동맹』과 『드워프 동맹』이 서로의 『비밀병기』인 『아카 시 앙세』와 『수폭』을 무효화할 수단을 발견해낼 때까지는 고착상태를 이룬다.

　길게 잡아봤자 10년 이내에 전면공격이 시작되고, 아르토슈 진영이 패할 것이다.

　그리고 이내 칼끝을 돌려 이번에는 드워프와 엘프가 서로를 쏘아댈 것이다── 모두 멸망할 때까지.

　──아르토슈 측에서 선공을 가한다면, 어떻게 될까.

　지금은 아르토슈 진영이 우위에 있다──『신격』이 있기 때문이다. 그러나 『연합』도 『신격』 일격에 전멸할 진형을 짜지는 않는다. 그리고 힘을 다 쓴 아르토슈는 일시적으로 약체화하여── 아반트헤임의 힘으로 싸우게 된다. 그것이 『연합』의 노림수다.

　아반트헤임이 제아무리 강력한 판타즈마라 해도 『아카 시 앙세』는 판타즈마를 죽이는 병기, 『수폭』은 올드데우스를 죽이는 병기. 아르토슈 진영이 선제공격을 가했을 때 아르토슈에게 승리는 없다.

　──라고 『연합』은 믿어 의심치 않지만, 현실은 다르다.

아르토슈의 『신격』은── 모든 세력의 모든 화력을 유발할
만한 규모다.

그렇기에 그 결과는 아르토슈 진영과 『연합』── 쌍방의 궤멸.

다시 말해 아르토슈 진영은 선제공격으로 『승리』할 수 없다.

길면── 『10년』…… 전쟁은 멈춘다.

──『10년』. 그렇다, 『10년』이다.

179명의 『유령』이 모든 것을 걸고, 목숨 이외의 모든 것을 버
리고── 그리고.

슈비를 잃어 얻은 것이, 길게 잡아도, 고작 10년의 고착이다.

문득 누군가의 말이 들린 기분이 들었다.

──10년의 평화. 충분하지 않아? 잘한 거 아닐까?

"…………."

──겨우 인간의 몸으로, 신을 상대로 10년 동안 전쟁을 멈추
게 했는걸?

"…………."

──충분하잖아. 지나칠 정도로 충분하잖아. 오히려 너무 잘
됐을 정도인걸.

────『승리』나 마찬가지라고 생각──

"──……장난해?"

그것이 누구의 목소리인지, 아니면 자신의 내심이 떠들어댄
변명인지.

어느 쪽이든 상관없지만, 리쿠는 목이 찢어져라── 외쳤다.

"인간의 모든 것을 걸고! 슈비까지 잃고! 고작해야 10년 남짓한 한순간의 가짜 평화가 승리나 마찬가지라고?! 그럼 그다음은?! 또 죽음에 떠는 세계란 말이다, 잠꼬대하는 거야 지금!!! 무승부도 못 되는 거라고── 수지가 안 맞아도 전혀 안 맞잖아!"

…………

정적만이 대답하고, 조금 전까지는 보였던 소년도, 이제는 없다──.

"……하하, 이젠 본격적으로 글러먹었구만, 나도……."

슈비도 코론도 곁에 없다. 게임도, 이제는 끝났다.

그렇다면── 더 이상 허세를 부릴 필요도 없겠지.

그렇게 쓴웃음을 지으며 인정한다── 그래, 맞아. 온몸이 아파.

영해에 오염된 피부는 끊임없는 격통을 준다. 마지막으로 숙면할 수 있었던 것이 언제인지 떠오르지도 않는다. 그저 물을 마시기만 해도 목이 타들어간다. 좁아진 시야는 정신을 놓으면 그대로 영원히 감겨버릴 것만 같다.

──그래, 맞아. 인정할게…… 또── 나는 졌어.

결국에는 한 번도 이기지 못한 인생── 이제는 지쳤다.

슈비가 있으면, 이런 세계에서도 살아갈 수 있으리라 믿었다.

슈비와 이야기하고, 얼굴을 보고, 손을 잡으면. 이 격통도 잊을 수 있었다.

──문득, 리쿠는 그런 슈비가 했던 말이 떠올랐다.

'……죽게, 안 놔둬……. 리쿠는…… 슈비가, 죽을 때까

지…… 살 거야…….'

그래, 그랬지……. 슈비가 죽었으니, 이젠 됐지?

의자 등받이에 몸을 기대고 힘을 뺀 채 이대로…… 잠들 듯…… 말이야…….

——————…………

"——『의지자(意志者)』리쿠."

사라지려던 의식—— 영혼과 함께 사라지려던 것을 아슬아슬하게 붙들어놓은.

그리운, 그러나 들어본 적이 없는—— 어딘가 기계적인 목소리에 완만하게 돌아보았다.

어디로 들어왔는지, 언제부터 있었는지, 까만, 그림자 같은 로브 차림의 누군가가 서 있었다.

"…………누구야."

——어떤 자냐고는 묻지 않는다.

물을 것도 없었다. 로브 틈새로 엿보이는 것이 여실히 말해주었다.

기계의 몸—— 슈비는 아닌—— 엑스마키나였다.

"……이름은 없으나 불리는 대로—— 『전연결 지휘체』라 소개하겠다."

용건은 뭐냐고—— 리쿠는 경계하며 물으려 했고.

"——『유지체』 슈비가 맡긴 유지를 다하고자 왔다."

엑스마키나 사내—— 아인치히가 먼저 그렇게 말하며 손을 내밀었다.

그가 내민 것을 받아들고── 리쿠는 멍하니, 굳어버렸다.

조그만 금속 고리. 때가 묻고 일그러지기는 했으나── 틀림없는 슈비의 반지──.

"──『의지자』 리쿠는 아직 패배하지 않았다."

"……뭐, 야?"

아직도 넋이 나간 리쿠에게 엑스마키나 사내── 아인치히는 담담히 말했다.

"──『의지자』가 규정했던【규칙】에 도구의 손실을 인정하지 않는다는 내용은 포함되어 있지 않았다."

────한순간, 리쿠는 그의 안면을 후려칠까 하고 주먹을 쳐들었다.

아내를── 슈비를 도구라고 부르다니 배짱도 좋구나. 마음에 들었다.

그렇게 치켜들고 꽉 쥔 주먹의──그 안쪽의 감촉에 몸이 얼어붙었다.

아인치히는 '슈비가 맡긴 유지'라고 말했다.

리쿠에게 맡겨진 반지가 그 내용을 웅변으로 말해주었다.

── '그렇게 생각해라'고. 그렇게 생각하면──

"그렇게 생각하면── 슈비의 실패로 패배했단 사실은, 사라진다…… 그거야?"

………………………웃기지 마.

그렇게 말하고 고개를 숙이기만 하는 리쿠에게, 아인치히가 말했다.

"──전언. 『체크…… 리쿠…… 뒷일, 부탁해──.』──이상이다."

"……그게, 다야?"

"─────────────────그렇다."

쓴웃음을 지으며 시선을 돌린 리쿠는 문득, 다시 빈자리에 앉아 있는 소년의 모습을 보았다.

소년의 입이 움직였다── '아직 게임은 끝나지 않았어' 라고.

"하하…… 너무하잖아, 슈비……. 이건 정말 너무하잖아, 뭐야 이게……."

메마른 웃음으로 천장을 우러르며, 리쿠는 무언가에 견디려는 듯 그렇게 중얼거렸다.

──아아, 역시 『마음』이란 건 짜증 나, 슈비.

너는 왜 이런 것을 동경했어……?

……하필이면 이런 역할을 내게 맡기다니──.

그렇게 새나올 것 같은 약한 소리를, 리쿠는 간신히 집어삼켰다.

그리고 반지를 꽉 쥐고── 리쿠는 오랫동안 잊었던 주문을 읊었다.

그것이 슈비의 『유지』…… 슈비의 『마음』에서 온 바람이라면.

그것이 유일하게, 이 열세를 뒤집을 방법이라고, 슈비가 말했다면——

남편으로서 믿고 호응해줄 수밖에 없잖아……. 망가질 만큼 괴롭더라도.

——그 바람을 맡긴 슈비는. 그 이상의 자기혐오를 품었을 테니까.

그러니 일부러—— 슈비가 부숴주었던 것을.

마지막으로, 다시 한 번만—— 단단하게, 채운다.

————, ——철컥, 하고.

⏻ 제5장 몽홀(夢惚) ^1÷0=

"냐하~ 지브짱은 참 걱정도 팔자냐~ ♪"

그렇게 웃으며 플뤼겔의 큰언니── 제1번개체 아즈릴은 폴짝 뛰어오르듯 날았다.

"지브짱은 금방 발끈한다냐~······. 우웅 하지만! 그게 또 귀여운거니야야아아~ ♡"

아즈릴은 번외개체── 현재 막내동생인 지브릴을 특히 아꼈다.

행동을 읽을 수 없고, 비상식적이고, 자유분방한 지브릴은 단독으로 나가서는 드라고니아마저 토벌해 돌아왔다. 그 엉뚱함의 목적도 이유도, 전혀 감이 잡히질 않았다.

그러나 그래도 주에게 부여받은 '불완전성' 탓에 여전히 특별히 사랑스럽게 여겨졌다.

──물론 당사자인 지브릴에게는 진심으로 성가셨지만.

플뤼겔이 가진 방대한 힘, 그 전체를 단 일격에 실어 쏘는──

『천격』.

그것을 쓰고 어린아이 모습으로 돌아간 지브릴에게 아즈릴은 일주일동안 뺨을 부벼댔다.

마침내 이성을 잃은 지브릴은 수복술식—— 잃어버린 힘의 회복을 신청하고 현재는 기능 정지 중이다.

솔직히 자연회복—— 50년을 기다려도 된다고 아즈릴은 생각했지만——

——————·················.

옥좌의 홀에 돌아간 아즈릴은 날개를 접고 광륜을 떨구며 천천히 무릎을 꿇었다.

"『번외개체』는 어찌 된 게냐."

지고의 자리에서 편한 자세로 앉아있던 것은 바위처럼 다부진 근육을 드러낸 사내——

최강의 신이자 전쟁신, 플뤼겔의 창조주—— 올드데우스 아르토슈.

자신들의 두 배는 될 것 같은 거구. 강철처럼 뻣뻣한 까만 수염을 늘어뜨리고, 등에는 열여덟 장의 날개를 마치 외투처럼 둘렀다. 윤곽이 뚜렷한 얼굴의 날카롭게 젖은 황금색 안광이 내려다보면 아즈릴은 그것만으로도 뇌가 마비되는 것을 느낀다.

그러나 아즈릴은 알고 있다. 외경심과 황홀함을 품지 않을 수 없는 그 위용조차.

창조주의 일말, 대해의 한 방울, 강대한 힘의 미미한 현현에 불과함을.

"단독행동 중이던 엑스마키나와 교전, 『천격』 사용의 소모로 수복술식 중이옵나이다, 주군."

기도하듯 공손히 보고하는 아즈릴. 그러나 솔직히 전혀 의미를 알 수 없는 이야기였다.

　고작해야 땅바닥을 기어 다니는 고철—— 무리를 지어야 다소 눈에 거슬리는 티끌일 뿐이다.

　아즈릴 자신이 손을 대지 말라고 금기로 삼았으나, 그것은 위협이라 느꼈기 때문이 아니다.

　그저 주에게 받은 위대한 힘이 저열하게 모방되는 것이 심히 마음에 들지 않았을 뿐이다.

　플뤼겔 전원이 달려들면 그 고철들이 『대응』할 순간조차 주지 않고 격멸할 수 있다.

　——그런데도.

　그딴 고철 하나에 전력을—— 『천격』을 쏘았던 지브릴의 진의도.

　"——그러한가. 큭큭, 그러한가——."

　어째서인지 잘 알고 있다는 듯 의미심장하게 웃는 주의 신의(神意)도, 아즈릴은 이해할 수 없었다.

　주는 많은 말을 하지 않는다. 따라서 주의 마음을 헤아릴 수는 없다.

　——아니지.

　그녀는 자신의 오만을 부끄러워했다.

　애당초 심원한 주의, 신의 마음을, 자신 따위가 감히 헤아리려 하다니 불경의 소치.

주는 최강. 주는 정점. 최강의 신, 전쟁신 아르토슈——왕 중의 왕.

최고——『전쟁』이라는 개념의 화신인 주에게 적은 없다. 최강이기에 최강이므로.

그러나 아즈릴은 주가 웃는 모습—— 그 사납게 고양되는 웃음을 오래도록 보지 못했다.

수천, 수만 년, 주는 그저 께느른하게, 권태롭게 옥좌에 앉아 턱을 괴고 있을 뿐——

그랬는데, 이제는 제삼자가 보기에도 알 수 있을 만큼 기분이 좋아 보였다.

"머지않았구나—— 드디어 짐을 시해하려는 자가 찾아올 모양이다."

그 말에 아즈릴은 흠칫 숨을 멈추고, 설마 그럴 리가 있겠냐며 눈썹을 늘어뜨리고 대답했다.

"이 지상에, 주군을 당해낼 자가 있을 리 만무하옵니다."

주의 우울, 그 이유만은 아즈릴도 알고 있다—— 주는 전쟁의 신이다.

——전쟁이란 곧, 살육.

경쟁하고, 다투고, 죽이고 죽고, 생과 사를 걸고 자신의 영혼과 존재를 연마하는 것.

그 순환과 반복되는 교전이야말로 주를 탄생케 한 개념이자 신수(神髓)였다.

까닭에 주는 전장에 서서, 살의를 불러일으키는 것이다.

증오하라, 분노하라, 반역하라, 덧없는 목숨을 걸고 지혜를 다하여 어리석게 도전하라고.

그 모든 것을—— 압도적인 힘으로 유린하여야 비로소——『최강』이기에.

천하를 무(武)로 덮어 힘과 법을 드러내는 존재. 최강을 정의하는 존재. 그것이 바로 주.

……그러나 일방적인 학살을——『전쟁』이라 부를 수는 없으리라.

……까닭에—— 주는 유구한 권태에 빠진 것이다.

"도전하는 자가 없는 최강에…… 그 어떤 의미가 있으리오."

느닷없이 주가 웃음을 거두고 냉철한 눈빛으로 하계를 내려다본—— 그때였다.

■ ■ ■

【——전『전투체켐프 퍼』, 『위전: 천격히메아모크리펜』——【전개레 젠】——.】

그것은 천공을 헤엄치는 판타즈마 아반트헤임의 바로 후방.

【——조준. 편차보정. 고정———— 죽이지는 말라고.】

【알았음야 볼】.

그 직후 1,200을 넘는 『천격』—— 별의 운명을 좌우하는 역사적인 일제사격이.

아반트헤임의 '배후에서' ——『연합』을 향해 날아들었다.

■ ■ ■

느닷없이── 하늘을, 땅을 불태운 섬광에 아즈릴이 비명을
질렀다.

"뭐뭐뭐냐아아악?! 지금 누가 『천격』 쐈어냐?!"

"부, 불명입니다! 아반트헤임 내에서는 어떤 반응도──!"

옥좌의 홀을 가득 메운 플뤼겔들이 혼란에 빠져 우왕좌왕했다.

어떤 자는 탐지마법을 전개하고, 어떤 자는 쉬프트해 바깥으
로 날아갔다.

그런 가운데 아즈릴은 문득 지브릴의 말을 떠올렸다.

단독으로 행동하고, 기묘한 움직임을 보였으며, 지브릴에게
『천격』까지 쓰게 했던──

"──엑스마키나…… 원숭이 흉내가 특기인 고철……."

이 행동이 무엇을 가져올까. 이쪽의 선제공격이라 간주되어
── 전면충돌이 벌어진다.

"냐하~ 우리를 단단히 우습게 봤구나, 고철들이……!!"

상황을 파악한 아즈릴은 흉악한 웃음을 짓고는 재빨리 지시를
날렸다.

"라필짱, 『수폭』을 쏠 법한 드워프 함선을 제9익대로 한 대도
남김없이 요격해냐. 사라킬짱은 10에서 18익까지 전부 데려가
서 엘프를 최대한 빨리──"

"큭──큭큭──크하하하하!"

그 목소리, 그 홍소가 울려 퍼진 것과 동시에 모든 플뤼겔이 잠

잠해졌다.

"하하하! 그러한가. '네놈'이냐, 짐을 시해하려는 것이. 의외로 빠르구나, 아하하하하!!!"

아반트헤임을 뒤흔들며 웃어대는 주에게 아즈릴이 조심스레 말했다.

"화, 황송하오나 엑스마키나 따위가 주를 해치도록 내버려두지는——"

그러나 역시 여느 때처럼 주는—— 많은 말을 하지 않았다.

신의 통찰인지, 혹은 전쟁신의 권능인지 마치—— 아니, 실제로도 모든 것을 파악한 듯.

"엑스마키나? '무슨 소리냐'?"

단 한마디로 아즈릴의 생각을 끊어버리고, 주는 웃었다.

혹은 알고 있었던 듯, 고대하던 것을 환영하듯—— 저 먼 곳을 바라본다.

"과연. 최강인 짐을 상대할 존재가 최약인 것은 가당한 이치—— 안 그런가, '원숭이'?"

그렇게—— 말을 자아내며, 주가 오른팔을 들었다.

그것만으로도—— 그저 그것만으로도 아반트헤임은 떨고, 공간이, 시간이 삐걱거렸다.

그 자리에 도열한 플뤼겔들 사이에서 작은 비명 같은 목소리가 일어났다.

주가 고했다.

"전원————준비하라."

아즈릴의 지시를 모조리 취소해버리는 그 한마디가 뜻하는 바는 단 한 가지.

──전쟁의 신, 최강의 신, 모든 왕 중의 왕인 주의── 모든 힘.

그의 한 조각인 모든 플뤼겔의 『천격』까지도 모조리 통틀어 쏘는, 무류무쌍 만신필도(萬神必倒)의 일격.

──『신격』──.

"주, 주제넘은 말씀이오나 주군, 그 장난감 놈들의 목적이 분명 그것이 아닐까요니약?!"

연합과의 교전에서 『신격』을 쏘게 하여 모방하고 재현하는 것이 엑스마키나의 목적.

그렇게 호소하는 아즈릴에게 주는, 오직 그에게만 허용된 오만을 고했다.

"그게 어쨌다는 게냐."

사나운 금색 두 눈에서 뿜어져 나오는 시선에 아즈릴은 벼락을 맞은 것처럼 우뚝 섰다.

주는 최강의 왕이며 자신들은 종복.

주는 절대. 주는 최강. 강자란 곧 주이며 약자란 곧── 주 이외의 모두.

약자가 교활하게 책략을 부린다면. 강자가, 왕이, 신이, 주가. 해야 할 일은 무엇인가──?

이를 잠시나마 잊었던 자신을 부끄러워하며 아즈릴은 외쳤다.

"전 플뤼겔―― 『천격』 준비―― 모든 것을 아르토슈 님께 맡기냐!"

바로 몇 순간 전의 아즈릴과 마찬가지로 엑스마키나의 모방을 우려하던 자들이 주저하는 가운데――

주는 아무 말도 하지 않는다. 그러나 그 사나운 웃음에 장전된 신의를 아즈릴이 대변했다.

"주는 최강―― 이 하늘과 땅 사이에서 무쌍! 그렇다면!! 약자가 강구한 잡스러운 우책을 앞에 두고 무엇을 두려워하고, 무엇을 망설이고, 무엇을 고민하리냐!!"

아즈릴의 말에 반응하여 플뤼겔들이 끓어오르는 기세로 일제히 날개를 펼쳤다.

"증오를 기뻐하며, 분노를 탐닉하며, 반역을 허하는! 그 어리석음을 굽어살피시는 주이자 주께 창조된 플뤼겔―― 유일한 왕, 최강의 체현, 주의 결정에 날개를 바쳐 지금 당장 보이는 것이다냐!!"

주가 어떤 존재인지를 모르는 무지몽매한 것들에게――

"마음껏――――― 그저 유린하는 것이 『강자』임을!!"

플뤼겔들이 끓어오르는 힘을 해방해나가는 모습에 주는 만족스러운 웃음을 깊이 새겼다.

그리고 조용한, 그러나 천지를 뒤흔드는 목소리로 고했다.

"기계에 요정에 두더지에 용. 그리고 짐을 앞에 두고 신을 참

칭하는 천치들── 긴 말 않겠다.”

　그것이 무엇이 됐든, 기껏해야 부스러기 같은 피라미에 불과
하다.

　삼라만상, 천지만물 모든 것을 두루 멸하는 힘 앞에 모조리 남
김없이 재로 돌아갈지어다.

　──그것이 최강이자 세계의 왕인 전쟁신 아르토슈의 결정이
었다.

　모든 플뤼겔이, 전심전력을 쏟은 『천격』의 힘을, 하늘로 향한
주의 팔에 맡겼다.

　그러나 아즈릴은 여전히 주의 마음을 헤아릴 수 없었다.

　우주의 법칙이 통곡하고 별의 질서가 그 팔을 중심으로 왜곡
되어가는 가운데──

　“고대하였노라, 나의 ‘천적’ 이여.”

　그녀가 들었던 주의 조그만 중얼거림이 무엇을 뜻하는지까지
는, 전혀…….

　“약자에게 굴하는 것이 강자의 숙명이라면, 과연 최강이 짐의
『신수』라 할 수 있을까.”

　힘이 현현하고, 법을 제시하고, 최강이 정의된다.

　주의 오른팔에, 이 세계의 그 누구도 어찌할 수 없는 『섭리』가
모여든다.

　옥좌에서 일어나려 하지도 않고, 왼팔로는 여전히 턱을 괸 채,
사납게 웃음을 지으며.

찬연히 빛나는 순백의 날개를 펼치고 가슴에 가득 찬 환희와 함께 주는—— 말씀하셨다.

"어찌 되었든—— 오늘을 기해 짐은 영원한 질문에 해답을 얻으리라."

■ ■ ■

신쿠 닐바렌은 한순간이라도 기뻐했던 몇 분 전의 자신을 저주했다.

눈앞의 광경, 세계가 끝나가는 폭풍을 앞에 두고—— '생각해서는 안 될 의문'이 생겨났다.

"……올드데우스……란, 대체, 뭐, 죠……?"

————………

전쟁신 진영을 포위 전개하고 대치하던 연합함대에—— 느닷없이 『천격』이 쏟아졌다.

신쿠는 그것이 플뤼겔의 공격이 아님을 즉시 간파하고 엘프 동맹에 대응을 명했다.

명백히—— 정령반응이 달랐으며, 심지어 이 『천격』에 의한 '사망자는 없었기' 때문이다.

무엇보다도 아르토슈 진영에서 『천격』을 쏠 '의미가 없다'. 쏠 거라면 『신격』—— 그 이외에는 『연합』에 유효한 타격을 주지 못하리란 것을 상대도 파악하고 있을 테니까.

따라서 간파할 수 있었다—— 그날의 『유령』을 아는 신쿠는, 그 것이 아르토슈의 선제공격을 가장해 '이쪽에' 최대 화력으로 선 제공격을 가할 시간을 줄, 천쟁신에 대한 기습의 위장공격임을.

신쿠는 즉시 엘프 동맹 전 함대에게 『아카 시 앙세』의 천탄 술 식해방을 명령했다.

18발 중 절반을 아르토슈에게—— 이어서 즉시 드워프 동맹 에 쏘기 위해.

그렇게 술식해방이 거의 완료되었다는 보고를 받은—— 그 순간이었다.

——아반트헤임에서, 상식을 벗어난다는 표현으로는 다 담 을 수 없는 힘——

——그야말로 '섭리를 벗어난 힘' …… 천지신명마저도 움츠 러들게 할 파괴의 염(念)이 소용돌이쳤다.

옥타캐스터인 신쿠조차 이해도 추측도 할 수 없는, 섭리를 벗 어난 힘—— 직감이 명했다.

연합 전체에서—— 가상의 적인 드워프 동맹도 포함한 전 함 대와 정보를 공유한다.

각 종족 각 함대가 각자의 관측수단으로 상황파악에 힘썼으나 —— 보고는 모조리 같았다.

다시 말해—— 『계측불능』.

마찬가지로 『연합』 측의 두 올드데우스—— 숲의 신 카이나스, 단련의 신 오케인까지도, 침묵.

별을 뒤흔드는 힘의 맥동. 사태가 이 지경에 이르러서야 겨우 모두가 하나같이 이해했다.

──『신격』── 그 힘을 모두가 완전히 오산하고 있었음을.

이리하여 『연합』은 통일된 견해로 전 화력을 아반트헤임에 쏟아붓기로 즉결.

그것 앞에선, 동맹의 다툼 따위는 뒷전에서도 제일 뒷전으로 밀려난다── 그 사실을 깨닫기에 충분한 가차 없는 힘이었다.

그리하여── 마치 그것을 '기다려주었다'고 하듯──

──────…………

전쟁의 신이 펼친 무쌍의 일격── 다시 말해 『신격』에.

가장 살육에 뛰어난 종족들의 각 비밀병기, 자칫하면 하나로도 대륙을 불태울 만한 힘이.

뿜어져 나온 『신격』에 일제히 충돌하고, 그러고도 미처 상쇄하지 못해── 소용돌이를 이루었다.

찬연히 빛나는, 섭리의 밖에서 태어난 힘. 천지를 죽이고도 다 미친 듯이 날뛰는 파괴.

『아카 시 앙세』── 판타즈마의 핵을 자괴시켜 힘을 강제 해방하는 술식. 그 성질상 여러 판타즈마를 일격에 멸할 수 있는 힘. 엘프가 운용 가능한 전탄── 18발 모두를 쏘았다. 그리고 여기에 필적하는 드워프의 『수폭』 또한 전탄── 12발. 나아가 드라고니아 8마리가 계약에 따라 목숨을 바친 『파 크라이』

를 여덟 발이나 겹쳐——

"그러고도 막을 수 없다니—— 올드데우스란 대체 뭐죠?!"

올드데우스 아르토슈—— 과연. 그 힘은 무시무시한 신의 위업이 분명했다.

그러나 그렇게 따진다면 『아카 시 앙세』 또한 엘프의 창조주—— 올드데우스 카이나스의 가호로 기능하는 186중 술식, 똑같이 신의 위업인데—— 이 하늘과 땅 같은 차이는 무엇인가.

별조차 박살 내버릴 듯한 눈앞의 광경이, 신쿠에게는 아르토슈의 해답처럼 들렸다.

——분수를 알라 약삭빠른 티끌들이여 발버둥 치고 몸부림치라

——땅을 기는 버러지가 아무리 무리짓는다 한들 하늘에 이르지 못함을 마침내 알게 되리라

……지금 당장이라도 날아가버릴 것 같은 이성을 비끄러매고, 신쿠는 이를 갈며 생각했다.

이 힘은 상쇄는 고사하고 이해조차 불가능하다. 인정하라. 그것이 현실이다.

그렇다면 소용돌이치는 이 힘은—— 다음에, 어떻게 될까?

서로 부딪치는, 차원이 다른 힘의 소용돌이. 그것이 낳은 미풍조차 정령회랑 접속신경을 가진 자들에게 닿았다간 휘발시켜버릴 만한 힘—— 이해가 미치지 못하는 힘이라 해도, 에너지의 유동법칙에 따라, 결과는 한 가지.

소용돌이는 이윽고 수렴하고, 확산, 방사된다————— '모든 방향으로'.

"전 함대에 통달! 술사 전원——『구원제4가호ᴷᵁᵁᴿᴵ ᵞᴬᴺᴳˢᴱ』 전개! 서둘러어!!"

신쿠의 호령에 오가는 노성, 그러나 신쿠는 알고 있었다——소용없음을.

25년 전, 3천 명이 전개한 방호술식은 플뤼겔 한 마리의 『천격』조차 막지 못했다.

그 사실을 받아들여 신쿠가 편찬한 방호—— 아니, 봉인술식 『쿠우 리 앙세』.

마찬가지로 올드데우스 카이나스의 가호로 전개하는 술식이라면 이번에는 『천격』을 막을 수 있다.

그런 절대적인 자부심이 있었다. 그러나——눈앞의 소용돌이를 바라보며 쓴웃음을 짓는다.

'이걸 상대로 종이 쪼가리 한 장의 의미라도 있을지 의문이지만요오…….'

이 힘의 수렴, 확산방사의 영향범위는——추측불능.

그러나 『아카 시 앙세』 한 발의 영향권을 고려하면 어느 정도, 상상은 가능하다.

지극히 낙관적으로 어림잡아—— 이 대륙의 절반 이상. 그 범위 내의 모든 것이, 죽는다.

거의 모든 종족이 집결한 이 땅은—— 아마도 아르토슈를 제외하고, 근절될 것이다.

"──『대전』······『수니아스타』······『올드데우스』······『신수』······."

── '의심하지 마라', '생각하지 마라' ── 그렇게, 어디선가 무의식에 있었던 마음은, 그러나 이 세상의 종언을 고하며 미친 듯이 날뛰는 광경을 앞에 두고 날아가 버린 채 의문만이 또렷이 떠올랐다.

올드데우스 카이나스······ 엘프의 창조주이자 숲의 신── '자연'의 개념.

올드데우스── 기도, 바람, '활성조건'을 만족하여 『신수』── 다시 말해 '자아'를 얻은 개념.

'······'자아를 얻은 개념'······? 그것이 정말로 신일까요오? 『신수』란──.'

대체 무엇일까── 그렇게 이어지려던 사고. 그러나──.

'······에?'

세계의 종식을 알리며 미친 듯이 날뛰던 절멸의 폭풍이── ── 느닷없이, 비껴나갔다.

허공에서 춤추던 천이 바람에 휘말려 흘러가듯, 남서쪽 방향을 향해 흘러간다.

대륙을 가르고 '휩쓸려가는' 섭리 밖의 힘에 모두가 넋을 잃은 가운데, 신쿠만은 그것을 좇았다.

옥타캐스트 전체를 동시에 전개하여 아득히 아득히 저 먼 곳을 내다보니, 그곳에 있던 것은──

"······엑스마키나······················? 어째서──."

그리고 세계를 끝낼 빛이 장막처럼 나부껴 대륙을 가르고 내 달린 그 너머.

수천 기나 되는 엑스마키나를 에워싸고 사라지는 것을——신쿠 닐바렌은 똑똑히 보았다.

순간—— 뇌리를 가로지른 생각.

——설마.

설마설마설마—— 정령회랑 접속신경이 타들어갈 만큼 다중 복잡한 술식을 구사하여.

신쿠는 어떤 존재를 탐색하고, 그리고 마침내—— 두 개의 사람 그림자를 발견했다.

그것이 의미하는 바—— 다시 말해. 최후의 최후까지, '예정대로'——

자신을 움직였던 존재에게, 흉포한 웃음과 살의를 지으며, 그녀는 중얼거렸다.

"——……당신이이, 『유령』 씨였던 거죠오…… 원숭이 씨?"

■ ■ ■

천지붕괴와도 같은 광경이 저 멀리서 내다보이는, 한참을 떨어진 언덕 위.

"——『설계체』^{차이헨}로부터 보고—— 출력 《72.8%》로 재현 설계 성공—— 동기화하겠습니다."

한 대의 엑스마키나 여성체가—— 그렇게 리쿠에게 말하고,

팔을 들었다.

　"【전개〔레젠〕】: ── Org.0000── 『진전(眞典): 살성(殺星)〔스테일마터〕』──
── 위탁하겠습니다."

　──허공에 발생한 그것은 조그만 탑과도 같이 땅에 박힌 총
이었다.
　조금 전 눈앞에서 보았던, 세계를 끝낼 것과도 같던 폭력의 소
용돌이.
　다시 말해──『신격』, 『아카 시 앙세』, 『수폭』, 『파 크라이』
가 충돌한 모든 에너지.
　그 '70퍼센트 이상'을 재현했다는 그것은── 리쿠 한 사람
에게는…… 아니, 몇 사람이 됐다 하더라도 들 수 없을, 키의 몇
배나 되는, 총이라고 부르기에는 너무나도 거대한──『쐐기』
와도 같았다.
　포구를 땅에 박고 우뚝 선 『총』은 그저 조용히 방아쇠가 당겨
지기를 기다리고 있었다.
　다시 말해──『신호』가 오면…… 리쿠에게 당겨지기를.
　아무런 말이나 표정 변화도 없이 아무것도 비추지 않는 까만
눈으로 이를 바라보는 리쿠에게, 엑스마키나가 말했다.
　"【보고】: 그러면 본 기체도 전선으로 향하겠사오니 이만──."
　그렇게 말하고 떠나가려는 엑스마키나를 리쿠의 질문이 붙들
어놓았다.

"지금…… 이걸 만들기 위해 몇 개의 엑스마키나가…… 망가 졌지?"

"——【해답】: 투입한 11개 『클러스터』 중 5기를 남기고 4,802기가 소멸."

"……다섯 개는 남았군."

"【긍정】. 달리 질문이 있습니까?"

"질문이라기보다는 확인인데…… 너희가 아르토슈의 『신 수』를 떼어내기를 기다렸다가, 내가 이놈의 방아쇠를 당기고 별의 핵을 뚫으면── 그러면 『수니아스타』는 현현한다── 이상, 맞지?"

"————【긍정】. 아르토슈도, 그 누구도 죽지 않습니다. 【규칙】에는 저촉되지 않습니다."

어둠과도 같은 눈을 감고 리쿠는 슈비가 남겨준 반지를 꽉 쥔 채 회상했다.

──뭐, 단순한, 이야기야…….

■ ■ ■

"솔직하게 보고하겠다── 『유지체』 슈비의 설계에는 오차 가 있었다."

아인치히라고 자신을 소개한 엑스마키나가 리쿠의 아지트에 서 했던 말은 이랬다──.

설령 『아인 비크』 32개를 늘어놓는다 해도 '수렴'은── 불가능하다고.

"모든 진영의 총공격을 『아인 비크』로 하행유도하기에는 '10의 마이너스 609승초'가 모자라, 힘은 충돌하고 소용돌이칠 것이다. 그 후에 지향성을 주어 수렴시키기란——불가능하다."

슈비의 계산에서 발생한, 열반적정마저도 빛이 바랠 만큼 너무나도 미미한 '오차'.

그것이—— 엑스마키나가 여러 개의 클러스터로 병렬연산하여 내린 결론이라고 한다.

그 말에 리쿠는 눈을 감고 쓴웃음을 지었다. 모든 것이 잘되었다 해도—— 실패했다는 뜻이다.

"그러나."

아인치히는 말을 이었다.

"『유지체』가 배치한 『아인 비크』 24기로—— '흘려버리는' 것은 가능하다.

"……그게 어쨌는데'?"

"충돌하고 소용돌이친 힘은, 본래는 수렴된 후에 전방위로 확산된다. 그러나 원기둥 형태로 배치하려 했던 32기의 『아인 비크』가 24기에 그쳐—— 남서쪽 방향에 구멍이 뚫렸다."

——다시 말해.

리쿠는 그 뒷말을 미리 읽고 대답했다.

"충돌한 모든 힘을, 아래가 아니라—— 남서쪽 방향으로 유도할 수는 있다, 그거야?"

고개를 한 번 끄덕이고—— 아인치히가 말을 이었다.

"계속해서 정보를 제공하겠다──."

그것은 어디까지나 도구로서.

"첫째, 엑스마키나에게는 『위전 : 천격』──『천격』을 모방하는 무장이 있다."

관측기가 포착한 정보에 불과하다고.

"둘째, 이것은 『유지체』도 파악한 정보로, 별을 뚫고 해방한 힘으로 『수니아스타』를 현현시키면 52퍼센트 확률로── 아르토슈의 수중에 나타난다. 놈은 그만한 『신수』를 보유했다."

그 말에 리쿠는 새삼 생각했다──『신수』란 대체 뭐냐고.

그러나 그런 리쿠를 내버려두고, 아인치히는 설명을 이어나갔다.

"이상을 고려하여 『의지자』여. 전략을 보정할── 명령을."

그렇다. 그들은 기계. 단순한 도구. 명령을── 결정을 내리는 것은── 사용자의 의지다.

"──그럼 이야기는 간단하지. 아르토슈 진영의 선제공격을 가장하는 거야."

리쿠는 생각을 끊고 빛을 반사하지 않는 눈으로 전략도를 바라보며 말했다.

담담하게, 냉정하게, 냉혹하게, 타산적으로── 철저하게.

"아반트헤임 뒤쪽에서 연합에 대고 『천격』을, 아무도 죽지 않게 발사. 그것만으로도 그 엘프는 움직일 테고── 그다음에는 자기들끼리 알아서 모든 화력을 충돌시키겠지. 그걸 남서쪽으로 흘린 후, 이걸──."

게임보드에 피스를 늘어놓은 손이 한순간 멈출 것 같았으나
── 다시 움직였다.

"모방, 재현해서 수렴하는 무기── 엑스마키나라면 만들 수
있겠지?"

"긍정. 32개『클러스터』중 11개를 투입하면 최소 70퍼센트
수준으로 재현이 가능하다."

──삐걱삐걱 소리를 내는『자물쇠』를 움켜쥐듯 가슴에 손을
얹고 리쿠가 다시 말했다.

"그걸로 별의 핵을 꿰뚫으면『수니아스타』를 구현화하기에
충분할까?"

"긍정. 4,807기를 손실하고 7할의 위력을 수렴시켜 쏘면 핵을
뚫고, 그 결과 정령회랑의 원조류를 파탄에 이르게 하여──『수
니아스타』현현 필요수치에 이르는 분출이 발생한다."

──다시 말해 슈비의── 아내의 동포를, 5천 명 가까이 죽
게

그렇게 떠오른 생각을 떨치고, 리쿠는 다시 가슴을 쥐어뜯으
며 읊조렸다.

──『자물쇠』를 채워라. 그리고 자신에게 되뇌듯 말한다.

"【규칙】에 도구의 손괴는 포함되지 않지── 내가 팔을 버린
것과 마찬가지로."

"그렇다."

──그리고 리쿠는, 마지막 문제를 물었다.

"남은 21개『클러스터』로 아르토슈를 죽이지 않고 무력화하

는 게 가능할까?"

"──긍정한다."

………….

"──『신격』은 모든 플뤼겔의 『천격』과 아르토슈의 힘을 한데 모아 쏘는 일격. 플뤼겔은 무력화되고 아르토슈도 약체화. 그 틈을 찔러 아르토슈의 『신수』를── '떼어낸다'."

"…………."

"신수박리 후의 올드데우스는 아마도 백 년 동안 '비활성화'될 것이다. 그 틈에 정령회랑의 원조류를 뚫으면 『수니아스타』는── 확실하게 『의지자』의 손에 현현할 것이다."

그 말에 리쿠는 고개를 숙이고 쓴웃음을 지었다── 이 녀석, 정말 서툴구만.

마치 그 녀석처럼.

마음 없는 기계를 가장하면서── 확실, 아마도, 것이다라니. 엑스마키나답지 않다는 걸 좀 알아차려라.

"우리는 마음 없는 기계. 단순한 도구. 명령에는 충실히 따르고 실행할 뿐── 까닭에."

'그리고 근본적으로 말야…….'

리쿠는 눈을 내리깔았다.

"아르토슈에게서 '신수를 떼어내는 빛'이 보이면 망설이지 말고 방아쇠를 당겨 『수니아스타』를 손에 넣어라."

──거짓말하기 전에 눈을 돌리지 말라고……. 기계가 말야…….

■ ■ ■

  회상을 마친 리쿠에게 엑스마키나 여성체가 고개를 숙이며 말했다.

  "【보고】: 그러면 저ㄷ—— 본 기체도 전선으로 향하겠습니다. 『의지자』 리쿠——."

  ——그리고 마지막까지 단순한 기계임을 자칭하던 그들은.

  너무나도 익숙하지 않은 짓에 자각조차 없는 대사를 남기고.

  "——부디, 무운을……."

  도약했다.

■ ■ ■

【——여기는 『전연결 지휘체』——.】

【율리우스 / 카우프마 / 루이스 / 마르타 / 노르트 / 오토 / 외콘 / 파울라 / 크벨레 / 리하르트 / 자무에 / 슐레 / 에스체 / 테오도 / 올리히 / 위버 / 빌 / 비엠 / 익사티 / 입실론 / 차하리아—— 잔존 『전 연결체 전 9,177기에게 알린다.】

【——명령은 단 하나. 유지체 슈비에게 받은 이 영혼을 걸고, 의지자 리쿠를 지원한다—— 즉. 올드데우스 아르토슈의 『신수』 소각. 피해를 무시하고 모든 장애를 섬멸하여 이를 완수하

라…… 또한 덧붙여, 별로 엑스마키나답지 않은 발언으로 명령을 종료코자 한다──.】

【──목숨 없이 와서, 목숨 없이 싸우다── 목숨을 얻고 가노라── 이상.】
【【【알았음^{아볼}──-!!】】】

아인치히는 엑스마키나답지 않다고 자조하며 『거짓말』을 사죄했다.

미안하다, 『의지자^{슈필러}』여. 『신격』을 쓴 후라 해도 플뤼겔, 판타즈마 아반트헤임, 아르토슈를 상대로.

아무도 죽이지 않고 아르토슈의 『신수』를 떼어내기란 불가능하다── 토벌조차 지극히 곤란하다.

부디── 이렇게 생각해주기를. 마음 없는 도구가 멋대로 폭주했다고──.

……그리하여 목숨 없는 물건임을 자처하는 자들이, 이번에는 육성으로 외쳤다.

"전 기체, 무장사용 권한, 제한해제──!"
『『──【전개^{레젠}】: ……『위전: 언룡효^{엔데아포크리펜}』──!!』』

■ ■ ■

"──우습게, 보지 마라냐── 고철들아아아!!"

옥좌로 이어지는 통로에 자리를 잡은 아즈릴이 외쳤다.

얼마 남지 않은 힘을 쥐어짜 뿜어낸 무수한 빛의 칼날이 붉은 하늘을 희게 물들이고, 몇 개가 적을 포착해.

푸른 빛을 뿜어내며 터져나가는 여러 대의 엑스마키나를 간신히 보았다.

──최대 위력의──『신격』.

이를 발사한 직후였다. 거의 모든 플뤼겔이 힘을 잃었으며, 개중에는 꼼짝도 못 하는 자까지 있었다.

이를 노린 듯── 아니, 사실상 노렸을 타이밍으로.

하늘을 가득 뒤덮는 듯한 기계의 군세가 밀려들었다.

드라고니아의 【왕】 중 하나인 『언룡』 알란레이브를 4분의 1의 힘으로 물리쳤던 놈들의 천군이 밀려든다.

미미하게 힘이 남았던 말기 개체나 아즈릴 같은 일부 플뤼겔.

그리고 아반트헤임의 공격만으로 이들에게 맞섰으나── 한계가 있었다.

대공포화는 착실하게 엑스마키나를 격파해나갔다.

그러나 피해 따위 아랑곳하지도 않는지 기계의 군세는 똑바로 돌격했다.

──아마도 지브릴이 말했던, 알란레이브의 『파 크라이』를 모방한 무장일 것이다.

그러한 병기의 일제사격이── 싸울 힘이 남았던 얼마 안 되는 플뤼겔마저 하나하나 없애나갔다.

움직이지 않고 있는 자―― 다시 말해 장애가 되지 않으리라 판단한 자는 거들떠보지도 않고.

그뿐이랴, 무슨 생각인지.

엑스마키나는 이를 기회 삼아 쳐들어오려 하는 연합함대에게조차 공격을 가하고 있었다.

분명히 죽일 마음은 없었으며. 그저 함대의 전투력만을 빼앗아갔다.

――『저항하지 마라. 가능한 한 죽이고 싶지 않다』――

그렇게 말하듯, 기계의 무리가 무릎을 꿇은 아즈릴의 옆을 지나치려고 했다.

"……장난―― 하는, 걸까냐…… 냐아아티끌들아――?!"

그들이 향하려는 곳이 어딘지는 잘 안다.

똑바로―― 아르토슈 님께서 계시는 옥좌의 홀로.

"고분, 고분, 주가 목숨을 잃도록 가만히 있으라――고 하는 거냐아, 이 고철들아!"

그렇게 외친 아즈릴의 광륜이 불규칙하게 일그러지고 파탄을 일으켰다.

밀려드는 엑스마키나의 무리―― 전방의 공간에 손을 내밀고.

"우리 플뤼겔의 공격이 『천격』만이라고―― 바보가 재주 하나밖에 없는 거라고 생각하는 거냐악!"

그 순간 전방의 공간이 터져나갔다.

플뤼겔의 『공간전이(쉬프트)』를 응용한—— 공간에 대한 작용.

강제로 구멍이 뚫린 공간이 원래대로 돌아오려는 진동이 모든 방향으로 뒤틀려 쏟아져나가고, 모든 것을 부순다.

공간이 뒤틀리고 일그러져 그 영향권에 있던 모든 것들을 고철의 파편으로 바꿔놓았다.

——그 공격에 대체 몇 십 마리가 말려들었을까……. 그러나 그것이 한계였다.

"——하악…… 하아악…… 하악……!"

옥좌로 이어지는 문에 등을 기대고, 아즈릴 또한 지브릴과 마찬가지로.

힘을 모두 다 써 어린아이처럼 변한 모습으로, 숨을 몰아쉬었다.

——그래도. 이 너머로는 아무도 들여보낼 수 없다고 전방을 노려보는 아즈릴. 그러나 그녀의 귀에.

"——여기는 『해석체(플뤼퍼)』. 『지휘체(베펠)』에게……. 플뤼겔의 『쉬프트』 원리—— 해석 완료."

"————아아아!!"

핏기가 가신다는 것이 이런 뜻인가. 아즈릴은 자신의 실수를 뒤늦게 깨달았다.

엑스마키나는 자신이 받은—— '공격'을 해석해 모방하는 장치를 만들어낸다.

술사에게만 작용하는 술식이기 때문에 오늘날까지 해석되지 않았던 『쉬프트』를—— 공격에 사용했다.

그것이 무엇을 뜻하는지── 이어지는 통신음이 긍정했다.
『──여기는『설계체』. 잔존기체에게──『위전: 천이(天移)』
설계 완료, 동기화하겠다.』

동시에 아즈릴의 등 뒤── 아르토슈의 옥좌로 이어지는 문
을 꿰뚫는 섬광이 솟아나고,
『목표지점 시인. 전 기체 공유── 적의 무력화를 마친 자부터
── 전이하라.』
"아차──!"
『──【전개】: ──『위전: 천이』!』
아즈릴이 실수를 후회할 틈도 없이 그렇게 고한 엑스마키나가
시야에서 사라졌다.
이제는 날아가기는커녕 걸어 다니는 것조차 힘들어진 아즈릴
은. 그래도.
기어가듯, 꿰뚫린 문으로…… 주에게 향했다──.

■ ■ ■

그리고 목적지로 전이한 아인치히를 맞이한 것은 거구의 사내
였다.
직접 시인한 첫 사례였다── 정확하게는, 시인한 데이터를
제때에 공유한 기체가 과거에 존재하지 않았다.
그렇기에 대조는 불가능. 그러나 대조해보지 않더라도 알 수

있었다. 압도적인 존재감으로 옥좌에 앉아 있는 그것이.

이 상황에서── 불손하게, 오만하게, 당연하다는 듯, 턱을 괴고 사나운 금색 눈빛을 띤 그것이.

최강, 전쟁의 신, 그리고 목표──『올드데우스 아르토슈』임을 말해주었다.

아인치히에 이어 1기, 또 1기, 전이하여 늘어가는 엑스마키나의 무리를 앞에 두고──

"──허하노라. 이름을 말하라."

말 한마디로 공간을 뒤흔들고 모든 관측장치를 변동시키며 아르토슈가 물었다.

"【거부】: 도구는 이름을 밝히지 않는다."

"허튼소리."

아인치히의 대답에 아르토슈는 시간을 일그러뜨리며 웃었다.

"팔의 이름을 물어 어찌하겠느냐. 짐의『적』이 누구이더냐 물었다."

"──────────."

아인치히는 대답하지 않았다. 애초에 대답할 수 있을 리 없었다.

침묵하고, 그저 상황을 파악하며, 전투 가능한 기체가 도착하기를 기다렸다.

잔존전력 872기 중『위전 : 천이』을 공유할 수 있었던 기체는 701기.

다시 말해 전체가 도착한다 해도 최대 전력은 701기── 본래의『클러스터』두 개도 되지 못한다.

피폐해진 플뤼겔과 판타즈마 한 마리에게 이렇게까지 전력이 깎여나갈 줄이야——.

아인치히는 쓴웃음을 지었다.

『의지자^{슈필러}』의 지적대로 수학이 너무나 떨어지는 도구, 라고 기계가 인정한다는 것도 아이러니한 이야기다.

그렇게 생각하고 침묵을 이어나가는 아인치히. 그러나 아르토슈는.

"음, 그러한가—— 그것으로 되었다."

오히려 웃음을 더 크게 지었다.

"삼천대천세계에 이름을 떨치는 최강과 상대하는 자는 세계의 그 무엇도 돌아보지 않을 최약—— 당연할진대."

그리고 턱을 괸 팔을 풀더니——

"고대하였노라—— 짐의 『적』이 되고자 하는 강병이여."

아르토슈가 옥좌에서, 일어났다. 그저 그것만으로——

【여기는 아인치히. 잔존기체에게……. 이것은 본 기체의 이상인가?】

엑스마키나로서 갖춘 관측장치 전체가—— 아르토슈의 '질량증대'를 알리고 있었다.

아니, 그것도 정확하지 않았다. 광학적으로는 틀림없이, 눈앞의 사내는 서기만 했을 뿐이었다.

——정정. 몸에 두른 에너지의 양이 증대—— 다시 정정. 에너지가 아닌, 명확히 존재정보 그 자체가 증대하고 있었다. 존재하지 않는 것이 생겨나듯.

그러나 마침내 옥좌의 홀에 모인 701기 전체가 대답했다.

 ──【부정.】

 전체가 똑같은 현상을 관측했다.

 그럴 리 없다. 모든 열역학법칙에 어긋난다. 마법이라 한들 정령을 운용하는 이상 에너지 교환 범위 내에서 물리법칙을 뒤트는 것에 불과하다. 설명할 수 있는 현상이 아니었다.

 그러나── 모든 기체의 모든 센서는 그저 같은 결론을 내리고 있었다── 즉.

 질량이 증대하고 있다── 하늘을, 땅을, 세계를 뒤덮은 개념이 형태를 띠고 나타나려 하고 있다.

 【있을 수 없다── 무슨 일이 일어나는 것인가……!】

 아르토슈는 『신격』 사용 직후── 평상시의 12퍼센트 미만까지 힘이 떨어졌을 터.

 모든 『관측체』, 『해석체』는 통일된 견해로 그렇게 산출했다── 그런데도.

 그 생각을 읽은 듯── 혹은 정말로 기계의 생각을 읽었는지, 아르토슈가 말했다.

 "──최강이란 최강이기에 최강. 힘의 증감 따위에 무슨 의미가 있는가?"

 ──.

 과연.

 아인치히는 솔직히 인정했다.

 정말로 비논리적이지만, 이제는 감정을 손에 넣은 기계는 그 말에 대해 '옳다'고 대답했다.

──『최강』이라는 개념. 그렇다면.

『마음』을 손에 넣은 기계는 생각했다.

비슷한 이질이 이질을 가정하여, 하나의 가설을 도출해냈다.

그것은 영원토록 불명하다고만 여겨졌던 것.

【'자아'를 손에 넣은 '개념'. 그것은──── 의지를 지닌 법칙이 아닌가?】

다시 말해 『신수』란────.

"고민할 것 없다. 짐은 곧 강자, 강자는 곧 짐이며, 약자란 짐 이외의 모든 것이다."

사나운, 그러나 자조하듯 그렇게 말하는 『최강』_{아르토슈}에게, 아인치히는 쓴웃음으로 대답했다.

【전 기체에게. 사고를 공유하는 기체는 누구라도 살아남으면 이 가설을 재검토하라.】

【알겠음._{아 볼}】

만일 『신수』가 이 가설대로라면, 눈앞의 개념_{아르토슈}을 토벌하기란 ── 원리상 불가능하다.

그러나──.

아인치히는 물었다.

【잔존하는 모든 『관측체』_{제 어}, 『해석체』_{프 뤼 퍼}에게──── 『신수』는 '물리적으로 존재하며 확인 가능'한가?】

【【【────긍정._{베 야 에}】】】

그렇다면──── 별것 아니다.

"전 기체, 『유지체(프라이어)』가 편찬하였던 대 미치용 전투 알고리즘——【전개(레젠)】——!"

여전히 질량증대를 계속해나가는 눈앞의 거인 —— 개념 —— 현상, 혹은 법칙일까.

천지를 감쌀 정도로 증대할 것 같은, 그야말로 신을 눈앞에 두고, 아인치히는 소리를 내 명했다.

현시점에서는 가설일 뿐이다. 적의 전투력을 계산하기란 불가능하다.

그렇다면 어떻게 할까—— 우리가 얻은 『마음(영혼)』이 명령하는 대로 행동한다.

다시 말해—— 적이 미지라면, 상정할 수 없는 모든 것을 상정한다.

이해하지 마라, 계산하지 마라—— 최후에 믿을 수 있는 것은 감각 뿐—— 그렇지 않나, 『유지자(슈비)』?

——아반트헤임 내, 옥좌의 홀.

'신'을 앞에 두고 701기의—— 기계를 가장한, 목숨 있는 자들이 외쳤다.

【『목표 아르토슈 신수』—— 매초마다 사상변동, 법칙전환조차 가능하다고 가정하라——.】

——그렇다면.

【그때마다, 0.5초마다 대응해낸다—— 각 기체에 묻는다. 이는 엑스마키나(우리)에게 불가능한가?】

【【【부정!】】】

그렇다──그 어떤 존재, 그 어떤 개념이라 하더라도.

【위해를 가한다면 대응한다. 존재한다면 파괴한다── 그것이 엑스마키나다. 각 기체, 건투를 빈다. 이상!】

【【【알았음!】】】

여전히 비대하게 현현해가는 『적』에게 전 기체가 연대를 취하여 일제히 외친다.

"──【전개】──!!"

그리하여 일제히 짓쳐드는 엑스마키나의 무리를 바라보고──

아르토슈는 단 한마디── 대륙에 울려 퍼질 것 같은 목소리로, 고했다.

"자아, 나의 『신수』── 전쟁의 진수를 세상에 보이거라, 나의 사랑스러운 『최악』이여──!!"

──……

──────…………

■ ■ ■

엑스마키나에게 맡은 『진전: 살성』를 손에 들고, 리쿠는 생각한다.

──자신은 이곳에서, 대체 무엇을 하려는 것일까.

패배가 확정된 게임, 그것을 추잡한 발버둥으로 모두 망치──

"──닥쳐. 아직이야. 아직 생각하지 마."

그렇게 자신에게 되뇌며, 어긋나려 하는 마음의 『자물쇠』를 확인한다.

──문제없어. 『자물쇠』는 여전히 채워져 있다. 아직, 아직 할 수 있어…….

멀리 멀리, 아득히 멀리 미미하게 보이는 아반트헤임.

저곳에서 엑스마키나들이 아무도 죽이지 않고 아르토슈의 신수를 떼어내기 위해 가동하고 있다.

자신은 『신호』를 기다렸다가── 그저, 이 방아쇠를 당기면 그만──.

그리고── 문득, 목소리가── 아니, 별을 뒤흔드는 듯한 '격진'이 솟아났다.

하늘이여, 땅이여, 사방사위 모든 것이여── 들으라, 라고 명령하는 그 '목소리'는 말했다.

그야말로 신── 최강의 올드데우스다운 절대적인 울림으로,

"이것이 패배── 과연. 마음이 끓어오르는 즐거운 전투였노라."

틀리지 않느냐고 확신하듯 고했다.

"이름 없는 최약이여── 과시하거라. 그대는 그야말로 최강의 『적』이기에 충분했노라."

──── 그리고.

리쿠는 밤과 같은 한쪽 눈에 저 멀리서── 붉은 하늘을 짓뭉개는 백광을 비추었다.

다시 말해 올드데우스 아르토슈의 신수를 떼어내는 데 성공했다는 『신호』다.

──그런 것으로…… 되어 있다.

"…………."

사실은 알고 있다── 그러나 알지 못하는 것으로 해두어야만 하는 사실이다.

리쿠는 그저 고개를 가로젓고 홀로── 『진전: 살성』의 방아쇠에 손가락을 걸쳤다.

엑스마키나가 한 대도 돌아오지 않는다는…… 그 의미도 깨닫지 못한 채── 아니.

──계속 깨닫지 못한 척하면서.

아마 아르토슈마저도 이를 눈치챘기에.

한마디도 '죽었다'고는 말하지 않았던 것일 테니──.

"……어떻게, 용케 버텨줬네……."

지금이라도 부서질 것 같은 마음의 『자물쇠』를 확인하고.

리쿠는 리쿠 자신이 규정한 【규칙】을 되새겨보았다.

──첫째, 아무도 죽여서는 안 된다.

──둘째, 아무도 죽게 해서는 안 된다.

──셋째, 아무에게도 알려져서는 안 된다.

──넷째, 그 어떤 수단도 부정이 아니다.

……그렇다. 이 규칙에는 허점이 있었던 것이다.

슈비를── 엑스마키나를 '생명'으로 인식하지 않고, 도구로 헤아렸으며.

엑스마키나가 행한 『그 어떤 부정』도 들키지만 않으면──

눈치채지 못한 척만 하면── 【규칙】에는 전혀 저촉되지 않는다.

쓴웃음을 지으며 리쿠는 생각한다── 정말 궤변과 야바위의 극치라고.

논리밖에 말하지 않았던 슈비가── 엑스마키나가── 궤변을 말했다.

그 의미를 깨달으면 거부할 수 있을 리가 있겠는가.

그것이 슈비의『마음』에서 나온 바람.

서로 손을 떼었던── 그 실수에서 나온 필패의 압도적인 열세── 하다못해.

──『완전승리(체크 메이트)』까지는 가지 못하더라도.

──『무승부(스테일메이트)』로 갈 수 있는 마지막 수.

그렇기에 엑스마키나는 별을 뚫고 게임보드를 파괴하는 마지막 한 수에 이런 이름을 붙였다.

──『진전: 살성(스테일 마터)』──라고.

"그러면── 이로써 게임 종료(무승부)다……. 미안하다, 신놈들아──."

그렇게 중얼거리며 리쿠는 땅에 박힌 쐐기 같은 거대한 총의 방아쇠를──

당긴── 순간──

리쿠의 키를 아득히 넘어서는 쐐기가, 천지신명── 그 모든 것을 빨아올리고자.

장절한 힘을 유입시키는 것을 느낀── 순간, 땅에 박힌 포구가, 빛을 토했다.

대륙을 불태우고 별마저도 태울 힘의, 70퍼센트.

그 힘이 단 한 줄기 빛에 수렴되어 바늘처럼 대지를 꿰뚫어.

별의 핵을 관통하고 정령회랑을 파괴할 때까지.

──리쿠가 인식한 한순간에 일어난 일.

그러나 동시에── 리쿠의 마음에 채워진 『자물쇠』 또한 날아가 사라지는 것을 느끼고──

"……뭐, 가, 스테일메이트야 빌어먹을……. 이게── 어디가 무승부야──!"

말 그대로, 족쇄가 풀린 것처럼.

빛이 돌아온 눈으로, 리쿠가 닫아놓았던 모든 감정 또한 쏟아져 나오고 있었다.

망가진 『자물쇠』로 마음은── 이제 막을 수 없었다.

──대체, 몇 명이 죽었는가.

슈비의 동료. 생명 있는 녀석들. 플뤼겔이── 대체 몇 명 죽었어!!

자기 자신조차 야바위로 속이고── 슈비의 마음마저 핑계로 삼아서!

무한의 희생을 내던 전쟁을, 끝내기 위한 최후의 희생──

이런 상황에서도 아직, 그런 변명을 하려 드는 자신에게 살의마저 생겨났다.

──뭐가 무승부야.

네놈 같은 건 그냥 쓰레기야, 그냥 패배자라고.

아무리 슈비의 바람이었다고 이유를 붙여도!

네놈은! 꼴사납게! 패배했다고—— 리쿠!!

············.

"응, 슈비—— 뭐가 부족했던, 걸까⋯⋯ 응⋯⋯?"

⋯⋯그래. 물어볼 것도 없이, 다 알고 있었어⋯⋯.

"응, 슈비—— 만약 나와 네가, 둘이서 하나였다면, 말야⋯⋯."

⋯⋯그래. 다음에야말로 이기고 싶지, 슈비. 너랑, 둘이서⋯⋯.

다음에야말로, 아무도 죽지 않는, 죽지 않아도 되는—— 그런, 게임으로——

지각을 통째로 헤집고—— 구멍이 뚫린 별의 핵—— 정령회랑의 원조류가 뿜어져 나온다.

방대한—— 지금 막 쏘았던 힘 따위는 바늘로 한 번 찌른 것에 불과하다고 말하는 듯.

세계를 구성하고—— 형체조차 없이 날려버리기에 충분한 힘이—— 방출되었다.

그 힘에 리쿠는, 휩쓸리면서———— 보았다.

"············저············것, 이⋯⋯?"

——『성배』⋯⋯.
     ^{수니아스타}

——별과도 같은, 오망성이 새겨진 다면체, 별 모양의 정십이면체.

해방된 모든 힘이 수렴되는 장소에 현현한다더니—— 과연.

정말로 '승자' 앞에 나타날 만하구나…… 그러나 손을 뻗어도──닿질 않는다.

시선을 내려본 리쿠는 쓴웃음을 지었다.

"……그렇겠네, 이러니 닿질 않지……."

남은 오른팔도 사라진 이상 닿질 않는다.

하물며 자신은──'승자'가, 아닌 것이다──.

터무니없는 힘을 방출하는 정령회랑의 빛에 몸이 삼켜져, 무너지고…… 힘을 잃어간다.

──언제부터였을까.

문득, 새삼스레, 자신이 수치도 체면도 잊고 눈물을 흘린다는 사실을 깨달았다.

붕대를 칭칭 감은 팔 없는 사내가, 무너져가며 어린아이처럼 흐느끼고 있다──.

"……하하…… 꼴사납잖아──나……."

기왕이면 멋있게 살다 멋있게 죽고 싶었는데.

결국, 한 번도 '승리' 하지 못했던 인생.

패자답게 우스꽝스러운 죽음──새삼스레 수치며 체면을 챙길 필요가 있을까.

"야, 슈비──나, 미련이 철철 넘친다……. 못난 남편이라, 미안해."

뇌리를 스친 것은──오로지 무수한 후회뿐이다.

이제까지 죽게 했던 자들의 얼굴이 잇달아 지나갔다.

자신의 이기심에 함께 놀아났던 177명의 『유령』들도.

짓눌릴 것 같은 죄책감. 그러나 이를 능가할 가장 큰 후회를 깨닫고.

——스스로도 어이가 없어서, 너무나도 멋없어서 웃음마저 새나왔다.

"아아, 빌어먹을…… 역시 코론에게 무릎을 꿇어서라도, 널 한번 안아보고 싶었어, 슈비."

리쿠, 동정남, 20세. 유부남이면서도 동정남인 채 죽다.

흐음, 그건 그거대로 어떤 의미에선 멋있지 않을까?

"아니, 역시 아니지……. 그걸 가지고 무슨 허세를 부리냐…… 하하……."

——보아하니 최후의 최후까지 꼴사납게 죽을 모양이다, 자신은.

그러면 마지막까지—— 철저하게 가자.

철저하게 꼴사납게—— '남의 힘'에 매달려서.

"……이봐, 마음에서 태어난다는 게 신이라면—— 게임의 신이시여."

——이미 없는 이 두 팔이,

"티끌 같은 목숨이지만, 전부 바쳐서, 태어나서 처음으로 '기도할게'—— 부탁이야."

패자 주제에, 전리품을 훔치는 것이 너무나도 치사하다면.

유일신의 자리를 손에 넣기에는 너무나 많은 피가 물들었다면.

——부탁해. 제발.

하다못해 '우리'에게 무언가 의미가 있었다고 말해줘.

내가 아니어도 좋아. 누구여도 좋아. 누구여도 좋으니까——

이 전쟁을 끝내줄, 누군가에게——

그걸——『수니아스타』를—— 누군가……에…………게…

……………

…………그렇게, 의식이 사라져가는 가운데.

"아……."

——『수니아스타』에 다가가는 자의 모습에 리쿠는 웃었다.

빛 속에서 『수니아스타』에 다가가는 그 모습은, 아무도 아직

본 적이 없는 자였다.

커다란 모자를 쓰고, 두 눈에는 다이아몬드와 스페이드. 낯선

소년—— 그러나.

리쿠는 그것이 누구인지, 알 수 있었다.

언제나—— 언제나언제나언제나, 진저리가 날 정도로, 자신

을 꺾었던——

어둠 속에서 언제나 보였던, 대담하게 웃음을 지었던 자니까.

"……하……하하하하—— 아하하하하하하하!"

——뭐야, 역시, 있었잖아…… 너 이 자식…….

"——야, 또 게임하자…… 이번에야말로, 이기고 말 테니,

까……."

──슈비와 둘이서…… 반, 드시………….
………….

　그 말을 남기고── 빛에 휩쓸려 사라지는 리쿠에게.
　리쿠와 슈비, 단 두 사람만이 믿어 태어났던 최약── 최후의
올드데우스는.
　무언가를 꾹 참듯, 억지로 만든 뻣뻣한 미소로 대답하고.
　가만히…… 『수니아스타』에 손을 내밀었으며, 그리고──
──………….

■　■　■

　그 광경을 세계 모든 이들이 목격했다.
　그렇기에 그것은 이 이야기에서 얼마 안 되는, 기록으로 남아
있는 역사적 사실…….

　──우선, 빛이 세계를 감쌌다.
　먼 저편에서부터 펼쳐진 빛은 붉은 하늘도 푸른 땅도 희게 물
들이고 천지의 경계를 앗아갔다.
　소리도 없이 펼쳐진 빛이 그치자── 세계는 색을 잃었다.
　하늘과 땅을 둘러본 모든 이들이 곤혹에 빠졌으며, 그리고, 한
박자 늦게 깨달았다.
　하늘에서 춤추던 재는 허공에 멈추고, 전쟁의 불길은 일렁임

을 잊었으며, 온갖 것들은 정지하고 있었다.

——시간마저도. 목숨을 가진 자들 이외의 그 모든 것이.

그 광경에 아연실색한, 생물로서 살아가는 자들을 내버려둔 채, 몇 순간의 간격을 두고.

——충격이 세상을 휩쓸었다.

파괴와는 명백히 다른—— 부드러운 힘이 세계를 훑듯이 퍼져 나갔다.

동시에, 하늘을 올려다본 자들은—— 눈을 크게 떴다.

상식과 어긋나는 광경—— 모든 생물, 모든 종족이 그저 이해하지 못한 채 바라본 그것을.

——그저.

177의 『유령』과, 한 인간만이 이해하며 바라보고 있었다…….

■ ■ ■

한때는 이름이 있었던, 영해에 침식된 몸을 바위에 기댄 『유령』은.

"……정말로, 해냈구나…… 대장…….."

간신히 남은 시력으로 하늘을 올려다보며—— 붉게 하늘을 뒤덮었던 분진이——

바람에 카드가 넘어가듯, 펄럭펄럭 농담처럼 사라져가는 것을 보았다.

————————…………

　마찬가지로 한때는 이름이 있었던, 담피르에게 물려 병을 앓던 『유령』은.

　"……하하…… 진짜 해내고 말았잖아── 그 자식……!"

　처음으로 받은 빛에 몸이 불타면서도── 황폐하게 파괴된 산들이──

　마술처럼 도로 재생되어 있어야 할 형태로 돌아가는 것을 느꼈다.

————————…………

　177의 『유령』들이, 저마다 다른 장소에서, 다른 몸으로.

　무슨 일이 일어났는지를 이해하고, 감회를 가슴에 품었다.

　저항이 불가능한, 절대적인 명령에 삼라만상이 호응하여──

　──세계가. 다시 만들어져가는 모습을.

　인간은 마법을 감지할 수도 없지만, 그래도 확신이 있었다.

　어째서인지는 알 수 없다── 그러나.

　전쟁이── 길고도 긴 대전이, 이로써 끝났음을.

　그 확신에, 저마다 감회를 가슴에 품고── 『마음』에서 우러난 웃음을 터뜨렸다.

————————…………

　마지막으로──『유령』들을 제외하면 유일하게 모든 것을 이해하며 이를 바라본 자는.

루시아 대륙, 리쿠와 슈비의 침실에서, 창문으로 얼굴을 내밀고 있었다.

"……정말로……『수니아스타』를 손에 넣었구나……모두."

──어느샌가 재는 그치고.

하늘을 우러러본 코론은 하늘이 푸르다는 동화가 진실이었음을 깨달았다.

그리고 처음으로──

──태양을, 보았다.

"……역시── 내가 자랑하는 동…… 생…… 들……."

눈을 감았지만, 그래도 눈부시게 찌르고 들어오는 햇살에 눈이 따갑다.

분명 그럴 것이다. 리쿠는, 슈비는, 모두는──

자랑스러운, 사랑스러운　　남동생과 여동생── 그 두 사람은.

정말로.

──정말──로.

영원한 전쟁을, 끝낸 것이다.

누나로서, 언니로서…… 누구보다도── 자랑스럽게 생각

────

"……아──으아……와아아아아아아아아아아아아악!!"

역시, 무리야—— 난……!

"응……? 리쿠, 슈비, 역시 난 이런 걸 수긍할 수 없어……!"

왜냐면—— 둘 다, 나랑 한 약속…… 어겼잖아?!

"이제, 난—— 가족을 잃고 싶지 않다고, 그랬는데…… 왜, 어째서——!"

그 부조리함에 울음을 터뜨리며 코론은 동생들의 이름을 외쳤다.

세 사람의 이름이 새겨진 푸른 돌을 손에 쥐고…… 눈물을 펑펑 흘리며 생각했다.

——왜, 그 두 사람이어야만 했던 것인가.

——자신이었으면 안 되는 거였을까. 왜 자신은 아무것도 할 수 없었는가.

그래, 긴 대전은 이로써 끝났다.

이제 죽음에 떨고, 절망에 비탄하는 나날은 끝났을 것이다.

그와 맞바꿔 코론은 —— 누구보다도 소중한 —— 동생과 그 동생이 사랑한 여동생을, 잃었다.

그렇게 해서—— 자신에게는 대체, 무엇이 남았지——?

"이런 건, 너무……해……. 왜 다들, 날 놔두고 가버리는 거야……."

——『이봐—— 코로네 도라.』

문득…… 리쿠와 마지막으로 나누었던 대화가—— 뇌리를 스쳤다.

＊＊＊

　엑스마키나── 아인치히와 함께 코론을 찾아온 리쿠의 말에
코론은 대답했다.

　"────관둬."

　이제는 볼 일이 없으리라 생각했던, 어둠처럼 까만 눈.

　빛을 비추지 않는 눈동자를 한 동생 리쿠는── 아랑곳하지
않고 말을 이었다.

　"만약 전부 잘만 되어서 끝난다면──"

　"──관두라고…… 그랬지──!"

　코론은 히스테릭하게 외치며 리쿠의 말을 말렸다.

　"나를── 풀네임으로 부른 적은 한 번도 없었던 주제에!! 왜
이제 와서──!"

　그러나 리쿠는, 눈물 섞인 눈으로 외치는 코론── 코로네 도
라에게.

　"전부 잘만 되면, 분명 이해할 거야. 그러면──."

　새까만 눈으로, 그러나── 애원하듯 웃으며 리쿠는 말을 이
었다.

　"테이블에 있는 체스보드에서, 하얀 룩을──『e-6』으로 옮
겨주겠어?"

　"……그런, 건── 직접, 해……."

　주먹을 부르쥐고, 코로네 도라는 쥐어짜듯 말했다.

　──사실은, 알고 있다.

그 말의 뜻을 헤아리지 못할 만큼 얄팍하게 알고 지낸 것이 아니었다.

자신이 꺼낸 말이라고는 해도—— 그래도, '가족' 이니까.

얄팍하게 알고 지낸 것이—— 결코 아니다.

그러나, 하지만, 그렇기에—— 말할 수 없다.

'가지 마', 그 한마디를——.

왜냐면, 리쿠는…… 리쿠와 슈비는——.

리쿠가 코론에게서 눈을 돌리고 멀리—— 방 한구석에 놓인 테이블의 빈자리에 눈을 돌렸다.

눈을 가늘게 뜨고, 이곳이 아닌 어딘가 다른 곳을 보며, 기도하듯 중얼거린다.

"……이봐, 신. 만약 네가 내 망상이 아니고, 정말 있다면."

————.

"……게임으로 전쟁을 없애려고 했던, 구제할 길 없는 바보가 있었던 걸 기억해주겠어?"

그리고 여전히 말이 없는 코론을 돌아보고.

"……코로네 도라…… 아니——."

고개를 숙인 코론에게, 리쿠는—— 등을 돌리고.

"누나……. 이제까지, 고마웠어. 그리고——."

방을 나가며, 마지막 말을 남겼다——.

"인간을, '다음' 을, '뒤' 를…… 맡길게. 누나라면, 나는 믿을 수 있으니까."

■ ■ ■

——눈물로 얼굴을 일그러뜨리고 코론은 기어가듯 테이블로 이동했다.

그리고—— 리쿠의 『유언』대로 피스를 놓고, 중얼거렸다.

"……체크……메이트……구나, 리쿠……."

눈물을 옷소매로 훔치고, 코론은 일어났다.

——맡은 것이…… 해야 할 일이 많다.

울고 있을 틈은 이제 없다.

리쿠네가 만든 것을 허사로 만들지 않기 위해서라도——

우선 리쿠와 슈비…… 『유령』들이 이 세상에 존재했던, 그 모든 근거.

기록과 메모, 두루마리를 모두—— 태워야만 한다.

리쿠가, 슈비가, 인간이라는 종족이.

암약했던 기록 전체를, 모든 것을 남기지 않고 말소한다.

앞으로의 세계에서도 변함없이—— 주목조차 받지 않는, 건드릴 가치조차 없는 약자로 착각하게 만들도록.

—— '다음' 을 위해. 그리고 '뒤' 를 위해.

세 사람의 이름이 새겨진 푸른 돌을 내려다보며 중얼거렸다.

"있지, 리쿠, 슈비……. 두 사람은 정말 대단해…… 그거 알아?"

——분명 리쿠가 설정했던 이 『게임』은.

슈비, 리쿠가 죽은 시점에서, 아무리 잘 쳐줘도 무승부다.

목적은 달성했으나 『게임』에는 패배했으니까.

"그래도 누나는 역시 이렇게 생각해……. 너희는 믿을 수 없을 정도로 대단해."

——신들에게, 세계에 도전해서.

단 한 번도 들키는 일 없이.

흔적조차 전혀 남기지 않고.

영원히 이어지던 대전을—— 겨우 2년 만에 끝냈으며.

기억에도 기록에도 남기지 않고, 전설조차 되지 않았다.

결코 칭송받을 일 없는 신화를 만들어냈다…… '다음' 사람들을 위해.

그것이 패배일까? 코론은 도저히 그렇게 생각할 수 없었다.

이것이 위업, 대승리가 아니고 무엇이란 말인가.

"……그래도, 이상하지……. 왜 그럴까…………."

새삼스럽게 생각한다—— 어쩌면.

이것이야말로 리쿠가 계속 느끼고 있었던 기분이 아닐까 하고.

"……왜, 이렇게나 분한…… 걸까……!"

이제는 울지 않겠다고 결심했다—— 그러니.

그저, 얼굴을 가리고, 벽에 기대듯, 코론은 방을 떠났다.

————…………..

"——그야 게임이 끝나지 않았으니까."

코론이 떠나가고 텅 빈 방에.

——어느샌가, 챙 달린 커다란 모자를 쓴 소년이 서 있었다.

곁에 별 모양의 정십이면체——『수니아스타』를 띄우고, 장난스러운 웃음을 지은 소년은.

체스보드에 다가가—— 가만히, 까만 퀸을 움직이고, 중얼거렸다.

그리고—— 코론의 착각을 정정해주었다.

"체크메이트가 아니라—— 체크, 였어……. 하지만 이래선……."

그렇다. 소년은 보드를 내려다보고, 이제부터 둘 수 있는 수를 머릿속에 그려보았으며.

어떻게 피스를 움직이든—— 비김수 이외의 전개가 없음에 웃음을 흘렸다.

"퍼페추얼 체크로 끌고 갔구나……. 처음인데, 나와 비긴 건."

최후까지, 최후의 최후까지, 그는—— 포기하지 않은 것이다.

압도적인 열세에서도, 하다못해 물고 늘어져 주겠다고, 여기서조차——

——야, 또 게임하자…… 이번에야말로, 이기고 말 테니, 까…….

——슈비와 둘이서…… 반, 드시………….

그 생각을 떠올리고 소년—— 단 두 사람만이 믿어 태어났던 올드데우스는.

리쿠가 어린 시절, 어둠속에서 보았던 공상 속의, 최강의 게이머 그 자체인.

  대담하고 불손하며, 또한── 호승심 강한 웃음과 함께『수
니아스타』를 들었다.

  ─────………….

  이 세계의 모든 지적생명체는 올드데우스에 의해 창조되었다.
  ──오로지…… 인간을 제외하고.

  "그 누구에게 창조된 것도 아니고, 그 누구도 바라지 않았고,
그 누구도 원하지 않았던. 그저 자신의 의지로, 짐승에서 두 발
로 일어나, 지성을 손에 넣기에 이른 유일한 종족이기에──이
름도 없는 종족── 인간."

  그들만이, 불모이고 무위이고 쓸데없었던 전쟁을 끝내는 데
성공했다.

  그 결과가 추잡한 발버둥이었다 해도── 그들만이.

  그것을 단순한 짐승과 동급으로 이야기할 수 있을까? ──절
대 아니다.

  "그러니까 내가 너희에게 유일신으로서 이름을 주겠어──
인류종^{이 마 니 티}……『면역(Immunity)』이라고."

  학습을 거듭하고, 내성을 얻으며, 결코 저항을 멈추지 않고,
마지막 한 사람이 되어서도 포기하지 않고.

  마침내 별 자체의 면역기능처럼 어리석은 병^{싸움}을 막아낸 자들.

  진화라는 개념, 무한의 가능성을── 한 몸에 담은 종족에게
어울리는 이름을.

그리고 느긋하게, 테토는 웃음을 짓고 있었다.

"자—— 게임을 계속하자."

비김수로 무승부가 나고 말았던 것도 아니꼬우니, 그들이 바라던 대로——

"다 같이 즐길 수 있는, 아무도 죽지 않는, 그런 게임을 마련하고, 기다릴게."

이 세계에—— 윤회전생은 없다.

그래도 그들이 마지막까지 믿고 또 믿었던 '다음'을—— 나도 믿어보자.

"자—— 그러면."

그렇게 최약의, 최후의 올드데우스는 『수니아스타』를 들고.

천상천하에 두루 들릴 목소리로 고했다.

『지성 있는 존재임을 주장하는【십육종족(十六種族)이여——!』

——그리고 칭송받을 일 없는 신화는.

구구히 이어질 신화로, 계속된다—— 다시 말해.

유지들의 한뜻을 이어,
익시드의 동의를 이루고,
유일신의 자리에 올라 규정한 열 가지 맹약을.
받들지어다. 오늘, 이날, 세상은 변하였다.

——【맹약에 맹세코】——!!

⏻ 엔딩 토크

———.

어느샌가 해가 기울고, 에르키아의 뒷골목에 붉은 빛이 드리웠다.

어딘가 먼 곳을 보는 눈으로 이야기를 마친 테토에게, 이즈나는 입을 열자마자.

"……그 얘기, 어디까지 거짓말이고 어디까지 진짜냐, 요?"

———눈을 흘기며, 거짓말이 있다고 '단정' 했다.

거짓말의 내용에 따라서는 가만 안 두겠다고 눈물을 글썽거리며 노려보는 이즈나에게 테토는 웃었다.

"어라아? 왜 거짓말이 있다고 생각하는 걸까나?"

"리꾸랑, 시비…… 소라랑 시로랑, 쪼끔 닮았다, 요. 나 놀리지 마라, 요."

훌쩍 콧물을 들이켜며, 워비스트의 초감각을 사용하지 않아도 그 정도는 알 수 있다고,

또한——— '자신을 놀렸다' 는 것도 알고 있다고 주장하는 이즈나의 눈빛에.

"아하하☆ 역시 예리하네~ 응응 ♪ 당연히 다소 각색했어. 왜냐면——."

——그렇게, 해가 저물 때까지 이야기를 나누고 게임을 계속하는 동안.

단 한 번도 이즈나가 이기게 해주치 않았던 테토는 어린아이 같은 얼굴로——

"정말로 다 얘기하면 '알려지지 않은 신화'가 아닌걸☆"

어른스러움과는 가장 거리가 먼 존재—— 그야말로 어린아이나 다를 바 없는 미소로 말했다.

"……너어, 역시 맘에 안 든다, 요."

그런 테토를 노려보며 말하는 이즈나. ——그러나.

"……그래도 쓰다듬는 거 잘하니까 용서한다, 요."

이리저리 쓰다듬는 손길에 목을 고롱고롱 울리며 금세 손바닥을 뒤집는다.

"옳지옳지."

그런 이즈나를 만지작거리면서 느닷없이, 자애의 신 같은 눈으로 테토는 생각한다.

이 아이는, 하츠세 이즈나는 어리고—— '어리석다'.

—— '그렇기에' …… 현명하고, 똑똑하며, 눈치가 빠르다.

이즈나의 말——『조금 닮았다』—— 진심으로 감탄했다.

그렇다. 테토는 분명 자신이 아는 사실에 각색을 보탰다.

다만── 이 【디스보드】를 만들 마음마저 주었던 두 사람.

그 두 사람은 분명 『　』과 닮았지만── '조금뿐'이다.

왜냐하면, 그들 두 사람은 소라와 시로…… 『　』보다도──

──훨씬 강하다.

그 두 사람은 『　』이 내팽개쳤던 게임을.

규칙 없는 세계라는 게임에── 도전해── 그리고 스테일

메이트까지 갔으니까.

그것이 마지막에는 억지를 부릴 대로 부린 추잡한 발버둥이었

다고는 해도.

원래── 스테일메이트란 그런 거니까.

거의 필패의 열세에서── 그래도 포기하지 않고, 한 방을 먹

여준 것이니까.

그래도── 그렇다 해도…….

"……나에게는 그게 정말 눈부시게 보였어. 그들을 믿고 싶

어질 정도로, 말이지 ♪"

"……? 무슨 헛소리냐, 요?"

고롱고롱 목을 울리며 올려다보는 이즈나에게 테토는 그저 웃

을 뿐이었다.

소라와 시로──『　』은…… 그들이 바란 대로── 둘이서

하나다.

과연 그들은, 그 두 사람이 도달할 수 없었던 곳까지 갈 수 있

을까?

선언대로, 자신을 꺾으러 와줄까.

아니면…… 의외로———……? 하하☆

그렇게 생각에 잠긴 테토에게, 문득—— 이즈나가 말했다.

"……근데, 이기고 도망가게 안 둘 거다, 요."

정신이 들고 보니 이제는 목을 울리지도 않고 이즈나가 게이머의 눈빛으로 테토를 보고 있었다.

"소라랑 시로랑, 다른 종족하고도 힘 합쳐서—— 꼭 이길 거다, 요."

"어라라."

즐거이 웃고——

"에헷☆ ——들켰어?"

——그렇게, 『수니아스타』를 들며 테토—— 유일신은 웃었다.

그 모습을 여전히 흘겨보며 이즈나는 대답했다.

"이즈나, 어리지만—— 바보 아니다, 요."

"——응, 그치이. 잘 알아 ♪"

어리다는 것은 곧 어리석음이지만, 어중간한 이해라는 이름의 착각에 사로잡히지 않기에—— 현명하다.

세계는 복잡하고 엉터리인 것 같아도, 그 본질은 의외로 언제나——

어린아이의 감성으로 본 모습 그대로이기도 하니까.

그 두 사람이 그렇게 느꼈듯, 말이지——

————…………

"야~~~, 이즈나~ 어디 있어~?"

"……이즈나땅…… 어디……?"

——그리고 들려온 목소리에, 이즈나보다도 먼저 테토가 반응하고 일어났다.

"어이쿠, 그럼 난 그만 가볼게. 얘기 나눠서 즐거웠어 ♪"

"근데, 너 진짜 뭐 하러 온 거냐, 요?"

문득 새삼스레, 이즈나가 냉정해지며 물었다.

——유일신이 이런 데서 뭘 하고 있느냐는 당연한 의문에 테토는 난감한 표정을 지었다가——

"음~ 사실은 『   』한테 응원의 한마디를 해 주러 왔던 거지만—— 괜찮아☆"

그렇게 말하고 테토는 『수니아스타』에서 빛을 쏟아내더니——

"그 이상의 수확이 있었으니까. '하츠세 이즈나', 너도 기다리고 있을게☆"

이름을 댄 기억이 없는데도 이름을 부르는 바람에 어리둥절해하는 이즈나의 얼굴을 보고.

마지막까지 깜짝 놀라게 해줬다고 만족스럽게 장난스럽게 웃음을 짓더니——

——테토는 허공으로 사라졌다. 그러나.

"…………그 자식, 이기고 튀었어, 요……!"

새삼스레 깨닫고 꼬리를 부풀리는 이즈나의 으르렁거리는 소리만이 뒷골목에 울려 퍼졌다…….

■ ■ ■

　"아, 여기 있다~. 진짜 어딜 싸돌아다닌 거야, 이즈나는. 걱정했다고."

　"……이즈나땅…… 길, 잃었, 어?"

　까만 머리카락의 청년과 대조적으로 새하얀 소녀―― 소라와 시로가 이즈나를 발견하고.

　"이즈나아못쓰지이혼자서얼쩡거리면! 세상에는 수상한 사람이 얼마나 많은데!"

　"……응. 빠야, 같은 거, 라든가……. 시로, 같은 거, 라든가……."

　자타가 공인하는 '수상한 두 사람'이 음속마저 돌파해 달려와선 끌어안고 이리저리 쓰다듬어댔다.

　워비스트에게 '만에 하나' 따위 있을 리 만무할 텐데도 진심으로 걱정하는 두 사람에게――

　"……어…… 미안하다, 요……."

　이즈나는 테토에게 들었던 이야기를 떠올리고, 복잡한 기분으로 사과하며 고개를 숙였다.

　"――앗! 이즈나 씨 찾으셨어요?! 하아…… 다행이네요오."

　조금 늦게 나타난 붉은머리 소녀―― 스테프도 마찬가지로 땀범벅이 되어 뛰어왔다.

　"아이 참, 이즈나 씨 못써요! 혼자서! 이렇게 수상한 사람들이 있단 말이에요!"

그렇게 말하며 소라와 시로를 가리키는 스테프에게도 사과하려고 시선을 들었다가——

문득 이즈나의 눈에, 스테프의 가슴께에 매달린—— 푸른 돌 브로치가 들어왔다.

"저기저기, 스테공."

"————네~ 네. 이젠 그 호칭에도 익숙해졌답니다. 왜 그러세요?"

"그 가슴의 돌, 어디서 난 거냐, 요?"

"훔친 것처럼 말하지 말아줄래요?!"

일단 응당한 항의를 한 다음, 스테프는 소중히 브로치를 보여주었다.

"할바마마께 받은 거예요. 대대로 도라 가문에 전해 내려온 가보라고 해요."

"잠깐, 내놔봐라, 요."

"아, 네…… 괜찮지만 망가뜨리지는 말아주——"

살그머니 내미는 스테프의 말에 깊이 고개를 끄덕인 이즈나가 받아들고.

——뽀각.

"흐이이이끼야악악아아아아아아아아아아아아가보가아! 가보가아아아!"

절규와 함께 거품을 물고 쓰러질 뻔하는 스테프를 받쳐주면서 소라가 눈을 흘겼다.

"제대로 좀 봐, 장식만 떨어진 것뿐이잖아…… 근데 이즈나, 너도 너다. 갑자기 왜 그래?"

장식에 감추어졌던 뒷면을 보고, 이즈나가 살짝 웃었다.

그 모습에 이즈나의 손을 엿본 소라와 시로는——.

"……? 뭐야, 이거. 글자인가?"

"……인류어, 아니야……. 지브릴…… 읽을 수, 있어?"

그 자리에 없는 자의 이름을 당연하다는 듯 시로가 부르자——.

"네~ 네네♡ 부름 받고 날아온 지브릴이옵니다~. 700 이상 의 언어와 그 고어에까지 정통한 저에게 두 분 마스터께서는 과 연 어떤 용무이신지요♪"

"……잘, 알면………… 응? 이즈나땅, 왜, 그래……?"

느닷없이 나타난 지브릴을, 이즈나가 사납게 노려보며 으르 렁거리고 있었다.

"…………가만 생각해보니 거의 다 이 차식 때문 아냐, 요……?"

털을 곤두세우며 지브릴을 노려보는 이즈나. 그러나 그 말의 의미는 아무도 모른다.

"왜, 왜 갑자기 화를 내는진 모르겠지만…… 지브릴, 이거, 읽 을 수 있겠어?"

"——이것 참 매우 오래 된 문자로군요. 인류어가 통일되기 전의…… 에~."

그리고 지브릴조차 '아마도' 라는 전제를 깔고 읽기 시작했다.

——『코로네 도라』
——『리쿠 도라』
——『슈비 도라』

"……? 누구야, 그게. 스테프, 너네 친척이나 뭐 그런 사람이야?"

그 물음에 스테프는 자랑스럽게, 그리고 존경을 담아 말했다.

"코로네 도라…… 에르키아를 건국하신 여왕님이세요. 평생 우는 모습을 본 사람이 없고, 지성과 미소로 넘쳐나는——『대전』 종결 후에 이마니티를 이끈 수재…… 도라 가문의 자랑이지요."

"——너! 건국시조 직계였어?! 대전이란 건 6천 년도 더 된 거라며?!"

"……스테프…… 초 양갓집 규수, 였어……?"

"과거형으로 말씀하시지 말아줄래요?! 하지만……."

스테프는 고개를 갸웃하며 다시 브로치를 보았다.

"이상하네요……. 나머지 두 분은 본 기억이 없는 이름인데……?"

"……허어. 들어본 적이 있는 이름입니다만, 그건 이마니티가 아니었으니…… 우연이겠지요 ♪"

지브릴의 발언에 다시 으르렁거리는 이즈나.

"아니, 그보다도——."

소라는 입에 담았다.

"이즈나 말야, 어떻게 스테프도 모르는, 장식에 숨겨진 글씨를 알아차렸어?"

소라의 지적에 시로, 스테프, 지브릴의 시선이 이즈나에게 쏠렸으나——

이즈나는 살짝 웃고, 아무 대답도 하지 않은 채, 다시 돌을 장식에 끼웠다.

자신에게만 이야기한 데에는 무언가 이유가 있을 거라고.

워비스트의—— 아니……이즈나의 감이 그렇게 말했다.

————…………

"——아무튼."

소라는 다시 모두의 얼굴을 둘러보았다.

"그럼 다들 짐은 챙겼지, 시로?"

"……오케……."

"지브릴——은, 짐이 보이지 않는데……."

"심려치 마시옵소서. 공간을 압축하여 품에 넣어두었나이다♡"

"뭐야 그 사차원 주머니…… 어, 이즈나는?"

"응, 문제없다, 요."

"이쪽은 이쪽대로 짐이 너무 크고…… 스테프?"

"네, 네. 잘 들고 있어요. 커다란 짐을……."

"비밀병기니까 소중히 다뤄달라구. ——근데, 야, 플럼은 어디 있어!"

"네, 네에……. 본의는 아니지만 있어요오……. 해가 지면 나올게요오."

"좋아. 다들 모였구만."

"어머? 소라── '그 두 분' 은 기다리지 않나요?"

"현지 집합── 뭐 최악의 경우 도중에 참가해도 되겠지. 그 런고로……."

그리고 소라와 시로는, 대담한 웃음을 지으며 일동을 둘러보 고──

"그러면── 가보실까요?"

■ ■ ■

────…………

붉은 달 아래, 소라는 일동을 데리고 걸으면서 말했다.

"이 세계──『십조맹약』하고【익시드】얘기를 들었을 때부 터 계속 생각했거든."

열여섯 종족── 그리고 모든 종족에게 각자 배분된 『종의 피 스』.

그것을 모으는 것이 유일신에 대한 도전권이며, 그것이 이 세 계. 이 『게임』.

그러나 그렇게 생각하면 어떤 의문이 발생한다.

"……집단, 짤 수 없는…… 예를 들면, 올드데우스…… 종의 피스…… 어떻게, 얻어?"

소라의 곁에서 걷던 시로가 띄엄띄엄 소라의 말을 이어받았다.

——『십조맹약』 제7조, 『집단 간의 분쟁에서는 전권대리인을 세우기로 한다.』——

듣고 보니 당연한 걸 깨닫지 못했던 스테프는 그 뒤를 터덜터덜 걷고.

"그래. 올드데우스는『전권대리자』를 내세울 수 없어.『올드데우스의 피스』는—— '얻지 못해'."

그렇게 말하는 소라의 뒤를, 아직 잘 이해하지 못했는지 이즈나가 종종 따라오고.

"그렇다면 올드데우스는 분명 이렇게 생각하겠지?"

한껏 빈정거리는 웃음을 입가에 지으며 소라가 말했다.

"테토가 만든 이 세계는——『올드데우스가 다른 종족의 피스를 모으는 게임이다』, 라고."

——그렇다. 도전하는 자 Player와 기도하는 자 Prayer의 차이.

올드데우스는 자신들이야말로『참가자 Player』이며 다른 모든 자들은『단순한 피스 Prayer』일 뿐——

이라고 믿어 의심치 않고, 하늘에서 거들먹거릴 거라고, 소라는 상상했다.

그도 그럴 것이, 한때는 '영원히' 전쟁하던 놈들 아닌가.

그리고—— 똑같이 생각하고, 포기하고 그 밑으로 들어간 종족도 존재하리라 상상할 수 있다.

"──그. 런. 데. 말. 야."

상상 속 신들을 조롱하는 어조로 소라가 말을 이었다.

"그게 영 뜬금없는 생각도 아니란 말씀이지~ 이게."

그 옆에서 걸으며, 달빛에 기운이 쌩쌩해진 담피르 소녀──
가 아니라 소년이 웃었다.

"네에에…… 왜냐면, 애초에 말이죠오……?"

그렇다. 애초에──.

소라와 손을 맞잡고 걷는 시로가 희미하게 웃었다.

"……종의 피스…… 안 잡아도, 된다면…… 얘기가, 달라……."

그리고 지브릴이 소라와 시로── 두 마스터의 혜안에 감복
한 듯 미소를 지었다.

"예. 그도 그럴 것이 올드데우스의 전권대리자라면──."

척. 소리를 내며 일동이 멈춰서고.

"딱히 올드데우스라고 단정할 필요는 없지. 그치?"

눈을 가늘게 뜨고── 소라가 눈앞의 인물에게 그저 확인하
듯 내뱉었다.

"── '무언가' 의 무녀님?"

동부연합 수도, 칸나가리── 미야시로 중앙동의 정원.

츠쿠요미(月詠)의 빛이 비치는 정원의 연못에 걸린 붉은 다

리, 그 난간에 앉아 딸랑 방울소리를 내고.

──동부연합, 워비스트 전권대리자.

금색의 두 꼬리를 찰랑이며──『무녀』는 요염하게 웃었다.

■ ■ ■

──지평선 저 너머. 까만 킹의 정상으로 돌아간 테토는 지상을 바라보며 말했다.

그 누구에게 들려주는 것도 아니고, 그저 트럼프를 만지작거리며 허공에 말을 건넬 뿐.

"세상 따위, 사실은 단순한 거야…… 그들이 느낀 것처럼."

──분명 어렸을 때, 모두가 느꼈던 대로.

그것을 까다롭게, 복잡하게 만든 것은 세상이 아니라.

그 세상에 사는 지루한 자들일 뿐이라고── 테토는 그렇게 생각했다.

"기껏 내가 만들어준 단순한 세계^{게임}를 망치고 있는 놈들^{까다롭게 만드는}── 너희라면 꺾을 수 있겠지?"

까다롭게 만드는 것들. 그렇다── 지루한 것들.

뭔가를 다 아는 것처럼 어른인 척 위에서 내려다보는 것들^신.

그렇게 한숨을 한 번 쉬고, 테토는── 유일신^{게임 크리에이터}으로서.

규칙을 착각해 세계 그 자체를 망치고 있는 것들^{게임 밸런스}을.

명백한 악의가 담긴 웃음으로, 아이다운 독기를 띤 눈으로 바라보며 중얼거렸다.

"처음에 끌어내려야 할 건 역시 '너'구나……. 이것도 인과응보일까☆"

사상 세 번째의 '신살'을── 신을 죽이지 않고 꺾는다──.

갑자기 눈을 빛내며 발을 파닥거린 테토는 열기를 띤 목소리로 말했다.

"너희라면── 할 수 있겠지? 기대하고 있어. 믿고 있어. 그러니까 얼른──"

"지루한 것들을 끌어내리고 여기까지 와!!"

■ ■ ■

"──신수현현(神髓顯現), 신장의통(神將意通)── 신격 설정…… '저변'."

무녀를 중심으로 바람이 소용돌이치고 구름이 흐른다.

지브릴조차 숨을 멈출 만한 힘의 소용돌이 속에서 무녀는 마지막으로── 물었다.

"소라 씨, 시로 씨. 그리고 여러분── 내 마지막 한 수, 맡긴데이──."

그러니──

"내가 한 번은 꿈꾼……그리고 다 못 꾼 꿈의 '다음' ──."

그러나 그 말을 가로막으며──소라가 이어받았다.

" '끝은 없다' 고── 그래, 증명해주겠어. 안심하고 '우리'
에게 맡겨."

그 대답에 만족한 듯, 『무녀』는 눈을 감고, 그리고──

대기가, 구름이, 땅이 삐걱거렸다. 개념의 현현이 세계를 덧
칠하고── 말을 자아냈다.

『──짐을 어찌 알고 부르느냐, 정명(定命)한 자여.』

무녀 '가 아닌 것' 이 눈을 뜨고, 그렇게 물었다.

모두가 그 권위와 위압, 압도적인 존재감에 짓눌린다. 그러나
──

"나잇살이나 처먹고 사람과 별 등골이나 빨아먹으며 기생하
는 신분인 주제에 잘난 척 떠벌이는 놈."

"……골방지기 백수, 동정남 앤드 친구 없는, 시로랑 빠야보
다 못한…… 못난 생물."

그저 위뽐아지는 바람이 짜증난다는 듯, 소라와 시로는 말했
다── 다시 말해.

""【익시드】위계서열 제1위── 올드데우스, 낡~은 하느님.""

"자아── 냉큼 게임을 시작하자고. 까놓고 말해── 거치적
거린단 말이다, 올드데우스."

【끝】

후기

 잠시 이야기를 되돌리자…… 뭐, 겨우 몇 달 전의 시시한 이야기지——.

 그것은, 그래—— 마침 5권 엔딩을 쓰고 있을 무렵이었어.

 느닷없이 소리를 내며 떨리는 핸드폰—— 발신자 『어묵판』이라고 표시된 전화를 들었지.

 『5권 완성 전에 좀 그렇지만, 애니메이션 방영에 맞춰서 다음 권도 제때 내주셔야 해요♡』

 ……호오. 5권 입고 직전이라 마감지옥인 걸 알면서도 『다음』을 재촉하시겠다.

 과연. 존경스러운 근성이다. 그 정도 좋은 성격이 아니고선 편집자는 못 해먹는 거냐 생각하여 참으로 죄 많은 일이라고 눈물 한 방울 정도는 흘려주지. 그러나—— '그건 그거, 이건 이거' 다.

 그 시점에서 6권은 『대 올드데우스 게임』을 예정하고 있었지. 애니메이션 방송 전에, 삽화까지 그리고 있는 사정상 바빠질 것이 분명한 시기에, 도저히 끼워 넣을 자신이 있는 내용은 아니었어.

그 뜻을 정직하게, 그리고 솔직하게 전달하니,

『전에 들었던 『0권』 구상이 있잖아요. 그걸 6권으로 하는 건 어때요?』

——호오. 올드데우스와 그 권속들이 설치고 날뛰던 시대——『대전』.

그 종결과 『디스보드』가 만들어지기에 이르는 이야기의 플롯—— 분명 있었지.

올드데우스의 절대성을 띄워주기도 전에 올드데우스와 싸우게 되어 다소 망설였던 것도 사실.

게다가 올드데우스와 싸울 게임의 구상도 완전히 굳어지지는 않았으니, 그렇다면——

"알았어요. 그러면 그걸 해보죠."

그렇게 대답한 무시무시한 바보에게, 해파리조차 어이가 없었으리라.

『한 권 내에 내신과 종결, 니기에 읽인 모든 개닉터와 붕썩을 다 그려내면서 본편과 연동시킨다』——

미토콘드리아 사이즈만큼이라도 뇌가 있고 돌아갔다면 상상할 수 있을 이 초 무리난제를, 이 시점에서는 아직 전혀 깨닫지 못했던 것이니까…………

——이런 이야기를 전제에 깔고, 오랜만입니다. 바로 그 카미 야 유우^{바보}입니다.

친구와 지인들에게서 바보다 멍청이다 합창을 듣는 오늘을 살아가고 있습니다.

그러나── 한번, 상상해 보세요.

오늘날의 인류── 그 문명의 비약에 크게 공헌한 위인과 현자들.

일단 여기서는 콜럼부스를 떠올려 보기로 하죠.

──크리스토퍼 콜럼부스.

말할 필요도 없을 정도로 유명한, 아메리카 대륙의 발견자.

뭐─ 그의 공과 죄는 이참에 잠시 미뤄두기로 하고요, 아득한 대서양으로 나아가 그 끝에 뭐가 있는지 아무도 확신하지 못했을 때, 용기와 지혜와 지식만을 가슴에 품고 고우 투 웨스트.

누구나 불안을 품었지만 오로지 서쪽으로 서쪽으로 서쪽으로.

그리고 마침내 서쪽 끝에서, 아메리카 대륙에 도착── 그리고 귀환!

그들의 생환을 뒷받침해주었던 것이 그 지성과 지식, 지혜 말고 그 무엇이었으리!

따라서 위인이라 불리고, 또한 위인이라 불리는 것은 현자였기에!!

──벗뜨 그러나.

여기서 잠시 냉정하게 돌이켜서 생각해보죠.

위대한 여행에 나서고 돌아온 그들은 분명 현자였을 겁니다.

그렇지 않고서는 애초에 돌아오지 못했을 테니까요.

네, 눈치 빠른 독자 여러분이라면 알아차리셨을 겁니다.

돌아오지 못했다면—— 그냥 바보라 불렸겠지요.

당연하잖아요. 아니 근본적인 얘기로.

있는지 없는지도 모르는 대륙을 향해 바다로 나간 시점에서 바보의 소행이잖아요?

정말로 머리가 좋으면 애초에 바다에 나가지도 않았다고.

진짜 현자가 그런 위험을 무릅쓰겠냐고. 왜 그런 도박에 목숨을 걸겠냐고.

——그렇습니다!

바로 이처럼, 인간이 진정으로 자랑스러워해야 할 것은 현명함이 아닌 것입니다.

어리석음이야말로 인간의 원동력이자, 그 어리석음에 목숨을 잃지 않겠노라고 지성을 갈고 닦는 것이지요!

따라서! 나는 여기서! 가슴을 펴고 그 누구에게도 거리낌 없이! 당당하게 말할 수 있습니다!

그렇다—— 나는—— 바보라고ㅇㅇㅇ!!!

이상—— 자기정당화 완료!

뭘까 이 빈틈없는 논리! 반해서도 좋습니다!

『……산뜻한 궤변으로 납기를 있는 대로 늦춰버린 변명은 끝나셨나요?』

어, 안녕하세요~ 담당자님. 전방위로 고개 숙여주셔서 감샤함다(질겅질겅).

『저기요, 정말저엉말 위험했거든요이번엔. 세 번이나 바닥에

다 이마 문댔거든요?!」

　아뇨, 그건 정말 감사드리지만요.

　──어, 저기, 까놓고 말해도 될까요?

「…………아, 아, 아뇨, 저기──.」

　애니메이션 공식 사이트용 오리지널 단편, 다방면으로 쓸 특전용 단편, 대본 체크에 판권물 체크에 오리지널 일러스트 대량 발주에── 아, 어디까지 정보를 공개해야 좋을지도 모르겠으니 이쯤에서 입 다물겠지만요 『원고 얼른 넘겨』라고 쓴 다음 줄에다 『그리고 이것도 부탁해요』라고 대량의 안건을 적어놓는 건 어떤가 싶거든요 인간적으로? (해쓱해진 얼굴로 웃음)

「아하하~ 거기에 대해서는 제가 아니라, 그 왜, 프로듀서나 그런 사람 탓인 걸로.」

　아, 탓해도 되나요? (적당)

「되지 않을까요♡ (적당)」

　그럼 저를 바빠 죽게 만들려고 획책한 전범은 P라고 하고.

「이의 없습니다~. 그럼 그런 걸로── (흘끔)」

　아, 네. 선전 말이죠. 노골적인 선전을 하라는 거죠? 어흠…….

　자아──!! 『TV 애니메이션 노 게임 · 노 라이프』──!!

　이 책이 서점에 나올 무렵에는 이미 방송이 시작되고 있겠군요.

거의 모든 각본회의에 참가해 프로듀서의 제안에 따라 애니메이션 1화는 일부러 원작이 아니라 제가 아내와 둘이서 그리는 코미컬라이즈 쪽—— 만화용으로 다시 짰던 구성을 따라갔고, 각본도 한 편 직접 담당해봤고요. 비주얼 설정도 감독님들과 깔깔 웃어가며 결정했고, 원작자로서는 불만 없는 완성도가 되었다고 생각하지만요.

과연 독자 여러분들도 마음에 드는 내용이 되었을까요.

이번 권과 함께 만족하실 만한 이야기가 되기를 바랄 따름입니다.

그런고로 이쯤 하고 슬슬—— 아, 마지막으로 한 가지만 부탁이 있습니다.

……지브릴을, 미워하지 말아 주세요. 지금은 마음을 고쳐먹고—— 아니, 고쳐먹지는 않았지만…… 뭐, 그러니까. 네…….

『에? 자기가 써놓고——?!』

그러면 이쯤 하고. 다음 권도 읽어주시면 고맙겠습니다.

세계
현실에 도전하면서까지
손에 넣고 싶었던 것과

세계
현실에서 도망치면서까지
아직도 찾아 헤매는 것

다른 방법이, 있었을 거야.
『둘이서』 찾으면, 분명.
다음에야말로…… 이번에야말로

[익시드] 위계서열 1위── 올드데우스를 죽이지 않고 죽이는──
『노 게임 · 노 라이프 7』
스스로 허들을 올려놓고 벌벌 떠는 저자를 커다려쥬!
기다려 주세요…

역자후기

노겜노랍을 읽다가 울게 될 줄은 생각도 못했습니다.

안녕하세요, 역자입니다.

선제 신격처럼 스포일러가 예고도 없이 쏟아지는 후기이므로 아직 본문을 읽지 않으신 분은 1페이지로 돌아가 주시기 바랍니다.

왕창 분위기가 바뀌어 당황스러웠던 노겜노랍 6권입니다. 언제나 맑은 날씨만이 연상되던(그러고 보니 실제로도 비가 오거나 했던 적은 없었네요. 혹시 의도했던 걸까요?) 현재의 루시아 대륙 분위기와는 달리, 핵전쟁 이후의 포스트 아포칼립스 영화처럼 우울한 분위기입니다. 실제로 『흑회』에서는 방사능 낙진과도 같은 묘사를 엿볼 수 있고요.

소소하지만 결정적으로 다른 점이 있다면, 여기서는 죽음의 대전쟁이 현재진행형이라는 것. 오로지 인간만이 생존을 위해 아등바등 살아보려다 허무하게, 의미 없이 죽어가는 그런 세계관이었습니다.

라곤 해도 사실 대전 당시에 대해서는 전에도 묘사된 적이 있죠. '하늘과 땅을 가르고 별의 모양조차 운운' 하는 식의 추상적인 이야기가. 판타지에서는 흔히 있을 법한 세계설정이라 그런가보다 싶었더니, 이런 식이었다니. 게다가 '이마니티는 대체 어떻게 살아남은 거람' 이라든가 '부전승으로 유일신의 자리를 차지한 게임의 신' 이라든가 해서 마치 개그처럼 묘사되기도 했는데, 이번 6권을 통해 사실은 이면에 엄청난 이야기가 있었다는 게 밝혀지네요. 리쿠와 슈비, 『유령』들이 대전에서 보여준 활약은 —— 아마 분량 때문인지 많은 이야기가 나오지는 못했습니다만 —— 그야말로 숙연해질 지경이었습니다.

리쿠와 슈비 하니 생각났는데, 5권 말미에 실린 예고편에 '어라?' 싶었던 분들이 많았으리라 생각합니다. 저도 그 중 하나였고요. '이마니티 사내와 엑스마키나 소녀' 라고 했는데 저 뒷모습은……?' 하는.

실제로 6권에서 볼 수 있는 캐릭터 묘사라든가 어조(슈비가 리쿠의 지시로 말투를 바꿨을 때는 정말 흠칫했습니다), 삽화에는 '그야말로 전생' 이라고밖에 볼 수 없는 무언가가 있었습니다. 그리고 이건 설명을 드릴까 말까 좀 고민했습니다만…… 캐릭터의 이름에도 약간의 트릭이 존재합니다. 일본어에서 '리쿠' 는 뭍 육(陸)자로 쓸 수 있습니다. 하늘을 뜻하는 '소라(空)' 와는 반대죠. 마찬가지로 슈비가 원래 제시했던 이름 '슈바르처' 는 '검은 사람', '검은 것' 이라는 뜻의 독일어입니다 (어째서인지 엑스마키나의 기본 언어는 독일어). 이것도 '시로

(白)'와 반대네요. 테토가 말했던 '게임에는 언제나 패배했지만 규칙 없는 세계에 끝까지 저항한 자'와 '게임에는 늘 승리했지만 규칙 없는 세계를 포기한 자'의 대비 때문일까요? 뭐 어디까지나 제가 늘 늘어놓는 그럴듯한 가설이지만요.

가설 얘기가 나와 말씀이지만, 저는 2권 때부터 사실 어떤 한 가지 가설을 세우고 있었더랬습니다. 이번 6권을 보면서 거의 9할 정도 접어버리긴 했는데, 아직도 1할의 가능성이 있어서 포기하지 않고 매달려 있는 생각이죠. 이러다 정말 덜컥 맞아버리면 본의 아닌 스포일러가 될 수도 있으니 나중에 적중했을 때 예언자 놀이를 해보렵니다. ^^;

아무튼 드디어 올드데우스와 싸울 것을 암시하면서 막을 내린 6권. 애니에서도 나온 그 장면입니다만. 맨 마지막쯤에나 싸울 줄 알았던 '제1위'님들과 대체 어떤 게임을 벌이고 어떻게 대처할지, 아르토슈의 쩔어주시는 파워를 본 후라 엄청나게 기대가 됩니다. 이건 '제0권'을 6권에 붙여놓은 편집자와 작가님의 센스 승리라고 해야겠네요.

그럼 저는 다음 권에서 뵙겠습니다.

2014년 6월
김완

덧: 망할 테토 때문에 저는 이번에도 본의 아닌 오역을 해버렸습니다. 설마 Immunity였을 줄이야……. 하지만 이건 '이뮤니티' 아니냐고요?! 어떻게 예상하라고?! ;ㅁ;

노 게임 · 노 라이프 6
게이머 부부가 세계에 도전한다는데요

2014년 07월 07일 제1판 인쇄
2023년 09월 05일 제17쇄 발행

지음 카미야 유우 | 일러스트 카미야 유우

옮김 김완

발행 영상출판미디어(주)
등록번호 제 2002-000003호
주소 07551 서울특별시 강서구 양천로 570 NH서울타워 19층
대표전화 02-2013-5665

ISBN 978-11-319-0054-3
ISBN 979-89-6730-597-0 (세트)

NO GAME · NO LIFE 6
ⓒNO GAME · NO LIFE by Yuu Kamiya
Edited by MEDIA FACTORY
First published in Japan in 2014 by KADOKAWA CORPORATION, Tokyo
Korean translation rights arranged with KADOKAWA CORPORATION, Tokyo.

노블엔진(NOVEL ENGINE)은 영상출판미디어(주)의 라이트노벨 및 관련서적 브랜드입니다.

카미야 유우 작품리스트

◆

여고생과 일하는 방법

초판한정 특별부록

특제 브로마이드
+ 고급 일러스트 책갈피

꿈에도 그리던 라이트노벨 공모전에서 당선한 가람. 그것은, 감격에 겨워서 날뛰던 사촌여동생이 까칠한 여고생이 사는 이웃집 베란다 벽을 허물어버릴 만큼, 기적적인 일이었다.

아니나 다를까, 출판사에서 만난 담당편집자의 신랄한 피드백에 영혼까지 산산조각 나고 좌절과 굴욕을 원동력 삼아 끝없는 원고수정의 구렁텅이에 빠진 가람. 그러던 와중 라이트노벨의 꽃, '일러스트'를 담당할 삽화가를 만나게 되는데…… 이웃집 여고생 다솜이었다?!

"이거 내 소설이거든?!" "반은 내 거라고요!"

현역 여고생 일러스트레이터와 함께하는 라이트노벨 작가 성장기가 펼쳐진다!

〈우리집 아기고양이〉 가랑xDS마일군 콤비의 신작!
크리에이티브한 일상 속에서 벌어지는 티격태격 다큐멘터리!

가랑 지음 | **DS마일군** 일러스트

NOVEL ENGINE
청춘의 상상, 시동을 걸어라!

불행소녀는 지지않아!
4

초판한정 특별부록
고급 일러스트 책갈피

"만나고 싶었어요, 형부!"
"잠깐만, 나는 뭐가 뭔지 모르겠다고!"

의식불명이던 시혜의 여동생, 주서혜의 기적 같은 회복 소식. 거기에 시빠일 시끄 없이 '나, 우여희는 '형부'란 호칭에 익숙해지지 못하고 쑥스러워만 하고 있다. 그렇게 찾아온 여름. 마치 그간의 불행을 보상받는 것처럼 주시혜를 둘러싸고 하루하루 꿈같은 나날들이 펼쳐지지만…… 오랜 기간 대화를 나누지 못했기 때문일까. 서먹한 자매의 마음은 알게 모르게 엇갈리고, 그사이에 낀 채 자매 모두에게 의지받고 있는 나는 더더욱 부끄러워질 뿐이고?! 거기다 델피나를 비롯한 소녀들도 제각각 마음에 먹구름이 가득한데——?!

『제4회 노블엔진 라이트노벨 대상』
우수상 수상
불행소녀와 강운소년의 '행운'을 둘러싼 비일상계 청춘난장, 그 네 번째 이야기.

 LawBeast 지음 | **영인** 일러스트

삼학연의
-동오동란-
4

초판한정 특별부록
명패 스티커 vol.2
+고급 일러스트 책갈피

삼국지란 이야기가 있다──그리고 사립 삼록 고등
학교에서는 현재진행형인 이야기다.
삼학정상회담. 그리고 평화를 가장한 '왕의 대담'에
서 판을 뒤엎듯 나타난 헌제의 충격적인 선언. 이어지
는 군웅할거. 마침내 진정한 난세(亂世)에 휩싸였다.
삼학(三學)이라 부르기도 무색할 만큼 사분오열된 학
교에서는 촉도, 위도, 오도 단순한 일개 세력에 불과
하다. 하루가 멀다 하고 끊임없이 열리는 전쟁 가운
데, 수십이 넘는 허다한 세력들이 어지러이 난립한다.
그런 가운데 아직도 헌제를 위시한 학생회의 꿍꿍이
는 오리무중. 흐름을 읽는 자들은 숨을 죽이고 그 행
보에 관심을 기울인다. 그리고 그사이, 난세의 축제를
크게 뒤흔들 점화는 동오(東吳)에서부터 시작되고 있
었다.

가상의 난세를 질주하는
이능계 학원전장물, ROUND4!

NEOTYPE 지음 │ **Natora** 일러스트
청춘의 상상, 시동을 걸어라!